Réunis par un secret

*

Une sage-femme à conquérir

EMILY FORBES

Réunis par un secret

Traduction française de
CHRYSTELLE POULAIN

BLANCHE

HARLEQUIN

Collection : Blanche

Titre original :
REUNITED BY THEIR SECRET DAUGHTER

HARPERCOLLINS FRANCE
83-85, boulevard Vincent-Auriol, 75646 PARIS CEDEX 13
Service Lectrices — Tél. : 01 45 82 47 47

www.harlequin.fr

ISBN 978-2-2804-3923-7— ISSN 0223-5056

1.

Chloe Larson essuya une larme furtive avant d'apporter sur la table le gâteau au chocolat surmonté de trois bougies. Sa fille adorée avait déjà trois ans ! C'était à peine croyable.

— Joyeux anniversaire, Lily ! Joyeux anniversaire, trésor ! Allez, souffle !

Après que la petite fille eut soufflé et eut été chaleureusement applaudie, Chloe enleva les bougies et prit un couteau, mais Lily protesta.

— Moi ! Ze veux couper avec mamie Susan !

Chloe passa le couteau à sa mère, essayant de masquer sa déception.

Lorsque, à vingt-quatre ans, elle avait choisi de devenir maman solo, sa mère l'avait soutenue à fond, et depuis celle-ci contribuait largement à l'éducation de Lily. On ne pouvait pas s'étonner que la puce soit très attachée à sa grand-mère.

— Fais un vœu, trésor, dit celle-ci.

— Ne réduisez pas le gâteau en miettes, ce serait dommage, commenta Tom, le frère cadet de Chloe.

— Mais non, tonton, regarde ! Ze te sers en premier, voilà ! Et tonton Guy, il arrive bientôt ?

— Tu l'as vu ce matin, intervint Chloe. Il travaille à la caserne ce soir. On va lui mettre un morceau de côté.

Après avoir englouti sa part, Lily se tourna vers Tom.

— Ze voudrais faire encore du vélo. Tu veux bien, dis ?

Ses oncles avaient offert à Lily un vélo rose avec des serpentins accrochés au guidon, un klaxon fée et, bien sûr, les incontournables roulettes à l'arrière. Elle avait donc passé l'après-midi à monter et descendre la ruelle située derrière la maison sous la surveillance de Tom.

— Allons-y, princesse, répondit-il en riant.

Malgré son jeune âge — il n'avait que vingt et un ans —, Tom exerçait déjà le métier d'ambulancier. Cela ne l'empêchait pas d'avoir de l'énergie à revendre quand il s'agissait de jouer avec Lily, dont il était complètement gâteux, comme tout le monde !

Chloe mesurait sa chance d'être aussi bien entourée par sa famille et par ses copines, toujours fidèles au poste : cet après-midi-là, deux d'entre elles, Carly et Esther, participaient aux réjouissances.

Après que sa mère, son frère et Lily furent sortis dans la cour, elle les regarda en riant.

— Ouf, un peu de calme ! Prendras-tu un autre verre de crémant, Esther ? Carly, désolée, tu te rattraperas plus tard.

Si la première tendit sa coupe sans se faire prier, Carly, enceinte de quelques semaines, s'empara du gâteau avec un soupir gourmand.

— J'ai trouvé mon bonheur, déclara-t-elle. J'ai toujours envie de chocolat…

— Tchin, à Lily ! Quel vœu ferais-tu, Chloe, si c'était ton anniversaire aujourd'hui ? demanda Esther. Tu dois avoir des rêves plein la tête…

Chloe leva les yeux au ciel.

Depuis leur rencontre à l'école de sages-femmes, Esther, Carly, Isabella qui vivait maintenant à l'étranger et elle-même avaient partagé beaucoup de choses. Elles étaient unies comme les cinq doigts de la main et se comprenaient souvent sans parler. Les filles avaient-elles deviné sa lassitude ? Elle avait beau affirmer qu'elle ne regrettait rien, qu'elle avait fait un choix et qu'elle l'assumait, sa vie était parfois compliquée…

— J'ai tout pour être heureuse, répondit-elle d'un ton ferme. Je n'arrête pas de vous le dire.

— Et si l'homme idéal débarquait un jour ? insista Carly. Tu ne l'enverrais pas promener, j'espère ?

Maintenant qu'Esther et Carly avaient trouvé leur alter ego — elles étaient toutes les deux sur le point de se marier —, elles voyaient tout en rose. Incorrigibles romantiques, elles auraient voulu que tout le monde connaisse le même succès.

Sauf que les choses ne fonctionnaient pas ainsi pour tout le monde…

Si Chloe avait jadis cru au grand amour, elle était tombée de haut. Elle se réjouissait sincèrement du bonheur des autres sans plus y croire pour elle-même. Tout ça, c'était fini.

— Non, il ne me manque rien, affirma-t-elle, péremptoire.

En disant cela, elle n'était pas loin de la vérité, car son quotidien laissait peu de place aux fioritures. Entre son poste aux urgences de l'hôpital londonien Queen Victoria et sa famille, elle n'avait guère le temps de bâtir des projets. Elle n'avait d'ailleurs pas quitté la maison où elle avait grandi et où Tom vivait encore lui aussi.

Son histoire pouvait sembler tristounette, mais elle menait plutôt bien sa barque. Elle payait un petit loyer à sa mère et contribuait au budget commun. Elle s'entendait très bien avec ses proches. Sa fille avait la chance de s'épanouir dans un environnement stable et aimant, alors que demander de plus ?

Une rencontre masculine de temps à autre. Une relation, même brève…

Non, ce n'était pas son genre. En revanche, croiser le chemin d'un homme stable et sérieux ne lui déplairait pas, mais à quoi bon rêver ? Le destin en avait décidé autrement. Il était peu probable qu'elle ait une seconde chance.

— À quand remonte ton dernier rencard ? questionna Esther.

— Je… Ça fait un bail.

— Mais encore ? renchérit Carly.

— J'ai dîné avec un copain de Guy, voyons… En novembre, il me semble.

— Quoi ? Mais on est en mars ! s'écria Esther d'un ton indigné.

— Je sais. Mais il y a eu les fêtes, et puis, je n'aime pas beaucoup sortir l'hiver. Le temps a passé.

— Tu devrais t'inscrire sur un site de rencontres, suggéra Carly. Au moins, tu pourrais démarrer quelque chose tranquillement. Même en pyjama si ça te chante.

Chloe haussa les épaules.

— Bof…

Elle ne tenait pas à faire cette expérience. Elle ne souhaitait pas voir des photographies retouchées ni consulter des profils « améliorés », voire mensongers. De même qu'elle refusait de s'exposer sur la Toile.

— Penses-y quand même, souffla Esther. J'aimerais bien que tu viennes accompagnée à mon mariage. Harry pourrait peut-être te présenter un ami… Ou alors, on demandera à Adem, ajouta-t-elle, songeuse, en pivotant vers Carly.

— Bien sûr ! s'exclama cette dernière.

— Merci de vous inquiéter pour moi, mais je suis très bien comme je suis. Et laissez vos hommes en dehors de ça, par pitié !

— On ne veut que ton bien, tu sais, marmonna Esther, penaude.

— Je sais, oui, répondit Chloe, radoucie. Et rassurez-vous, si je rencontre quelqu'un, vous serez les premières informées.

Elle s'abstint d'ajouter que, ce jour-là, les poules auraient des dents.

Elle ne voulait pas gâcher la fête. Le quotidien la rattraperait bien assez vite.

Chloe reposa l'album illustré sur la table de chevet puis se glissa discrètement hors des couvertures.

Lily dormait à poings fermés, son petit coude écorché — elle était tombée de vélo — replié au-dessus de la tête. Comme elle était mignonne avec ses boucles blond vénitien, ses joues rondes et ses taches de rousseur ! Aux dires de sa mère, elle était le portrait craché de Chloe au même âge.

Mais si la ressemblance était évidente, il y avait aussi des différences.

Aujourd'hui, Chloe se teignait les cheveux en blond doré, une habitude prise à l'adolescence car elle détestait ses reflets roux. Et surtout, elles n'avaient pas les mêmes yeux. Les siens étaient brun foncé, alors que Lily avait hérité du magnifique regard gris de Xander Jameson…

Sa fille rêvait-elle d'avoir un papa ? Elle était encore petite, mais comment réagirait-elle plus tard ?

Pour avoir grandi sans père très jeune — il était décédé quand elle avait sept ans — Chloe savait qu'une mère, si aimante et dévouée soit-elle, ne pouvait pas pallier le manque. La sienne avait élevé ses trois enfants de manière remarquable, mais le vide était toujours là.

Elle réprima un soupir et gagna la porte sur la pointe des pieds en se demandant pour la dix-millième fois ce qu'était devenu Xander, l'homme qui avait ravi son cœur quatre ans plus tôt en Australie.

Elle participait à un échange avec le service d'ambulances aériennes australien. Dès le premier jour dans le bush, elle avait craqué pour ce grand blond aux allures de Viking. Certes, il connaissait des problèmes personnels, mais elle était sûre de pouvoir le consoler, au moins provisoirement. Elle savait que l'histoire ne durerait pas plus d'un mois, mais à l'époque, elle ne voyait pas au-delà d'une amourette de stage.

Cette liaison de « vacances » convenait également à Xander, qui sortait d'un divorce houleux. Tout aurait donc dû aller pour le mieux dans le meilleur des mondes… À un gros détail près : elle était tombée amoureuse.

Jusqu'alors, ça ne lui était jamais arrivé. Elle ne faisait pas confiance aux hommes. La seule relation qu'elle avait connue à l'âge de vingt ans s'était soldée par un fiasco : son ami l'avait trompée. En le découvrant, elle avait pensé que l'histoire se répétait : le mariage de ses parents avait été plombé par les infidélités de son père. Néanmoins, elle avait relativisé et avait vite oublié Steven.

Avec Xander, tout avait été différent. Elle avait laissé son cœur près de lui, et au retour elle s'était sentie très mal. Elle avait vite compris que la tristesse et le changement d'hémisphère n'étaient pas seuls en cause : elle était enceinte.

Elle avait alors cherché à joindre Xander, sans trop rêver d'une issue heureuse, mais parce qu'elle trouvait cela normal. Seulement, il avait disparu de la circulation.

Était-il retourné à Adélaïde, sa ville natale ?

Leurs collègues restés sur place n'avaient pu lui fournir

aucun renseignement. Ses lettres étaient revenues avec la mention « destinataire inconnu ». Et Xander n'ayant manifestement pas de profil sur les réseaux sociaux, elle n'avait jamais pu le retrouver.

Sa vie aurait-elle été différente si elle avait réussi à le contacter ?

Sans doute pas. À l'époque, il lui avait dit que sa femme avait demandé le divorce parce qu'elle voulait des enfants. Il était resté évasif, mais elle avait supposé qu'il refusait la paternité, même à long terme.

Au moins, en perdant sa trace, elle s'était évité une discussion pénible !

Elle avait choisi de garder son bébé et pris toutes les décisions nécessaires. Après la naissance, elle avait été trop occupée pour poursuivre sa quête, et l'histoire s'était arrêtée là. Mais dire qu'elle avait oublié Xander serait un mensonge car le regard lumineux de sa fille lui rappelait tous les jours l'homme qu'elle avait aimé.

Allons, elle en était toujours au même point, elle tournait en boucle. Or, on ne construit pas une vie sur des regrets. Devait-elle écouter ses amies, voir d'autres hommes, entamer un nouveau chapitre de sa vie ?

Elle manquait d'énergie pour cela. Elle n'était même pas sûre de le vouloir. Lily et sa famille suffisaient à son bonheur.

Cet après-midi-là, au milieu de sa garde, Chloe se sentait déjà épuisée.

La journée était pourtant loin d'être finie. De retour à la maison, elle devrait encore s'occuper de Lily et s'atteler ensuite comme chaque soir aux tâches ménagères. Comment pourrait-elle mener de front carrière et vie personnelle ? Où trouverait-elle le courage de se préparer pour un rendez-vous galant ? Esther et Carly ne comprenaient vraiment rien !

Elle pénétra dans le box 4, armée de son habituel sourire malgré la fatigue.

— Je vais vous mettre sous perfusion, Penny, dit-elle d'un ton doux. Les médicaments agiront très vite.

La future mère allongée sur le lit était arrivée en début d'après-midi, épuisée et surtout très déshydratée. Elle eut l'air dubitatif.

— Ah bon ? Vous êtes sûre ? Je n'ai pas bien compris les explications du médecin.

— Vous souffrez d'*hyperemesis gravidarum.* C'est le terme médical pour parler des nausées et vomissements sévères quand ils dépassent la matinée et se prolongent dans la journée. C'est très désagréable, mais cela passera.

— Quand ?

— En général, les choses s'améliorent en milieu de grossesse.

— Génial ! Encore trois mois à attendre…

La jeune femme eut un hoquet et empoigna le haricot posé sur sa table pour vomir.

Après la crise, Chloe lui essuya doucement le visage à l'aide d'une serviette-éponge humide.

— Voilà. Rallongez-vous, suggéra-t-elle.

— On ne peut rien faire pour arrêter ça ? questionna Penny d'un ton plaintif.

— Dans certains cas, absorber de la nourriture liquide, comme des smoothies, aide à régler le problème. On recommande un régime hyper protéiné et riche en hydrates de carbone. Il faut absolument limiter les graisses. Le gingembre et la vitamine B6 marchent bien aussi.

— Tous ces vomissements, ça ne risque pas de nuire au bébé ?

— Pas au sens strict du terme, mais indirectement, oui. Si vous ne gardez rien, il n'absorbe pas les nutriments nécessaires, et il pourrait avoir un petit poids à la naissance. Nous allons vous surveiller de près. Le médecin vous a prescrit des antivomitifs et une solution de réhydratation. On ne va pas vous hospitaliser, mais j'ai déjà transféré votre dossier à la maternité. Vous avez rendez-vous là-bas vendredi, dans trois jours. Il y a beaucoup moins d'attente qu'aux urgences, et en plus, cela réduira les risques que vous attrapiez la grippe ou un virus quelconque.

Elle inscrivit les renseignements sur une feuille qu'elle joignit à l'ordonnance.

— Je vous laisse tout ça sur la table de chevet. Reposez-vous pendant que le produit passe dans la perfusion. Je reviendrai…

Elle s'interrompit quand l'infirmière en chef passa la tête dans l'encadrement de la porte.

— Chloe ? Le service d'ambulances aériennes vient d'appeler. Ils ont besoin d'une sage-femme. Es-tu dispo ?

— Oui, sans problème. Nous venions justement de finir. Je vous abandonne, Penny. Bon courage ! On se recroisera peut-être à la maternité.

— Merci… beaucoup.

Chloe quitta le box puis courut vers les ascenseurs pour rejoindre le dernier étage.

L'hôpital disposait d'un héliport, et elle avait obtenu de pouvoir couvrir les missions aériennes en relais avec deux autres sages-femmes.

Faire du sauvetage à plein temps l'aurait obligée à basculer sur un poste d'infirmière urgentiste, mais malgré sa spécialisation en traumatologie, elle ne le souhaitait pas. Elle aimait trop son métier, et ce compromis lui plaisait bien.

Jane, une collègue, l'attendait à la sortie de l'ascenseur, brandissant une salopette orange fluo.

Habituée à réagir vite, Chloe s'habilla, empoigna la mallette que Jane avait préparée puis grimpa l'escalier qui débouchait sur le toit.

L'hélicoptère était là, prêt à décoller.

Elle baissa la tête instinctivement — même si elle n'était pas assez grande pour que les pales l'atteignent —, monta dans l'appareil et prit son siège habituel.

Neil, un des ambulanciers de service, ferma la porte, tandis qu'elle renouait ses cheveux en une queue-de-cheval basse pour pouvoir enfiler le casque réglementaire.

Rick, le deuxième infirmier secouriste, était déjà installé sur le siège face à elle. Il devait y avoir un médecin au bout de la rangée, mais sachant que le temps était compté, elle n'avait pas regardé de qui il s'agissait.

— Chloe, je te présente le Dr Alexander Jameson. Il remplace Eloise qui s'est fait opérer du genou la semaine dernière.

Elle s'arrêta net, le bras à demi enfilé dans son harnais.

Elle hallucinait ! Elle avait sûrement mal compris ce qu'avait dit Rick. Elle avait trop pensé à Xander ces derniers temps et voilà qu'elle entendait son nom !

Tête basse, elle fit mine de batailler avec les attaches de son harnais.

— Il arrive tout droit du pays de Galles, précisa Rick.

Elle exhala un soupir discret.

Le nouveau médecin était donc gallois, pas australien. Elle avait effectivement compris de travers. Elle était sauvée.

Sourire aux lèvres, elle releva la tête… et eut un violent coup au cœur tandis que sa vision se brouillait. Elle ferma les paupières, paniquée.

Quand elle les rouvrit, l'image de Xander dansa devant elle. Comme il la regardait fixement, elle demeura immobile.

L'air lui manquait, elle ne pouvait plus respirer.

C'était fou, insensé. Impossible !

Et pourtant, oui, c'était bien lui.

Le casque dissimulait ses cheveux blonds mais soulignait l'ovale parfait de son visage aux pommettes hautes. Une barbe de deux jours recouvrait son menton volontaire. Ses lèvres sensuelles étaient légèrement pincées, et un pli discret lui barrait le front.

Elle connaissait bien cette expression. En Australie, déjà, il avait parfois l'air grave ou perplexe, comme s'il portait le poids du monde sur ses larges épaules. Dans ces moments-là, elle effleurait tendrement cette ride pour essayer de le décrisper, et elle y parvenait souvent.

Ce qu'elle n'avait jamais vu, en revanche, c'était cette lueur choquée au fond de ses prunelles grises.

Il était probablement sidéré, lui aussi…

En une fraction de seconde, elle se retrouva propulsée trois ans et neuf mois en arrière, par un beau matin d'été austral. Déjà à l'époque, elle s'était retrouvée pétrifiée devant Xander. Il était si beau qu'elle était restée sans voix, les bras et les jambes coupés. Elle avait fondu au premier regard, et aujourd'hui encore il produisait sur elle cet effet dévastateur.

Heureusement qu'elle était assise…

Dire qu'elle avait consacré des heures, des jours entiers à le chercher. Et il se trouvait en chair et en os devant elle, là, dans cet hélicoptère !

Elle avait souvent craint qu'il ne lui soit arrivé malheur, mais il était apparemment en pleine forme.

2.

— Xander, Chloe est une de nos sages-femmes formées aux secours aériens. Elle…

Chloe n'entendit pas la fin des présentations. Elle avait croisé les doigts pour contenir le tremblement de ses mains, espérant que Rick et Xander n'auraient rien remarqué.

— Bonjour, Chloe, dit ce dernier d'un ton calme.

Il n'avait pas feint de la rencontrer pour la première fois. Il lui avait épargné les traditionnelles formules de politesse. D'ailleurs, il avait l'air plus contrarié qu'enchanté.

— Bonjour, répliqua-t-elle d'une voix tremblante.

Pourquoi faisait-il cette tête ? Il ne savait rien. Il ignorait quel impact il avait eu sur sa vie. Il l'avait sans doute oubliée depuis belle lurette alors qu'elle pensait à lui tous les jours…

Comme il n'était pas assis en face d'elle, mais au bout de la rangée opposée, à côté de Neil, elle s'autorisa à l'observer discrètement.

L'orange fluo n'est pas une couleur très flatteuse, mais il la portait bien. Cela rehaussait son teint bronzé, et elle se demanda où il avait pu prendre le soleil. Pas au pays de Galles, en tout cas. Il avait dû arriver récemment au Royaume-Uni.

Malgré l'épaisse combinaison, il semblait un peu amaigri, mais encore plus affûté. Elle avait toujours admiré son torse large, ses longues jambes, sa silhouette à la fois élégante et musclée. Elle avait aimé se blottir contre lui. Elle avait cent fois remis en place sa chevelure blonde ébouriffée, balayée du côté droit. Se coiffait-il toujours ainsi ?

Avec le casque, c'était impossible à dire…

Allons, elle s'égarait. Elle ne devait pas oublier pourquoi elle était là. Elle avait cherché Xander en vain. Elle avait même perdu espoir de le retrouver. Elle n'était plus à quelques heures ou quelques jours près pour discuter. Les considérations personnelles attendraient.

— Qu'est-ce qu'on a ? demanda-t-elle à Rick.

— Une querelle entre époux qui a dégénéré. La femme a reçu un coup de couteau. Trente ans, enceinte de son quatrième enfant, huit mois de grossesse. D'après les ambulanciers sur place, le travail aurait débuté.

Comme souvent, l'intervention s'annonçait délicate. On réservait les secours aériens au cas les plus graves, et c'en était un de toute évidence.

Chloe inspecta le contenu de sa mallette, qu'elle compléta avec quelques fournitures prises dans les rangements des accoudoirs.

Le regard de Xander pesait sur elle, mais elle évitait de tourner la tête vers lui.

Elle devait se calmer avant de lui adresser la parole. Ils allaient travailler ensemble et quels que soient ses sentiments, ses doutes et ses interrogations, elle devrait les mettre de côté. Elle n'aurait pas droit à l'erreur.

Le vol en hélicoptère dura à peine dix minutes.

Pendant la descente, Chloe avisa une ambulance et deux fourgons de police garés dans un quartier résidentiel. Suivant les indications de la base, Simon, le pilote, se posa sur un ancien terrain de tennis à deux rues de la maison où se jouait le drame.

Quelques gamins curieux s'étaient rassemblés à proximité pour voir l'atterrissage. L'hélicoptère ne passait, il est vrai, jamais inaperçu…

Dès que Rick eut ouvert la porte, Chloe se pencha pour prendre le cylindre à oxygène fixé au siège central. Elle constata alors, trop tard, que Xander faisait le même geste. Leurs doigts se frôlèrent, et elle ressentit comme une décharge électrique.

Sa peau fourmillait, elle avait du mal à respirer.

Et Xander l'avait à peine touchée ! C'était absolument ridicule !

Elle retira sa main, empoigna sa mallette, gagna la sortie et suivit Neil et Rick sans un regard en arrière, déterminée à rester calme et professionnelle.

Comme ils atteignaient leur but, deux policiers sortirent d'une maison, encadrant un homme menotté qu'ils firent monter dans un des véhicules.

En apparence, la demeure des époux Winston ressemblait à toutes celles du quartier. Certes, le jardin était plus négligé que les autres, mais comme souvent dans les cas de violences conjugales, rien ne laissait deviner ce qu'il se passait entre les murs.

— Par ici, entendit-elle lorsqu'elle franchit le seuil derrière les infirmiers, suivie par Xander.

La victime, prénommée Shania, se trouvait dans la cuisine située au fond du couloir. Allongée par terre, elle était blême et avait la poitrine en sang. Elle respirait avec difficulté tandis que deux secouristes, un homme et une femme, s'affairaient autour d'elle.

— Son mari l'a poignardée du côté droit, expliqua l'infirmière en apposant un gros pansement sur la plaie. On vient juste de pouvoir approcher. Il a fallu attendre que la police… fasse son travail.

Son collègue, qui s'était chargé d'ausculter la patiente, releva la tête.

— Insuffisance respiratoire, annonça-t-il. Pouls rapide, violentes douleurs thoraciques. Elle doit avoir un pneumothorax. Pour le bébé, on n'a pas eu le temps de vérifier à quel stade en est le travail.

En tout cas, Shania souffrait d'hypoxie, un manque d'oxygénation des tissus. Il fallait agir vite !

L'infirmière les équipa tous de gants, puis Xander s'agenouilla près de la future mère. Il procéda à une auscultation minutieuse et se rembrunit.

— J'ai besoin d'une grosse seringue et d'une aiguille de 14, s'il vous plaît.

Prompte à réagir, l'infirmière lui prépara un angiocathéter et des compresses imbibées de désinfectant. Après avoir nettoyé la poitrine de Shania, il chercha l'espace intercostal sans cesser de parler à la jeune femme pour expliquer ce qu'il faisait.

Il se montrait calme et méthodique. Il travaillait rapidement, mais sans précipitation, une attitude propice à rassurer la malheureuse qui souffrait beaucoup. En Australie, Chloe avait eu maintes fois l'occasion d'admirer ses méthodes. Elle avait beaucoup appris à son contact, et il n'avait visiblement pas changé.

À cette minute précise, elle devait se focaliser sur Xander le médecin, rien d'autre. Elle devait occulter le fait qu'ils étaient agenouillés côte à côte et qu'ils se touchaient presque. Il était aujourd'hui un simple collègue. Penser qu'il aurait pu être l'homme de sa vie ne donnerait rien de bon.

Dès qu'il eut inséré l'aiguille dans le thorax de Shania, on entendit l'air s'échapper de la cavité pleurale. Il retira l'aiguille au bout de quelques secondes, laissa le petit tube en place et se détourna pour lire les constantes sur le monitoring : la poitrine de Shania avait recommencé à se soulever, la saturation en oxygène remontait.

Il l'ausculta de nouveau et prit le sparadrap que Rick lui tendait pour fixer le cathéter en place. Ceci fait, ils posèrent une perfusion d'antidouleur à la future maman, après quoi Rick équipa celle-ci d'un masque à oxygène.

Rassurée, Chloe avait commencé à chercher son matériel dans sa sacoche. Elle allait bientôt entrer en scène et ne voulait rien laisser au hasard.

— Comment vous sentez-vous ? demanda Xander d'un ton apaisant.

Shania gémit en portant les mains à son abdomen, qui s'était déformé sous le coup d'une grosse contraction.

Comme la future maman ne souffrait plus de la poitrine, elle se focalisait maintenant sur d'autres douleurs plus « normales ». Celles de l'accouchement.

Chloe croisa le regard de Xander. Il lui adressa un sourire

furtif, et elle eut aussitôt l'impression qu'ils se connectaient comme autrefois.

— À toi de jouer, chuchota-t-il.

Elle l'avait toujours trouvé beau, mais lorsque son visage s'éclairait, il était irrésistible. Il n'avait plus l'air triste ou inquiet. Il semblait revenir à la vie après un long sommeil…

L'espace était exigu, et ils se frôlèrent en échangeant leurs places.

Elle inspira à fond pour maîtriser son trouble.

— Je m'appelle Chloe, je suis sage-femme, dit-elle gentiment. Je vais regarder où on en est, d'accord ?

— D'accord…, bredouilla Shania.

Logiquement, le rythme cardiaque du bébé aurait dû se situer dans une fourchette comprise entre cent dix et cent soixante pulsations par minute. Hélas, le monitoring confirma bientôt les soupçons de Chloe : à cent deux battements par minute, on avait une souffrance fœtale.

— On va vite aller à l'hôpital, Shania, annonça-t-elle, d'un ton calme néanmoins.

— Non ! Qui va garder… mes gosses ?

— Où sont-ils ? questionna Xander.

Une policière qui s'était jusqu'alors tenue en retrait s'avança.

— On les a confiés à une voisine.

— Pouvez-vous demander à cette dame si elle accepterait de les garder plus longtemps ? demanda Xander.

— J'y vais tout de suite.

Chloe se tourna vers Rick, soucieuse.

— Prépare une civière, s'il te plaît. Je vais faire un rapide examen interne.

Les contractions revenaient à un rythme beaucoup trop rapproché à son goût. Et quand elle eut fini d'inspecter le col de Shania, elle se redressa en secouant la tête.

— Oubliez. On ne va nulle part.

— Je veux… pousser, articula Shania, tout essoufflée.

— Je sais. Le bébé arrive.

Malgré les circonstances, cet enfant serait là d'une minute à l'autre. Et même si la situation était critique, nul ne pouvait ralentir la marche de la nature.

— Je veux pousser !

— D'accord, Shania, je suis prête. C'est quand vous voulez.

L'antalgique que Xander avait administré à la patiente l'avait calmée, mais heureusement elle avait encore de l'énergie. Et bientôt, après quelques efforts, une petite tête couronnée de noir apparut, franchissant le périnée.

— C'est super, Shania ! commenta Chloe d'un ton encourageant. À la prochaine contraction, poussez très fort.

Elle avait déjà vérifié que le cordon ombilical n'était pas enroulé autour du cou du bébé. Apparemment, tout était en ordre et vu les circonstances, plus vite ce bout de chou naîtrait, mieux cela vaudrait pour lui ou elle.

Quelques minutes plus tard, une petite fille atterrit dans les mains tendues de Chloe. Elle paraissait saine et sauve… À un gros détail près : elle ne respirait pas !

Habituée aux urgences, Chloe l'enveloppa dans une couverture spéciale et la frictionna vigoureusement. Au bout de trente secondes, le résultat escompté se produisit : la fillette poussa un cri, ténu mais bien réel.

— Félicitations, dit-elle, émue. C'est une jolie petite fille.

Après avoir coupé le cordon ombilical, elle mesura le score d'Apgar qui sert à évaluer l'état clinique d'un nouveau-né. La puce avait les extrémités bleues et respirait lentement, mais contre toute attente, le résultat au bout d'une minute était de 8 sur 10. Un chiffre inespéré !

Elle emmaillota la fillette dans une couverture de survie, lui glissa un petit bonnet sur la tête puis, avec douceur, la cala dans les bras de Shania.

— Avez-vous pensé à un prénom ?

— Tonya, chuchota la jeune maman, l'air émerveillé.

Elle semblait avoir tout oublié d'un coup de baguette magique. Elle contemplait sa fille avec adoration et se rendit à peine compte qu'elle expulsait le placenta.

La policière revenue de chez les voisins resta bouche bée devant un tel spectacle.

— Le bébé est déjà là ! C'est incroyable ! commenta-t-elle. Je ne pensais pas… Mais rassurez-vous, Mme Langton gardera vos aînés aussi longtemps que nécessaire. Vous pouvez partir tranquille à l'hôpital.

Trop fatiguée pour argumenter, Shania se laissa installer sur la civière, et Chloe poussa un soupir de soulagement.

À cinq minutes, le score d'Apgar du bébé était de 9 sur 10. Cette petite s'en tirait vraiment bien !

L'avenir de la famille s'annonçait, hélas, plus complexe.

Après le décollage de l'hélicoptère, Xander aborda tout de suite ce point délicat.

— La police viendra recueillir votre plainte à l'hôpital, Shania, annonça-t-il.

La jeune femme secoua la tête.

— Je ne vais pas porter plainte.

— Mais pourquoi ? s'écria-t-il.

— Qui s'occupera des gamins si Greg va en prison ? La voisine ne va pas les garder éternellement. J'ai besoin de lui chez nous. Je n'ai pas le choix. Quand il aura dessoûlé, ils le relâcheront. J'espère juste qu'il n'ira pas au pub et qu'il rentrera directement.

— Greg est en garde à vue, objecta Xander. L'histoire aurait pu très mal finir. Je ne crois pas qu'ils vont le libérer tout de suite. Vous avait-il déjà frappée ou maltraitée avant aujourd'hui ?

— C'est moi qui ai commencé, protesta Shania, éludant la question.

— Expliquez-moi…

— Au moment des premières contractions, comme Greg avait bu, j'ai voulu sortir pour demander à Mme Langton de me conduire à l'hôpital. Du coup, il s'est fâché. Il ne voulait pas mêler les voisins à ça. Je pense qu'il avait honte. Il m'a barré le passage, alors j'ai attrapé un couteau, mais il me l'a enlevé, et… Quand j'ai voulu repousser son bras, la lame a basculé vers moi. C'est ma faute. Rien ne serait arrivé si je n'avais pas pris ce couteau. C'était un réflexe stupide.

L'expression indignée de Xander montrait que cette version ne lui plaisait pas. Il avait toujours été dévoué et prêt à aider les gens. Chloe et lui partageaient le même besoin de voler au secours des plus faibles.

— La lame n'a pas « basculé », Shania. Votre mari vous a poignardée ! s'exclama-t-il. Il doit être condamné pour cela.

— Avez-vous… des enfants, docteur ?

— Non.

Chloe eut l'impression qu'il détournait le regard.

Regrettait-il de ne pas avoir fondé de famille ? Quatre ans plus tôt, il ne le souhaitait pas, mais peut-être avait-il changé d'avis ? Comment prendrait-il la chose s'il apprenait la vérité pour Lily ?

— Moi, j'en ai quatre, maintenant, reprit Shania. Je ne travaille pas. Que voulez-vous que je fasse ?

Xander hésita, et Chloe en devina la raison : il ne connaissait pas les aides en vigueur au Royaume-Uni. Quand il l'interrogea du regard, elle prit le relais.

— Il existe plusieurs solutions, dit-elle d'un ton rassurant. Si vous le souhaitez, Shania, je demanderai à une assistante sociale de passer vous voir. Elle verra ce qui convient le mieux à votre situation.

Le chemin serait probablement ardu, car, faute de crédits, les services sociaux ne faisaient pas de miracles. Et surtout, il faudrait que Shania quitte son mari, ce qui était loin d'être gagné. La jeune femme avait déjà dû entendre ce genre de discours sans oser franchir le pas…

Mais chaque chose en son temps. L'hélicoptère venait d'atterrir sur le toit de l'hôpital, et déjà une équipe médicale au grand complet se précipitait pour les accueillir.

Tandis que Xander accompagnait Shania en chirurgie, Chloe suivit le pédiatre et l'infirmière puéricultrice vers le service de réanimation néonatale où la petite Tonya allait être admise.

Dans le couloir, elle se rendit compte que ses mains tremblaient et soupira.

Ses retrouvailles avec Xander avaient accentué le stress lié à l'intervention. Elle avait beau faire, elle avait encore du mal à y croire !

Elle réussit néanmoins à transmettre ses observations à ses collègues de façon calme et professionnelle avant de regagner les urgences.

Mais elle se sentait toujours mal à l'aise.

Et si Xander passait par là ? Peut-être avait-il un rapport d'intervention à remplir ?

Cette pensée ne la quitta pas pendant les deux heures suivantes, si bien que, au moment de quitter l'hôpital, elle avait développé une bonne migraine.

Xander n'était finalement pas revenu. Elle ne savait pas si elle devait s'en réjouir ou le regretter…

Xander abandonna en soupirant sa pinte de bière vide sur le comptoir du bar.

Pour une fois, il ne songeait pas au travail.

Il avait reçu un gros choc cet après-midi-là en revoyant Chloe. Leurs retrouvailles avaient ravivé des souvenirs profondément enfouis.

S'il avait pensé à elle en venant à Londres, c'était sans nourrir trop d'espoir de la retrouver… Et pourtant, elle avait reparu dans son univers, belle et lumineuse comme jamais. Elle n'avait guère changé. Tout au plus avait-elle pris quelques rondeurs qui lui allaient à merveille. À vingt-sept ans — six de moins que lui —, elle avait l'air à peine moins juvénile.

En revanche, elle avait gagné en maturité et en assurance. Son calme, son efficacité l'avaient impressionné pendant l'accouchement de Shania. Il avait toujours su qu'elle deviendrait une excellente professionnelle, et il en avait la confirmation.

Il ferma les paupières, sidéré par la force des images qui lui revenaient d'un coup.

Les boucles blondes de Chloe. Sa magnifique chevelure étalée sur sa poitrine après l'amour. Sa peau qui sentait bon le lait après-soleil. Ses lèvres douces, enivrantes…

Non, il n'avait rien oublié. Il se rappelait tout comme si c'était la veille.

À l'époque, Chloe avait redonné des couleurs à sa vie. Il sortait de deux années difficiles, et au moment de leur rencontre, il n'allait pas très bien. Quoi de plus normal ? Lutter contre le cancer puis découvrir l'infidélité de sa femme, cela l'avait épuisé sur les plans physique et mental. Son espoir de fonder une famille se trouvait réduit à néant. Il ne pouvait plus se raccrocher qu'à sa carrière.

Dans le vide sidéral où il évoluait, Chloe lui avait fait du bien. Elle lui avait permis d'oublier le passé provisoirement. Cela n'avait pas tout résolu, mais au moins avait-il franchi un cap. Elle avait apaisé son âme. Elle lui avait apporté joie et sérénité au moment où il en avait besoin.

Avait-il été heureux depuis ? Il devait admettre que non. Jamais il n'aurait cru que l'absence de Chloe lui laisserait un tel vide. Il s'était senti très seul, au point d'avoir des regrets…

Comment les choses auraient-elles évolué s'il avait trouvé le courage de lui raconter son histoire ? S'il avait eu la force d'ouvrir son cœur meurtri ?

Hélas, il ne le saurait jamais.

Ils s'étaient rencontrés à un trop mauvais moment pour qu'il puisse envisager une relation sérieuse. Être trompé par la femme qu'il aimait depuis dix ans — son épouse, son amour de jeunesse — lui avait laissé un goût amer. Après cet échec cuisant, il avait jugé prématuré de refaire confiance à quelqu'un. Il aurait eu besoin de temps pour connaître Chloe, or, il n'avait eu qu'un mois. C'était trop peu pour envisager un avenir commun, même si cette idée, bizarrement, lui avait traversé l'esprit.

Afin d'y voir plus clair en lui-même, il avait ensuite choisi de parcourir le monde. Mission après mission, il avait voulu combler son vide intérieur sans y parvenir. Et maintenant qu'il avait revu Chloe, il comprenait mieux pourquoi.

Partout où il se trouvait, *elle* lui avait manqué.

Cet après-midi-là, passé l'effet de surprise, il avait ressenti une impression de calme absolu. Un poids énorme s'était envolé de sa poitrine, comme s'il pouvait enfin respirer librement. Tout ça par la grâce de cette rencontre stupéfiante, inattendue…

Il avait failli aller retrouver Chloe pour l'inviter au pub après le service, mais il y avait renoncé. Il avait préféré attendre, réfléchir.

Cette situation était par trop déstabilisante. Certes, il

s'agissait d'une coïncidence, mais la vie lui avait démontré que les choses arrivaient rarement par hasard.

La première fois qu'il avait vu Chloe, c'était justement dans un bar — celui du Palace Hotel à Broken Hill, Australie. Elle avait franchi la porte dans un rayon de soleil, silhouette gracile surmontée d'un visage à l'ovale parfait, encadré de boucles d'or…

Il avait reçu un choc. Pendant quelques secondes, il s'était demandé s'il n'avait pas une vision. Il avait beaucoup travaillé ce jour-là. Et puis, il venait d'entamer sa deuxième bière alors qu'il ne buvait presque jamais…

Il n'avait même pas cherché à comprendre pourquoi Chloe s'avançait vers lui. Cela lui avait paru naturel, comme si un fil invisible les reliait. Il avait mis quelques instants à se rendre compte qu'elle n'était pas seule : une infirmière du service de secours aériens l'accompagnait.

Quand leur collègue avait fait les présentations, il avait failli sauter de joie. Savoir que cette apparition divine rejoignait son équipe avait été la meilleure nouvelle de la semaine. Du mois. Des deux dernières années.

À partir de ce moment-là, le monde extérieur n'avait plus existé. Il s'était focalisé sur Chloe, lumineuse et pleine de vie, dont le sourire l'avait envoûté en trois minutes chrono.

Après avoir bu un verre, leur collègue s'était éclipsée car elle commençait tôt le lendemain. Chloe et lui avaient dîné au bar. Ils étaient restés à bavarder de tout et de rien jusqu'à la fermeture. Elle avait flirté avec lui. Elle lui avait effleuré le bras, la cuisse. Il avait failli céder à la tentation tout de suite.

Deux choses l'en avaient empêché. D'abord, il se trouvait trop vieux pour elle. Pas forcément en âge — il allait fêter ses vingt-neuf ans —, mais dans sa tête. Il avait vécu tant de choses difficiles qu'il avait presque l'impression d'être centenaire. Ensuite, il se considérait comme un gentleman. Sauter sur une fille le premier soir, très peu pour lui.

Sa résistance n'avait toutefois pas duré bien longtemps. Le lendemain, Chloe et lui avaient de nouveau dîné ensemble, et à partir de là ils ne s'étaient plus quittés. Ils avaient entamé une relation brève mais intense, étant sur la même longueur d'onde : l'un et l'autre souhaitaient vivre l'instant présent sans s'engager sur la durée.

Dans ces conditions, il n'avait pas voulu risquer de tout gâcher en lui racontant ses malheurs. D'ailleurs, il avait presque réussi à les oublier. Il était devenu accro à leurs soirées, à leurs nuits. Elle lui faisait tellement de bien…

Et puis un jour, comme prévu, elle était partie.

La chute avait été brutale. Il se sentait plus seul que jamais, et quatre ans plus tard, il en était toujours au même point : rien ni personne n'avait pu le tirer du gouffre où il se trouvait.

3.

Chloe se laissa tomber sur un siège en soupirant.

Elle détestait le métro aux heures de pointe. La journée avait été épuisante, et l'atmosphère confinée lui donnait mal à la tête.

Quand elle ferma les paupières pour occulter la lumière crue des néons, un paysage lointain lui revint d'un coup en mémoire, comme si une force invisible la propulsait dans le temps et l'espace pour la ramener à Broken Hill.

Dans le bush, l'air sentait bon l'eucalyptus et la terre humide. On pouvait admirer les étoiles chaque nuit au lieu de vivre dans un brouillard pollué. Là-bas, il y avait tellement d'espace qu'on ne se bousculait jamais. Elle passait des jours entiers seule avec Xander, le pilote et les patients auxquels ils rendaient visite en hélicoptère.

Bien que courte, cette période demeurait très présente en elle. Il n'y avait aucun danger qu'elle l'oublie. Elle avait rapporté d'Australie un souvenir très spécial…

Les bruits et la chaleur étouffante du métro s'estompèrent. Elle eut l'impression qu'une brise tiède lui caressait le visage, comme le soir où elle avait vu Xander pour la première fois.

À cette époque, elle avait déjà passé deux mois en Australie — un à Adélaïde et un autre à Port Augusta. Néanmoins, elle attendait avec impatience ces dernières semaines de formation au cœur du bush. Elle s'était préparée à vivre une expérience particulière, sachant que les conditions sur le terrain seraient difficiles. Elle avait anticipé ce séjour, et en arrivant, elle était fin prête.

Personne, en revanche, ne lui avait dit qu'elle allait rencontrer l'amour.

La tradition voulait qu'un membre de l'équipe accueille les nouveaux venus. Janet l'avait donc invitée à boire un verre au Palace Hotel, une imposante bâtisse en brique rouge qui avait servi de décor à de nombreux films.

Elle s'était réjouie de découvrir les célèbres fresques qui couvraient l'endroit des murs aux plafonds et qui avaient fait la renommée des lieux. Pourtant, au bout de trois mètres, elle n'avait plus rien vu, hormis l'homme à la beauté hallucinante qui se trouvait seul au bar.

Grand, mince, blond et bronzé, il ressemblait à un acteur de cinéma. Avec son nez droit, sa mâchoire volontaire et ses larges épaules, il aurait pu incarner n'importe quel héros. Néanmoins, ce n'était pas une vedette sur papier glacé. Le Dr Alexander Jameson était son chef de mission !

En le voyant de plus près, elle avait su immédiatement que son regard gris cachait un mystère. Loin de la décourager, ce caractère énigmatique lui avait plu. Son instinct l'avait toujours poussée vers les personnes malheureuses, sans doute parce que, gamine, elle s'était sentie responsable de sa famille après la trahison de son père…

Au fond, peu importaient les raisons de son attirance pour Xander. Elle avait su dès les premières minutes qu'ils finiraient ensemble et que ce serait magique.

Elle n'avait pas été déçue.

Si le retour avait été différent de ce qu'elle imaginait avec une grossesse imprévue à gérer, elle ne regrettait rien. Certes, son existence était moins simple qu'autrefois, mais elle se débrouillait. Elle espérait juste que le retour de Xander n'allait pas compliquer trop les choses.

— Descends un peu de ce vélo, Lily. Si tu allais faire de la balançoire pour changer ?

Chloe soupira en voyant la mine dépitée de sa fille. Elle s'en voulait de l'avoir contrariée, mais elle était fatiguée, et elle avait besoin de s'asseoir.

Elle récupéra le vélo puis se laissa tomber sur le banc qu'occupait déjà sa mère près des balançoires.

Celle-ci lui jeta un regard inquiet.

— Ça n'a pas l'air d'aller. Tu as des problèmes à l'hôpital ?

Infirmière libérale, elle aussi connaissait par cœur les aléas du métier. Cependant, elle n'aurait jamais pu deviner ce qui la perturbait !

— J'ai eu une insomnie la nuit dernière, avoua Chloe. Les services aériens ont engagé un nouveau remplaçant. C'est… C'est Xander.

— Quoi ? Ton Xander ?

— Ce n'est pas *mon* Xander, mais… Oui. Il va travailler ici quelques semaines.

— Quelle drôle de coïncidence ! Il a peut-être découvert la vérité pour Lily. Qui sait ?

— Cela m'étonnerait. Personne n'a pu faire le rapprochement entre nous deux. Et puisqu'on n'avait aucun contact, comment aurait-il su que je travaillais à Londres, au Queen Victoria par-dessus le marché ?

— Pour le coup, c'est énorme ! Que comptes-tu faire ?

— Je n'ai pas le choix. Je vais tout lui dire. Il faut juste que je trouve le bon moment. J'y ai réfléchi une bonne partie de la nuit.

— Comment va-t-il réagir, d'après toi ?

— Aucune idée. J'ignore tout de sa vie, mais une chose est sûre : il n'a jamais cherché à me revoir. Je n'ai pas dû beaucoup lui manquer !

Sa mère leva les sourcils.

— Ça, tu n'en sais rien. Et cela n'a aucun rapport avec la paternité. Il sera peut-être ravi, même si vous n'avez plus de relation personnelle.

— Les deux sont liés, en général. Regarde papa…

— Ton père m'a quittée, mais il n'a jamais voulu vous abandonner, tes frères et toi. Comment aurait-il pu imaginer qu'il allait mourir si jeune ? On ne peut jamais savoir de quoi l'avenir sera fait. Voilà pourquoi je suis d'accord sur le principe. Tu dois dire la vérité à Lily et à Xander. Il ne faut pas garder ça pour toi. Et je pense qu'il n'y aura jamais de moment idéal.

— Non, mais tout de même… Je vais essayer d'aller à la pêche aux informations. Il a peut-être une femme, des enfants. Si c'est le cas, mon annonce risque de le contrarier.

Pour elle qui planifiait tout et détestait les imprévus, il était inconcevable qu'elle ne se renseigne pas un minimum. Elle voulait absolument savoir où elle mettait les pieds.

— Je ne veux pas courir le risque qu'il rejette Lily, ajouta-t-elle.

— Arrête de chercher mille prétextes. Ce ne sera que reculer pour mieux sauter.

Elle en avait conscience, mais cela ne lui donnait pas plus de courage. Heureusement qu'elle n'allait pas voir Xander tous les jours ! On l'appelait une à deux fois par semaine pour des missions de sauvetage. Avec un peu de chance, un autre médecin se trouverait à bord la prochaine fois qu'elle monterait dans l'hélicoptère…

Sa mère lui entoura affectueusement les épaules.

— Il n'y a pas cinquante façons de savoir comment les choses vont tourner. Parle à Xander le plus vite possible.

Elle soupira.

— J'ai besoin de réfléchir, maman. J'essaierai de faire au mieux.

— Je te fais confiance, ma chérie.

Depuis trois jours, Xander se sentait énervé et tendu, chose qui lui arrivait rarement.

Ce n'était pas le volume de travail qui le déstabilisait, mais le besoin de revoir Chloe. Il se demandait quand l'équipe allait avoir besoin d'une sage-femme, et si c'est elle qui serait appelée cette fois-là.

À force de penser à elle non-stop, il allait perdre la tête ! Mathématiquement, il avait assez peu de chances de la croiser. Peut-être devrait-il donner un coup de pouce au destin ?

Ce soir-là, n'y tenant plus, il descendit aux urgences du Queen Victoria après sa garde.

Chloe, apprit-il, se trouvait à la maternité.

Il y monta à son tour.

En sortant de l'ascenseur, il avisa au fond du couloir une fine silhouette surmontée d'une masse de boucles blondes : Chloe poussait le fauteuil roulant d'une patiente.

Il la suivit à distance pour ne pas la déranger.

Parvenue au service de réanimation néonatale, elle inséra son badge dans la fente de la porte et entra. Quelques minutes plus tard, elle ressortit seule.

Il s'avança vers elle, l'air détaché, les mains dans les poches.

— Xander ! Qu'est-ce que tu fabriques ici ?

— Je voulais prendre des nouvelles de Shania, improvisa-t-il.

Elle lui sourit, comme si cette réponse lui faisait plaisir.

— C'est gentil de ta part. Physiquement, elle va bien. Quant au reste… Elle a vu deux fois l'assistante sociale. Elle n'a encore pris aucune décision, mais elle réfléchit à la suite.

— Tant mieux ! Et sa petite puce ?

— Tonya se porte comme un charme. Je viens justement d'emmener Shania la voir. Elle se sent mieux et passe de plus en plus de temps avec elle.

— C'est génial… As-tu terminé ta garde ?

— Non, pas encore. Pourquoi ? ajouta-t-elle en appuyant sur le bouton de l'ascenseur.

— Parce que je voulais t'inviter à prendre un verre ce soir.

— Pourquoi ? répéta-t-elle.

Interloqué, il dansa d'un pied sur l'autre.

Il ne s'était pas attendu à cette question.

— Pour discuter un peu. Je ne pensais pas te voir à Londres et… J'aimerais bien savoir ce que tu deviens, depuis tout ce temps.

— Désolée, je ne peux pas.

— Tu ne peux pas ce soir, ou pas du tout ?

Le portable de Chloe bipa au moment où elle allait répondre. Elle jeta un coup d'œil sur l'écran puis s'engouffra dans l'ascenseur.

— Il faut que je me dépêche, dit-elle sans répondre à sa question. À un de ces jours.

Les portes se refermèrent sous son nez, et il eut l'impression d'être un parfait imbécile.

Qu'avait-il espéré au juste ? S'il était toujours célibataire, Chloe ne l'était probablement plus. Le fait qu'elle ne porte pas d'alliance — il avait remarqué ce détail — ne voulait rien dire. Elle devait avoir quelqu'un dans sa vie. La meilleure option était sans doute de la laisser tranquille. À quoi bon s'accrocher au passé ?

Une petite voix intérieure lui soufflait pourtant de ne pas renoncer trop vite. Quatre ans plus tôt, il l'avait laissée partir et l'avait regretté amèrement. Il voulait éviter de faire la même bêtise.

Cette fois, il n'abdiquerait pas avant de savoir à quoi s'en tenir.

Pour la vingtième fois depuis une heure, Chloe jeta un coup d'œil discret sur sa montre.

Elle était furieuse contre elle-même. Pourquoi avait-elle accepté la proposition saugrenue d'Esther ? Cet apéritif « arrangé » avec Stephen, un anesthésiste ami de Harry, était le plus mauvais plan de l'année !

Ce fiasco n'était pas la faute de Stephen, un gentil garçon. Ils n'avaient juste rien en commun. Et surtout, elle ne cherchait pas à « se caser ».

En quatre ans, personne n'avait pu remplacer Xander dans son cœur, et depuis qu'elle l'avait revu, elle pensait à lui sans arrêt. C'était sa compagnie qu'elle souhaitait, pas celle d'un autre…

Que faisait-il en ce moment même ? Aurait-elle accepté son invitation si elle avait été libre ?

À vrai dire, elle l'ignorait. Sa proposition d'aller boire un verre l'avait prise au dépourvu. Elle avait pensé à Lily. Elle avait commencé à paniquer et s'était réjouie que son téléphone sonne au bon moment.

Néanmoins, une chose était certaine : elle aurait *voulu* être avec lui malgré les incertitudes liées à leur histoire. Elle se serait moins ennuyée qu'avec Stephen, lequel s'évertuait à entretenir un semblant de conversation !

Encore un petit effort. Il avait fini son verre. Elle pourrait bientôt partir.

— … Et donc, tu as vécu plusieurs mois en Australie ? demandait Stephen.

Faute de mieux, la discussion était revenue sur le travail. Un grand classique.

— Oui, répondit-elle en s'efforçant au calme. J'ai participé à un programme d'échanges entre services. Comme les secours aériens m'ont plu, j'ai postulé au Queen Victoria pour continuer à en faire.

— Qu'as-tu pensé de l'Australie ?

— J'ai adoré. Y es-tu déjà allé ?

— J'y ai passé un an pour mon service militaire. Personnellement, j'ai détesté. Je garde un très mauvais souvenir de la chaleur suffocante, des mouches… Et on ne parle même pas des conversations des gars du coin. Tout tourne autour du sport, c'est ridicule !

Hormis sur les mouches, elle était en désaccord total avec Stephen. Elle avait aimé le climat de l'Australie, le style de vie décontracté. Elle avait aimé… Xander.

Elle soupira intérieurement.

Même s'ils évoluaient dans la même sphère professionnelle, Stephen et elle n'avaient rien à se dire. Ils perdaient leur temps. Heureusement qu'il s'agissait d'une prise de contact et pas d'un dîner ! Ce qu'il lui fallait à présent, c'était une bonne raison de partir.

Elle s'excusa donc et descendit aux toilettes. Là, elle appela sa mère et la pria de lui envoyer un texto quelques minutes plus tard pour dire que Lily était fiévreuse et qu'elle devait rentrer. Le procédé n'était pas joli joli, et Stephen ne serait sans doute pas dupe, mais tant pis.

Elle remonta l'esprit léger, contente de son stratagème. Mais occupée à ranger son téléphone dans son sac, elle fonça tête baissée sur un client qui se trouvait en haut de l'escalier.

— Désolée, monsieur, je… Xander !

Elle se figea sur place. En trois secondes, son cœur s'était mis à cogner follement dans sa poitrine.

— Qu'est-ce que tu fais là ? demanda-t-il. Je croyais que tu n'étais pas libre ce soir.

— Non, parce que… je suis déjà accompagnée.

— Ah, d'accord.

Que signifiait ce « d'accord » ? Xander était-il déçu ? Comment lui faire comprendre qu'elle n'avait pas l'habitude de sortir ? Elle ne pouvait pas lui raconter sa vie en trente secondes, d'autant qu'elle risquait de se trahir.

— Et toi ? Tu es venu avec quelqu'un ? s'enquit-elle.

— Non, je suis seul… Allez, ne fais pas attendre ton copain. Bonne soirée, conclut-il en s'écartant.

Elle passa devant lui sans rien dire.

Sa soirée avait maintenant toutes les chances d'être meilleure. Il fallait juste que Stephen disparaisse de la circulation, et si sa mère jouait bien le jeu, c'était une question de minutes.

Xander suivit Chloe du regard quelques secondes avant de rejoindre le bar.

Après s'être installé, il fit signe au serveur de lui apporter sa bière habituelle et appuya les coudes sur le comptoir, dépité.

Pourquoi cette femme le perturbait-elle à ce point ? Lui d'habitude calme et réfléchi, il perdait tout bon sens dès qu'elle se trouvait dans les parages.

Il avait été d'autant plus déstabilisé qu'il ne s'attendait pas à la voir. Les infirmières et les médecins fréquentaient un pub plus proche de l'hôpital. Lui, il avait choisi celui-ci par commodité car il était tout près de son logement de fonction, que l'ambiance était chaleureuse et la nourriture excellente. Or, il détestait cuisiner le soir…

Perdu dans ses réflexions, il vit à peine le barman poser un verre devant lui. Et il eut l'impression d'halluciner quand une voix familière s'éleva contre son oreille.

— Puis-je m'asseoir ?

Il tourna la tête, médusé.

Chloe était bien là, souriante.

Il sentit son cœur bondir : avait-elle renoncé à ses projets pour lui ?

Cette simple idée le mit en joie, tandis qu'une exaltation familière se réveillait au creux de sa poitrine.

— Et ton ami ? demanda-t-il, alors que Chloe se perchait sur le tabouret voisin du sien.

— Il est parti. Et moi, j'ai fait semblant de partir, et je suis revenue.

— Quoi ? Mais non !

Quand elle éclata de rire, une incroyable sensation de bien-être l'envahit. Il ne s'était pas rendu compte autrefois à quel point il aimait son rire.

— C'était un premier rendez-vous, et on n'avait aucun atome crochu, alors…

— Ce sont des choses qui arrivent. Puis-je réitérer mon invitation, maintenant ? ajouta-t-il, malicieux.

— Avec plaisir… Si je ne te dérange pas.

— Bien sûr que non, au contraire. Je n'attendais personne.

Il avait bien quelques amis à Londres, mais ils étaient mariés et pères de famille. Il les voyait à la salle de sport ou les week-ends, pas la semaine.

— Je viens dîner ici tous les soirs parce que j'habite le quartier, précisa-t-il.

Au même moment, le serveur lui apporta une assiette copieusement garnie d'un hamburger et de frites. Il sourit à Chloe.

— As-tu dîné ?

— Non, mais je n'ai pas faim. Je me contenterai d'un verre.

— Un gin tonic ?

— Oui, s'il te plaît, confirma-t-elle en se penchant pour prendre une frite dans son assiette.

Ce geste-là, elle l'avait souvent fait à Broken Hill. Elle commandait un plat mais finissait toujours par picorer chez lui. Quels bons souvenirs il gardait de cette époque !

— Alors, raconte… Qu'est-ce qui n'a pas marché avec ton gars ?

Elle s'esclaffa. Elle ne semblait pas déçue, mais plutôt soulagée et même contente. Il trouvait sa bonne humeur contagieuse, sa beauté irrésistible.

— Stephen n'était pas mon genre, répondit-elle.

— Parce que tu as un genre, toi ?
— Oui, comme tout le monde !

Chloe n'en revenait pas que Xander se soit rappelé sa boisson favorite. Ce détail lui faisait plaisir, comme le fait qu'il semble apprécier sa compagnie.

Plus elle y pensait, et plus elle se félicitait d'être revenue. Après une brève hésitation, elle avait rappelé sa mère pour lui dire qu'elle avait croisé d'autres amis et qu'elle ne rentrerait pas tout de suite. Puis elle avait fait demi-tour sur le trottoir, direction le pub, en scrutant les environs pour vérifier que Stephen était bien parti. Il n'aurait plus manqué qu'elle le croise à nouveau !

Quand Xander poussa son verre vers elle, sa jambe frôla la sienne sous le bar, et elle sentit un long frisson la parcourir.

C'était idiot, mais son corps réagissait comme autrefois. Rien n'avait changé.

— Je ne sais pas si tout le monde a un genre, répliqua Xander en souriant, mais je suis curieux de connaître le tien. Vas-y, dis-moi tout.

Elle but une gorgée de gin tonic pour balayer son trouble.

— J'aime les gens dynamiques, dit-elle enfin. Les personnes ouvertes, curieuses, partantes pour de nouvelles aventures. À condition qu'on les choisisse ensemble, évidemment. Bref, j'aimerais rencontrer quelqu'un qui mette du sel dans ma vie.

Comme Xander autrefois. Il avait été le seul, l'unique à lui faire éprouver ce genre de choses.

— Tu parles d'alchimie naturelle, je pense.

Elle opina en reposant son verre.

Ils avaient toujours été sur la même longueur d'onde. D'ailleurs, être assise là au bar, près de lui, avait quelque chose d'étrangement familier.

Sur le plan physique, Xander n'avait rien perdu de son pouvoir de séduction. Néanmoins, elle s'étonna de lire la même tristesse dans son regard. À l'époque, elle avait attribué cette mélancolie à son divorce, mais cinq ans après, il aurait dû tourner la page, non ?

Elle eut envie de poser la main sur son bras pour le réconforter, comme autrefois, et s'en abstint de justesse.

Elle n'était plus une jeune fille insouciante, mais une mère célibataire. Elle ne pouvait plus agir de manière aussi irréfléchie !

— Depuis quand habites-tu le pays de Galles ? demanda-t-elle pour balayer ses souvenirs.

Il fronça les sourcils d'un air perplexe.

— Je n'ai jamais vécu là-bas.

— Ah bon ? J'avais cru comprendre…

— J'ai fait un remplacement de six mois au service de secours héliportés de Cardiff. J'ai fini il y a quinze jours et, sincèrement, j'étais heureux que mon contrat se termine. L'hiver est rude là-bas. J'aurais plutôt dû y passer un été, conclut-il en souriant.

— Et cet été, justement, où iras-tu ?

L'air de rien, elle voulait se renseigner. S'il quittait Londres d'ici quelques semaines, pourquoi lui parler de Lily ? Cette confession risquait de mettre son équilibre familial en danger, or, elles étaient très heureuses ainsi. De plus, rien ne garantissait que Xander prendrait bien la nouvelle. Boire un verre en souvenir du bon vieux temps, c'était une chose. Accepter sa paternité, c'en était une autre.

— Je n'ai rien décidé, répondit-il.

— Tu vis… seul ?

— Oui. On est encore célibataires tous les deux. C'est dingue, non ?

Elle haussa les épaules, faussement désinvolte.

— Ce sont les hasards de la vie.

— Je ne crois pas aux coïncidences, Chloe.

Heu… Moi non plus, en fait.

Xander la tenait prisonnière de son regard, et elle comprit qu'elle était perdue. Quand il lui repoussa une mèche folle derrière l'oreille, elle dut se retenir de se jeter dans ses bras.

— Je suis vraiment content de t'avoir retrouvée, murmura-t-il. T'ai-je dit que j'habite au coin de la rue ?

Impossible de se méprendre sur cette invitation à peine déguisée. Néanmoins, elle ne pouvait pas céder à la tentation. Plus maintenant. Elle devait s'échapper avant de faire une bêtise.

— Oui, tu me l'as dit.

— Aimerais-tu venir boire un café chez moi ?

— Je ne bois jamais de café le soir, répliqua-t-elle en souriant.

— Oui, je m'en souviens. J'ai aussi des sodas et du gin…

— Ça ne t'embête pas si on remet ça à plus tard ? Je commence tôt demain.

— Mais non, pas du tout. Je comprends très bien.

Elle descendit de son tabouret, puis enfila sa veste.

— Je vais attendre un taxi avec toi, proposa Xander.

— Pas la peine. Je vais prendre le métro.

— C'est imprudent à cette heure-ci.

— Je rentre toujours en métro après mes gardes à l'hôpital, tu sais.

— Hum.

Xander la suivit dans la rue. Avisant un taxi, il fit un grand signe au conducteur, qui s'arrêta le long du trottoir.

— Laisse-moi régler ta course, s'il te plaît. Je serai plus tranquille.

— D'accord. Comme tu veux.

Il ouvrit la portière arrière de la voiture, mais au moment où elle allait monter, il la retint par la main.

Elle pivota vers lui et se figea, le cœur battant, les joues en feu.

— Tu dois vraiment y aller ? demanda-t-il d'une voix caressante.

Incapable d'articuler le moindre son, elle opina.

Alors il se pencha vers elle, et elle frissonna en sentant le contact tiède de sa bouche contre son oreille.

— Et si tu mettais un peu de sel dans ta vie, Chloe ?

Avant qu'elle ait pu répondre, il tourna légèrement la tête et l'embrassa sur les lèvres.

Ce fut d'abord un baiser léger, puis plus insistant, et elle y répondit de toute son âme.

Elle retrouvait le goût de Xander, la chaleur de son corps pressé contre le sien, la douceur de son étreinte. Le temps et l'espace s'étaient abolis d'un coup, comme s'ils n'avaient, chacun, vécu que pour l'instant magique où ils se retrouveraient dans les bras l'un de l'autre.

Les lèvres entrouvertes, elle explora la bouche gourmande de Xander. Il lui effleurait maintenant le visage, le cou, les épaules, et elle eut l'impression de perdre pied quand il glissa une main sous sa chemise pour lui caresser le dos.

Une ligne de feu lui irradia le ventre, et elle épousa plus étroitement son corps musclé, tous les sens en alerte.

Était-il possible de se consumer de désir à ce point ? Elle croyait avoir tout oublié, mais aujourd'hui, elle revenait à la vie après un long sommeil…

— Vous montez, oui ou non ?

La voix courroucée du chauffeur la fit sursauter. Elle s'écarta de Xander qui la dévisageait intensément. Il lui sourit et, du bout de l'index, traça le contour de son visage.

— Alors, qu'est-ce que tu décides ? chuchota-t-il.

Elle hésita.

Ce baiser l'avait propulsée dans un monde magique dont elle n'avait pas envie de sortir. Pour autant, céder à la tentation serait une très mauvaise idée. Xander l'ignorait, mais elle n'était plus la Chloe d'autrefois.

— Je vais rentrer, répondit-elle d'une voix rauque. C'est mieux comme ça.

Il opina et l'embrassa légèrement sur la joue. Tandis qu'elle s'installait, il contourna la voiture pour glisser un billet au conducteur, puis, planté sur le trottoir, il la regarda partir en lui envoyant un dernier baiser.

Elle se rejeta contre la banquette et ferma les paupières.

Même si elle était déçue et frustrée, elle était convaincue d'avoir pris la bonne décision. Elle n'était plus seule à présent. Xander venait de réapparaître dans sa vie, mais elle devait bien réfléchir à la place qu'elle souhaitait lui donner.

4.

Chloe traversa le tarmac au pas de course. Au moment de monter à bord, elle vit la haute silhouette de Xander se profiler derrière la vitre de l'hélicoptère, et elle sentit son pouls s'accélérer.

C'était ridicule, mais elle attendait depuis trois jours de le revoir. Leur baiser lui avait mis le cœur en fête, réveillant un fol espoir en son cœur. Elle avait beau se traiter d'idiote et se dire que Xander n'avait peut-être pas éprouvé les mêmes émotions, rien n'y faisait, elle flottait sur un petit nuage.

Allons, elle devait rester prudente. La dernière fois qu'elle avait flotté sur un nuage de ce genre, elle était tombée enceinte…

Xander l'accueillit par un sourire lumineux, qu'elle lui rendit volontiers. Néanmoins, se sentant rougir, elle se concentra sur les attaches de son harnais.

Il n'aurait plus manqué que leurs coéquipiers soupçonnent quelque chose !

— Nous sommes appelés pour un accident de voiture sur l'autoroute, expliqua Rick. Deux ambulances et les pompiers sont déjà sur place. Il y a quatre patients. Deux personnes incarcérées et inconscientes, une troisième qui souffre de contusions légères. La quatrième personne est une femme enceinte de trente-six semaines en arrêt cardio-respiratoire. La réanimation est en cours.

— Elle aura sans doute la priorité, mais on refera le point en arrivant, commenta Xander.

La situation était susceptible d'évoluer rapidement. D'ici

quelques minutes, les pompiers auraient peut-être réussi à désincarcérer les deux victimes bloquées. L'état de la future mère se serait peut-être amélioré, ou alors elle serait morte. Il y avait toujours beaucoup d'imprévus dans une expédition de secours aériens, et Chloe savait par expérience que mieux valait s'attendre au pire. Dans ce cas précis, elle comptait d'ailleurs cinq victimes potentielles, car à trente-six semaines de gestation, le bébé était viable…

Neuf minutes après le décollage, Simon se posa dans un champ en bordure de la M25, une des autoroutes menant à Londres.

Durant la phase d'approche, Chloe avait repéré les gyrophares des ambulances dans le brouillard près des voitures accidentées. Elle avait également vu que les pompiers découpaient toujours un amas de tôles broyées, signe que les opérations étaient loin d'être finies.

Elle se dépêcha de sortir et courut vers le lieu d'intervention, suivie par Rick et Xander.

Deux hommes en blanc étaient agenouillés auprès d'une jeune femme inerte, allongée sur une civière posée à même le sol. La femme était intubée, et l'un des ambulanciers actionnait un ballonnet à oxygène.

Un peu plus loin, sur la bande d'arrêt d'urgence, un secouriste pansait le front d'une dame d'âge mûr assise à l'arrière d'une ambulance. Cette personne avait-elle un lien de parenté avec la future mère ? C'était probable. Qui d'autre aurait pu dire que la malheureuse était enceinte de trente-six semaines ?

— Trente ans, arrêt cardiaque, annonça l'infirmier réanimateur. Elle a eu trois milligrammes d'atropine et huit d'épinéphrine en intraveineuse. Trauma crânien, cyanose de la face et hématome abdominal causé par la ceinture. On a peur qu'elle ne fasse une hémorragie interne.

— Il y a un échographe portable dans l'hélico, répondit Xander. Peut-on la bouger ?

— On peut essayer…

Les quatre hommes se mirent en devoir de déplacer la

civière sans cesser la réanimation, tandis que Chloe maintenait la perfusion en place.

Sitôt dans l'hélicoptère, Xander découpa le T-shirt et le pantalon de la jeune femme, dont l'abdomen semblait extrêmement tendu.

L'échographie révéla bientôt ce qu'ils espéraient tous : le cœur du fœtus battait.

— Hémorragie interne, mais les saignements ont l'air de s'estomper, indiqua Xander. Vous réanimez depuis combien de temps ?

— Quatorze minutes. Elle était déjà en arrêt quand on est arrivés, six minutes après l'accident, précisa l'infirmier qui manipulait le ballonnet.

— On risque de les perdre tous les deux. Il faut tenter quelque chose.

Chloe comprit immédiatement de quoi il s'agissait : hélas, ils n'avaient qu'une seule option.

— Que veux-tu faire ? demanda Rick.

— Une césarienne, répondit Xander. Chloe m'assistera. Vous trois, vous continuerez la réanimation.

— As-tu déjà opéré en dehors d'un hôpital ? chuchota-t-elle.

— Une fois.

Son air triste lui fit comprendre que cela s'était mal passé. Néanmoins, elle refusait d'envisager une issue négative. Il fallait sauver cet enfant !

Elle se hâta de préparer les instruments nécessaires puis badigeonna l'abdomen de désinfectant. Ensuite, tout alla très vite : quatre minutes plus tard, Xander mettait au monde un petit garçon, qu'il lui tendit pour le premier examen.

— Aucune trace de méconium, cordon intact, placenta intact, précisa-t-il.

Le bébé était rose, mais flasque, et il ne pleurait pas. Il ne réagissait pas non plus aux stimuli, et elle n'observa aucun mouvement respiratoire tandis que le cœur battait à soixante battements par minute. Au bout du compte, elle releva un score d'Apgar de 3 sur 10.

C'était limite. Très limite. Le temps pressait, mais elle devait agir sans paniquer.

Elle frictionna vigoureusement le bout de chou à l'aide de serviettes pour le réchauffer et le stimuler en même temps. Sans succès, hélas. Après l'avoir emmailloté, elle prit donc de l'oxygène dans sa mallette.

Xander, qui recousait l'abdomen de la patiente, lui jeta un coup d'œil par-dessus son épaule.

— As-tu besoin d'aide ?

— Oui. Le bébé ne respire toujours pas. Prépare-toi à le ventiler, s'il te plaît.

Il enfila une paire de gants propres puis se posta près d'elle. Néanmoins, malgré l'apport d'oxygène, le rythme cardiaque restait lent et la petite poitrine, désespérément immobile…

— On change de place, décida Xander. Je vais lui administrer de l'épinéphrine.

Suivant ses indications de dosage, elle prépara une seringue équipée d'une aiguille intra-osseuse. Il injecta le produit dans la moelle du tibia, et elle se mit à pomper l'oxygène dans le ballonnet placé sur la bouche minuscule de leur patient.

Ce qu'ils attendaient se produisit enfin : le nourrisson commença à respirer spontanément, bien que de manière désordonnée. Elle releva un score d'Apgar de 6 sur 10 au bout de cinq minutes car les réflexes demeuraient absents, mais le rythme cardiaque était remonté à cent pulsations, et la peau était bien rose, signe d'une bonne oxygénation.

On avait frôlé la catastrophe ! Le bébé devrait être suivi de près à l'hôpital.

Xander donna bientôt le feu vert pour décoller.

Chloe ne quitta pas son protégé du regard durant le trajet, et le suivit après l'atterrissage jusqu'au service de réanimation néonatale.

Certes, elle n'était plus responsable des soins, mais elle voulait veiller sur lui, car il n'avait plus de maman, hélas.

Le chef des urgences avait officiellement prononcé le décès de la mère, qui n'avait jamais recommencé à respirer malgré les efforts de Xander, de Rick et de l'infirmier secouriste. Qui allait s'occuper de cet enfant ? Il fallait espérer que le père serait présent dans l'histoire.

Puis elle se rappela la dame âgée assise dans l'ambulance.

Qui était-elle ? Serait-ce la grand-mère du bébé ? Si oui, quelqu'un l'avait-il informée du drame qui touchait sa famille ?

Elle ne put s'empêcher de penser à sa propre situation.

Qui élèverait Lily s'il lui arrivait malheur un jour ? Bien sûr, sa mère était encore jeune, mais elle avait déjà éduqué trois enfants toute seule et ne méritait pas cela. Quant à ses frères, ils avaient leur propre vie. Ne serait-ce pas égoïste de sa part de cacher à Xander qu'il avait une fille ?

Si elle-même ne pouvait plus s'occuper de Lily, il devrait prendre le relais. Serait-il à la hauteur de la situation ? Quatre ans plus tôt, il ne souhaitait pas fonder de famille, mais peut-être avait-il changé ?

Allons, elle s'égarait. Le drame dont elle venait d'être témoin lui faisait broyer du noir. Laisser des hypothèses alarmistes tourner en boucle dans son esprit ne lui apporterait rien de bon. Elle devait se reprendre, très vite.

Chloe avait attendu d'avoir des nouvelles rassurantes du bébé pour quitter l'hôpital. Au bout d'une heure, il s'avérait que le pronostic était plutôt bon.

Le pire était passé. Il allait s'en sortir.

Au moment de gagner l'ascenseur, elle réalisa qu'elle portait toujours sa salopette maculée de sang et monta au dernier étage se changer.

Elle agissait comme un automate, les mains tremblantes. Aurait-elle seulement l'énergie d'aller jusqu'au métro ?

Il le faudrait bien. Elle ne pouvait pas rester là toute la nuit… Elle devait se ressaisir !

Mais, une fois dehors, elle sentit ses genoux fléchir. Elle traversa la rue et alla s'asseoir sur un banc. Elle voyait les gens passer dans un brouillard, elle flottait au-dessus du monde.

— Chloe, ça va ?

Elle se retourna et croisa le regard inquiet de Xander. Posté près d'elle, il la considérait en fronçant les sourcils.

— Oui, je… Non. Pas vraiment.

Consternée, elle sentit des larmes brûlantes lui inonder les joues.

— C'est à cause du bébé ?

— Non, il va bien… Mais sa mère est morte, ajouta-t-elle dans un sanglot.

— Oui, je sais. C'est terrible.

Elle essuya ses larmes d'un revers de main.

— Je suis désolée. Je ne sais pas ce qui m'arrive.

En réalité, elle le savait pertinemment. D'habitude, elle arrivait à cloisonner vie personnelle et travail, sauf que, aujourd'hui, elle n'y était pas parvenue.

Le retour de Xander avait-il déclenché cette hypersensibilité ? Ses deux mondes étaient entrés en collision de manière inattendue, et les événements du jour lui avaient fait mesurer l'étendue du problème : Lily n'avait qu'un parent. Si elle-même avait un accident ou tombait malade, l'avenir de sa fille serait impacté.

C'est à peine si elle remarqua que Xander s'asseyait près d'elle. Elle émergea de sa torpeur quand un bras solide s'enroula autour de ses épaules.

— Ne t'excuse pas, répondit-il gentiment. La charge émotionnelle de nos métiers est parfois dure à supporter.

Elle s'abandonna contre lui en frissonnant. La brise printanière restait fraîche le soir. Elle peinait à se réchauffer malgré la présence de Xander.

— Tu es gelée. On s'en va, décréta-t-il, péremptoire, en la faisant se lever.

— Où veux-tu aller ?

— Chez moi. J'habite à deux cents mètres d'ici.

Incapable de protester, elle se laissa guider le long de la Tamise.

Xander la tenait par la taille et ne la lâcha pas lorsque, quelques minutes plus tard, ils pénétrèrent dans le hall d'un immeuble récent.

Dans l'ascenseur, elle s'alanguit contre sa poitrine, apaisée par les battements réguliers de son cœur. Puis, tel un automate, elle le suivit dans un couloir moquetté d'un épais tapis, jusqu'à une porte qu'il déverrouilla à l'aide d'une carte magnétique.

Le vestibule de l'appartement débouchait sur un grand séjour avec cuisine ouverte. Après avoir allumé les lumières, Xander la fit asseoir sur le canapé et s'éclipsa quelques instants. Elle l'entendit ouvrir des portes de placard et mettre de l'eau sur le feu, mais elle ne se retourna pas, fascinée par la vue magnifique qui s'offrait à elle.

Ce logement ultramoderne était certes sans âme, mais les baies vitrées offraient un panorama imprenable sur la ville. De là où elle se trouvait, elle distinguait le Parlement, Big Ben et la fameuse grande roue baptisée London Eye. Les gens qui se pressaient sur les trottoirs ressemblaient à des fourmis. Impossible de savoir s'ils étaient heureux ou malheureux. Tout avait l'air différent vu d'en haut…

— Tiens, ça va te réchauffer.

— Merci.

Xander venait de poser deux tasses de café et une assiette de biscuits sur la table basse. Il versa une goutte de brandy dans chaque mug puis s'installa à côté d'elle.

Elle eut l'impression que l'espace se rétrécissait d'un coup. La cuisse de Xander contre la sienne lui procurait une délicieuse sensation de chaleur… Elle crispa les doigts sur l'anse de son mug pour contenir ses tremblements. Ses mains lui faisaient l'effet de deux blocs de glace que rien ne parviendrait à réchauffer.

Elle rompit le silence, un peu gênée.

— La dame qui était à l'arrière de l'ambulance… Je me demande qui elle est.

— C'est la grand-mère du bébé, répondit Xander.

— J'imagine qu'on lui a appris les deux nouvelles, la mauvaise et la bonne ?

Il soupira.

— Tout à fait. C'est sa réaction qui t'inquiète ?

— Oui, mais pas seulement. Qui va s'occuper de ce petit garçon ? A-t-il un père ?

— Je crois que oui.

— Il devrait avoir sa maman aussi.

— On a fait tout ce qui était humainement possible pour la sauver, Chloe.

— Je le sais bien. Ce n'est la faute de personne, mais… C'est tellement injuste !

Xander lui tapota la main.

— Il est inutile de se tracasser quand on n'a aucun pouvoir sur les choses. C'est une leçon que la vie m'a apprise.

— Et moi, j'ai appris que c'est mieux de grandir avec ses deux parents ! J'avais sept ans quand mon père est mort, ajouta-t-elle.

Xander lui entoura les épaules et l'attira contre lui.

— Je suis désolé, chuchota-t-il. Veux-tu m'en parler ?

— C'est une histoire banale. Il était policier. Il est mort en service.

— Oh ! Chloe ! Ça a dû être vraiment dur pour ta famille.

— Oui. Ma mère nous a élevés seule, mes deux frères et moi.

Elle s'abstint de préciser que son père avait déjà quitté la maison lorsqu'il avait été tué. Elle lui en avait beaucoup voulu d'être parti. Ensuite, elle avait culpabilisé parce qu'elle n'avait pas eu le temps de se réconcilier avec lui. Elle avait longtemps gardé cette colère enfouie, et ses souvenirs demeuraient teintés d'amertume.

Elle leva sa tasse et but son café à petites gorgées.

Elle détestait évoquer le passé. Quatre ans plus tôt, elle n'avait rien dit de tout cela à Xander, et d'ailleurs, elle n'avait pas appris grand-chose de lui non plus. Ce genre d'échanges ne leur avait pas paru nécessaire.

Mieux valait qu'elle s'en aille. C'était la meilleure option pour éviter de trop s'épancher.

Elle posa son mug et voulut se lever, mais Xander couvrit ses deux mains des siennes.

— Tu as encore froid, Chloe.

Avant qu'elle ait pu réagir, il prit le plaid posé au bout du canapé, il lui en couvrit les épaules, et elle ne résista pas lorsqu'il la maintint serrée contre lui.

Qu'elle le veuille ou non, sa présence lui faisait du bien. Il l'attirait comme un aimant. Ça avait toujours été le cas…

— Personnellement, j'ai du mal à m'habituer au climat anglais, ajouta-t-il en souriant.

— Quand as-tu quitté l'Australie ?

— Je voyage depuis bientôt quatre ans. Je rentre à Adélaïde entre deux missions. Avant le pays de Galles, j'ai travaillé au Canada et en Afrique du Sud. Et encore avant, j'ai collaboré avec Médecins Sans Frontières. Ceci dit, c'est la première fois que je pars aussi longtemps. Je n'ai pas revu ma famille depuis plus d'un an. Je comptais rentrer à la fin de mon remplacement à Londres, mais…

— Mais ?

Il l'enveloppa d'un regard intense.

— Je ne suis plus sûr de vouloir partir. Disons que… Je crois au destin.

Elle y croyait aussi, mais avec prudence. Le destin peut apporter de bonnes ou de mauvaises choses. Il lui avait donné Lily tout en la privant de Xander…

— Peut-être la vie nous a-t-elle réunis pour une raison particulière ? ajouta-t-il.

Elle sursauta violemment.

Il ne croyait pas si bien dire, mais il risquait de tomber de haut !

En théorie, le moment semblait idéal pour lui parler de Lily, sauf qu'elle n'en avait pas le courage. Elle se sentait trop épuisée, physiquement comme mentalement. C'était peut-être lâche, mais tant pis.

Avec douceur, Xander lui souleva les jambes et les posa sur ses genoux. Puis il captura sa main et lui embrassa le bout des doigts.

— Tu m'as manqué, Chloe.

Elle s'abstint de répondre « moi aussi », craignant de révéler son secret. Si elle disait un mot de trop, le reste suivrait, or elle n'était pas prête pour cela.

Xander et elle avaient-ils perdu quatre ans précieux ? Leur histoire aurait-elle pu fonctionner ?

À son grand désarroi, les larmes jaillirent de nouveau.

— Ne t'en fais pas, c'est juste une mauvaise journée. Ça

ira mieux demain, chuchota-t-il, se méprenant sur les causes de son désarroi.

Comme elle ne réagissait pas, il enchaîna.

— Veux-tu rester dîner ? Je pourrais commander du chinois ?

— Je… Je ne peux pas.

Sa mère et Lily l'attendaient à la maison. Elle n'avait pas prévu de rentrer tard, et elle voulait être à l'heure pour coucher la petite. Sa fille — *leur fille* — avait besoin d'elle. Cette petite puce resterait toujours sa priorité absolue.

Autant ne pas se mentir : elle voulait que les choses aillent plus loin avec Xander. L'alchimie qui existait entre eux n'avait pas disparu. Mais cette fois, il ne se passerait rien avant qu'ils aient eu une discussion sérieuse…

— Et on pourrait se voir demain ou dimanche ?

La question la fit sursauter. Absorbée dans ses réflexions, elle ne s'était pas rendu compte que Xander parlait toujours.

— Demain, ça va être difficile. Une de mes amies se marie dans quinze jours. Je suis demoiselle d'honneur, et on a un tas de choses à préparer.

— Et dimanche ?

— J'ai un repas de famille… Puis-je t'appeler plus tard ? On essaiera de trouver un moment.

— Ça marche. Passe-moi ton téléphone, je vais enregistrer mon numéro dessus.

La manipulation faite, elle rangea son mobile dans son sac, puis elle se leva et enfila son manteau.

— Attends, je te raccompagne, dit Xander. On va te trouver un taxi.

— Mais…

— Il n'y a pas de « mais ».

À cette heure-ci, ils n'eurent pas longtemps à attendre. Avant que Chloe monte en voiture, Xander lui donna un tendre baiser.

— Je resterai près du téléphone, dit-il.

Elle lui sourit.

— Le bon point avec un portable, c'est qu'on l'a toujours sous la main.

Il l'embrassa de nouveau.

— J'attendrai quand même. Avec impatience.

Planté sur le trottoir, Xander regarda le taxi s'éloigner, à la fois déçu et inquiet.

Chloe allait-elle lui téléphoner ? La balle était dans son camp. Elle semblait en avoir envie, mais quelque chose l'empêchait visiblement de renouer avec lui.

Étrange, tout de même. Leur attirance mutuelle n'avait pas disparu. La petite flamme était toujours là, et Chloe avait bien dû le sentir. En tout cas, lui, il aurait voulu franchir une nouvelle étape !

Quatre ans plus tôt, il avait été incapable de s'engager dans une relation. La maladie, la chimiothérapie, le divorce avaient laissé encore trop de traces pour qu'il impose ses problèmes à quelqu'un, surtout à une femme aussi gaie et lumineuse que Chloe Larson.

Il n'avait pas prévu de s'attacher à elle, et pourtant c'était arrivé. Néanmoins, cela n'avait rien changé au problème : il avait besoin de temps pour se reconstruire.

À présent, la situation était différente. Il allait bien et avait tiré un trait sur le passé. Seule ombre au tableau, il n'était pas heureux. Rien ni personne n'avait pu combler le vide laissé par Chloe le jour de son départ. Il ne l'avait jamais remplacée… Sans doute parce qu'elle était irremplaçable.

Et maintenant, il croisait les doigts pour qu'elle revienne dans sa vie, en espérant qu'il ne soit pas trop tard.

— Alors, ton apéro s'est bien passé, l'autre soir ?

Chloe jeta un regard oblique à Esther.

Elle avait envoyé à celle-ci un SMS résumant le fiasco de la soirée, mais pour une fois, la nouvelle n'avait pas dû se propager, puisque Carly venait de poser la question qui fâche.

Elles s'étaient donné rendez-vous dans un magasin de robes de mariée pour choisir des tenues de demoiselle d'honneur. Si ses amies semblaient juger l'endroit idéal pour cette conversation, elle-même n'avait aucune envie d'épiloguer.

— Non, répondit-elle en soupirant. C'était la catastrophe. Une perte de temps. On n'avait rien à se dire. Esther le sait déjà, je lui ai demandé de ne plus jouer les marieuses.

— Tu as peut-être baissé les bras trop vite, protesta Carly.

— Absolument pas. Et d'ailleurs, au final, j'ai passé une excellente soirée.

Elle s'interrompit, car une vendeuse venait d'entrer dans le salon d'essayage où elles se trouvaient, apportant plusieurs tenues de styles et de coloris variés.

Après le départ de la jeune femme, Carly sélectionna une robe rose, puis elle se tourna vers Chloe.

— Qu'entends-tu par « excellente soirée » ?

— Je ne suis pas rentrée tout de suite.

— Quoi ? s'écria Esther. Espèce de cachottière !

— Tu ne méritais pas d'avoir un scoop, considérant la galère où tu m'avais envoyée ! Mais bref… Après le départ de Stephen, un gars au bar m'a proposé un verre, et j'ai accepté.

Elle se glissa dans une robe de cocktail vert émeraude, tout sourire.

— Remonte la fermeture, Esther, s'il te plaît.

La future mariée s'exécuta, bouche bée. Visiblement, elle digérait l'information.

— Tu as le numéro de ce type ? demanda-t-elle enfin. Tu vas le revoir ?

— Oui. Il est médecin au service de secours héliportés.

— Super ! Non, pas de rose, c'est trop vif. Le vert, peut-être… Je voulais dire, vas-tu le revoir en dehors du travail ?

— Sans doute.

— Quand ? insista Carly.

— Je ne sais pas encore. On doit caler une date.

— Pourquoi ne l'amènerais-tu pas à l'anniversaire de Harry, jeudi soir ? suggéra Esther. Je n'inviterai pas Stephen, c'est promis, ajouta-t-elle en riant.

Chloe envisageait plutôt une sortie en tête à tête, mais au fond, pourquoi pas ? Elle se sentirait moins tendue en présence d'autres personnes. Et puis, elle ne serait pas obligée de parler de Lily…

— Je vais y réfléchir, déclara-t-elle. Bon, ce n'est pas tout ça, mais on a des robes à trouver.

Carly lui fit un clin d'œil.

— D'accord. J'aime bien la bleu marine, là…

Esther hocha vigoureusement la tête.

— Oui, elle est super. Sobre, élégante, tout ce que j'aime. Essayez-la donc.

La conversation s'arrêta là, au grand soulagement de Chloe.

Elle estimait qu'elle en avait déjà trop dit. Mais, connaissant les filles, ce n'était sans doute que partie remise.

5.

— Alors, on s'amuse bien ?

Chloe pivota vers Guy en souriant.

Toutes les femmes présentes aux portes ouvertes de la caserne lançaient des regards admiratifs vers son jeune frère, qui portait magnifiquement la tenue de pompier. Toutefois, ces demoiselles perdaient leur temps si elles espéraient capter l'attention de Guy. Il était fou amoureux de Hannah, la petite amie avec qui il sortait depuis deux ans et qui serait bientôt sa fiancée.

— Lily s'éclate, répondit-elle.

Chaussée de bottes en caoutchouc, sa fille sautait dans les flaques d'eau qui inondaient le sol après la démonstration de la lance à incendie, comme tous les autres gamins.

Guy s'esclaffa.

— C'est à toi que je posais la question. Je ne t'ai pas invitée que pour Lily. Je voulais que tu rencontres des gens. Mes collègues célibataires, par exemple…

— Mais qu'est-ce qui te prend ?

— À ce train-là, tu vas finir vieille fille. Tu passes toutes tes soirées avec maman. Il faudrait quand même fréquenter des gens de ton âge.

— Ah non, tu ne vas pas t'y mettre ! protesta-t-elle.

— Comment ça ?

— Tout le monde essaie de me caser. Esther, Carly et toi êtes en couple, et tant mieux pour vous. Mais tu sais que je fonctionne autrement. Je ne crois pas à l'amour éternel.

Son entourage la croyait échaudée par le divorce de ses

parents, mais le problème était ailleurs. Elle avait déjà donné son cœur à quelqu'un — à Alexander Jameson — et l'histoire s'était mal terminée. Bien sûr, elle était très heureuse d'avoir Lily, mais aucun homme n'avait pu remplacer Xander…

— As-tu pensé à maman ? fit Guy. Elle voudrait peut-être refaire sa vie…

Elle dévisagea son frère, estomaquée.

Jamais, au grand jamais, elle n'avait vu la question sous cet angle !

— Maman t'a dit quelque chose ? Est-ce qu'on la gêne, Lily et moi ?

Guy éclata de rire et secoua la tête.

— Bien sûr que non. Je voulais juste te secouer un peu. Sérieusement, Chloe, tu n'as aucune vie personnelle. Fais quelque chose !

— Écoute, c'est… C'est un peu compliqué en ce moment.

— Pourquoi ?

Elle n'hésita qu'une seconde. Malgré son jeune âge — vingt-trois ans —, Guy avait la tête sur les épaules et une grande intelligence émotionnelle.

— Xander est à Londres, lâcha-t-elle. Il travaille au service de secours héliportés.

— Xander ? *Le* Xander d'Australie ?

Guy jeta un coup d'œil en direction de Lily, que leur mère avait emmenée s'asseoir au volant d'un camion de pompiers.

— Oui, indiqua-t-elle.

— Il sait ?

— Pas encore, mais je vais lui parler. Il faut juste que je trouve le bon moment. Il vient d'arriver, et il va recevoir un choc. On doit d'abord refaire connaissance.

— Agirais-tu de la même façon s'il avait été un amant de passage ? Prendrais-tu autant de précautions ?

— Jc n'ai jamais eu d'amant de passage ! protesta-t-elle.

Elle n'aurait pas pu accepter une nuit d'amour avec Xander et jouer les indifférentes le lendemain. Entre eux, il y avait beaucoup plus, même si l'issue était connue dès le départ.

— Toi, tu voudrais savoir ? reprit-elle.

— Naturellement, quelle question ! À ta place, je n'attendrais pas. Plus tu tardes, plus il risque de te reprocher ton silence. Et il aura raison.

Elle soupira.

— Je ne vais pas garder le secret longtemps. Il part dans trois semaines.

— Alors, débrouille-toi pour passer un maximum de temps avec lui. Pourquoi ne dînerait-on pas ensemble tous les quatre, un de ces soirs ?

— Tu veux dire… Toi et Hannah, et Xander et moi ?

— Oui, pourquoi pas ? Tu n'auras qu'à lui dire que, en tant que pompier, j'aimerais avoir quelques infos sur ses missions de sauvetage. Cela nous donnera l'occasion de faire connaissance. Quoique… Hannah est en période d'examens, et elle est épuisée. On devrait plutôt demander à Tom.

— Ah non ! protesta-t-elle.

Elle imaginait déjà ses frères mettant Xander sur le gril. C'était inenvisageable.

— Avec vous, il pensera que c'est l'Inquisition, reprit-elle. Et puis, il faut bien que Hannah mange le soir aussi. Elle ne doit pas s'épuiser au travail.

— Sincèrement, elle m'inquiète. Je la trouve très tendue. Elle dort mal, elle s'agite, elle est fatiguée en permanence. Je ne sais pas quoi faire pour l'aider.

— A-t-elle consulté ? Elle a peut-être attrapé un virus ou une mononucléose.

— Non. Elle dit que c'est le stress.

— Mange-t-elle bien, au moins ?

— Chez elle oui, parce que sa maman cuisine beaucoup. Le midi à la fac, je n'en suis pas sûr.

— Hum. Je pense que vous allez venir dîner à la maison, tous les deux. Si on va chez toi, elle risque encore de se fatiguer. Et je lui parlerai. Ce serait bien qu'elle voie le médecin.

— Oui, effectivement. J'ai hâte qu'on s'installe ensemble après ses examens. Au moins, je pourrai la surveiller tous les jours.

Elle tapota l'épaule de son frère.

— Cela viendra vite, répliqua-t-elle gentiment. Il faut juste avoir un peu de patience.

Ce dimanche matin, en montant dans l'hélicoptère, Xander se félicitait d'être de garde. Au moins, le travail lui occuperait l'esprit et l'empêcherait de penser à Chloe.

Malgré sa promesse, celle-ci ne lui avait pas téléphoné, et même s'il avait son numéro, il s'était abstenu de l'appeler pour ne pas lui mettre la pression.

Avait-elle conscience que le temps filait vite ? Il avait déjà effectué la moitié de son contrat, et il rentrerait chez lui d'ici trois semaines…

En tout cas, c'était ce qu'il avait prévu avant de la revoir. Au fond, rien ne l'obligeait à partir puisqu'il avait une ascendante anglaise — sa grand-mère maternelle. Pour cette raison, il avait une autorisation de séjour permanente.

Mais pourquoi s'éterniser si sa relation avec Chloe n'évoluait pas ?

Agacé, il mit son casque pour écouter les informations relayées par Jeff, le pilote.

— On ne sait pas grand-chose, dit celui-ci. Jeune femme, vingt-deux ans, inconsciente. Sa mère l'a trouvée en train de convulser sur le carrelage de la salle de bains. Aucun antécédent d'épilepsie.

Tandis que l'appareil prenait de la hauteur, il s'absorba dans la contemplation du magnifique paysage urbain qui s'offrait à sa vue.

Le soleil matinal se reflétait dans les eaux scintillantes de la Tamise. Vu d'en haut, tout était calme et silencieux…

Le calme avant la tempête.

Ici ou en Australie, son métier ne changeait pas. Il l'exerçait juste dans un cadre différent, mais il devait admettre que les bruns et les ocres de la terre australe lui manquaient parfois.

Voyant que Jeff entamait ses manœuvres d'approche, il se focalisa sur le présent.

Ce n'était pas le moment d'avoir le mal du pays. Il avait une mission à accomplir.

— Elle est là !

Guidés par la mère de famille, Xander et Rick débouchèrent dans la salle de bains où se trouvait leur patiente.

Les deux secouristes dépêchés sur les lieux avaient mis la jeune femme en position latérale de sécurité. Ils leur confirmèrent que celle-ci respirait, mais sans avoir repris connaissance.

Allongée sur le carrelage, elle avait une coupure au front. Du sang séché maculait la racine de ses cheveux noirs et sa joue gauche.

— Tension 15 sur 10, annonça l'infirmier qui vérifiait les constantes. Rythme cardiaque 92. Saturation en oxygène 97 %. Température 38, 6 °C.

Xander se rembrunit. Agenouillé près de la patiente, il avait déjà palpé son bras nu et avait trouvé sa peau moite, chaude.

Pourquoi était-elle hypertendue ? Pourquoi avait-elle de la fièvre ?

Il prit une petite torche dans sa mallette et vérifia que les pupilles de la jeune fille réagissaient à la lumière.

Par chance, c'était le cas. On pouvait très certainement éliminer le traumatisme crânien. C'était déjà quelque chose, mais cette perte de conscience ne lui disait rien qui vaille.

Il pivota vers la maman qui, plantée sur le seuil, se tordait les mains d'angoisse.

— Que s'est-il passé ? demanda-t-il d'un ton doux.

— Elle… est allée se coucher tôt hier soir. Elle ne se sentait pas bien. Vers minuit, je suis allée la voir. Elle dormait. Et puis, ce matin, je l'ai entendue tomber. J'ai couru à la salle de bains. Elle avait des convulsions. Ça s'est vite arrêté, mais je n'ai pas pu la réveiller.

Quand la mère fondit en larmes, le second infirmier lui entoura les épaules en un geste de réconfort.

Cette crise était, au bas mot, inquiétante et la pauvre dame l'avait bien compris.

— Y a-t-il des personnes épileptiques dans vos familles ? s'enquit Xander.

— Pas que je sache.

— D'accord. Et quand vous dites qu'elle ne se sentait pas bien… Quel était le problème ? Avait-elle mal quelque part ?

— Elle avait la migraine et très mal au ventre.

— Des nausées ?

— Il me semble que non. En tout cas, elle n'a pas vomi.

— Avait-elle bu de l'alcool ?

— Non, pas du tout ! Elle est en pleine période d'examens. J'ai cru qu'elle se rendait malade à cause du stress.

Xander hocha la tête.

Tout en glanant des informations, il menait son examen clinique. Il remarqua ainsi que sa patiente, de corpulence mince, avait les mains et les pieds très gonflés. Et lorsqu'il glissa un stéthoscope sous son T-shirt ample, il nota sans surprise une respiration irrégulière et un pouls rapide.

Avec l'aide de Rick, il installa les électrodes de l'électrocardiographe. Pourquoi la jeune femme avait-elle un ventre si tendu alors qu'elle était presque maigre ? C'était incompréhensible. Sauf si…

Palpant l'abdomen, il sentit une masse dure dans le quadrant supérieur droit, juste au-dessous du foie.

Voilà. Il avait sans doute identifié le problème.

— Se pourrait-il que votre fille soit enceinte, madame ?

La maman le considéra d'un air effaré.

— Quoi ? Mais non !

— En êtes-vous certaine ?

Tous les symptômes concordaient. Et s'il avait vu juste, la patiente était en train de faire une prééclampsie. Or, cette montée de tension pouvait être extrêmement dangereuse.

— Oui ! Elle a toujours ses règles… Du moins, je crois.

— Électrocardiogramme normal, annonça Rick.

Xander était pourtant sûr d'avoir touché juste. Il aplatit la main sur l'abdomen de la jeune fille, attendit… Au bout de quelques secondes, il sentit un mouvement très net sous sa paume. Il y avait un pied ou un coude à cet endroit-là. C'était une évidence.

Il remit son stéthoscope en place et posa l'extrémité sur le ventre à la recherche d'un rythme cardiaque fœtal. Il se concentra, perçut un écho vigoureux…

Cent trente-cinq pulsations par minute. Bingo !

— Peux-tu poser une perfusion de glucose et d'antibios, Rick, s'il te plaît ? Fais aussi un prélèvement sanguin pour un bilan complet, et ensuite, on fonce à l'hôpital.

— Mais… Que se passe-t-il ? demanda la maman d'un ton anxieux.

En théorie, il n'avait pas à donner d'informations confidentielles, mais vu la situation, il n'avait guère le choix.

— Votre fille est enceinte, expliqua-t-il. Elle fait très probablement une crise de prééclampsie, à savoir de l'hypertension associée à l'apparition de protéines dans les urines. La seule solution est de faire une césarienne en urgence. Pour cela, nous avons besoin de votre consentement.

La dame s'accrocha au bras de l'infirmier comme si elle allait tomber.

— Je sais que vous avez reçu un choc, mais le temps presse, reprit gentiment Xander.

— Bien sûr. Je… Je comprends. Faites le nécessaire. Je vous en prie, sauvez ma fille… Et son bébé.

Chloe et ses collègues se trouvaient déjà sur le toit de l'hôpital quand l'hélicoptère apparut.

Dès la fin des manœuvres, elle se précipita vers Xander et Rick, qui avaient jailli de l'appareil en poussant un brancard.

Xander tendit une fiole à l'infirmière urgentiste :

— Carla, tu fonces au labo ! Bilans prioritaires, je veux les résultats le plus vite possible. Merci.

Puis il se tourna vers Chloe.

— Prééclampsie, ajouta-t-il. Sans doute pas très loin du terme.

— Sans doute ? répéta-t-elle, surprise.

— C'est un peu compliqué. La maman ignorait que sa fille était enceinte. On a une future mère inconsciente et aucun suivi médical. J'ai fait des mesures pour évaluer la taille du bébé. À mon avis, il a passé les trente-quatre semaines.

Chloe, qui se tenait au pied de la civière, distinguait un ventre très légèrement arrondi, bien en deçà de la moyenne.

Mais la jeune fille, dont le visage était recouvert d'un masque à oxygène, paraissait grande. À cet âge-là, la peau et les muscles sont fermes. Sa morphologie avait-elle rendu la grossesse invisible ou presque ?

— Il faut faire une échographie, ajouta Xander. On n'a pas eu le temps à bord. Il y a un appareil portatif au bloc, j'imagine ?

— Bien sûr. Raphaël Dubois, un de nos obstétriciens, attend déjà en bas. J'ai aussi fait descendre l'anesthésiste de garde et deux infirmières.

Tout en parlant, ils étaient entrés à l'intérieur. Ils coururent vers les ascenseurs, où l'échange d'informations se poursuivit, Xander résumant ce qu'il s'était passé.

— J'imagine que la mère a dû recevoir un choc, commenta Chloe. A-t-elle signé le formulaire ?

— Oui. Nous avons l'autorisation d'opérer.

Quand la porte de l'ascenseur s'ouvrit, ils se ruèrent dans le couloir, Xander poussant et Chloe dirigeant la civière. Alors, tout se passa très vite. Une infirmière les orienta vers la salle 2, où l'équipe d'obstétrique prit le relais.

Tout se déroulait le mieux du monde, mais quand l'anesthésiste retira le masque à oxygène du visage de la patiente, Chloe eut un violent coup au cœur.

— Oh ! mon Dieu ! Hannah ! s'écria-t-elle.

— Tu la connais ? demanda Xander.

— C'est ma future belle-sœur, la copine de mon frère Guy !

— Te sens-tu capable de m'assister ? intervint Raphaël.

— Oui, répondit-elle d'un ton ferme. Ça ira. Je veux rester.

Mille questions se bousculaient dans sa tête. Pourquoi Guy et Hannah avaient-ils gardé le secret ? Ce devait être une erreur de diagnostic… À moins que Guy lui-même ne sache rien ? Cet enfant était peut-être d'un autre père ?

Non, impossible. Hannah et Guy s'aimaient profondément. Il devait y avoir une explication logique.

Balayant ses interrogations, elle se rapprocha de la table. Quand le biper de Raphaël sonna, il regarda le message en fronçant les sourcils.

— J'ai les résultats du labo. Enzymes du foie élevés et plaquettes basses. Il n'y a pas une minute à perdre.

Ainsi, Xander avait touché juste.

Chloe le chercha du regard, mais il avait disparu de son champ de vision. Sans doute avait-il quitté le bloc.

Elle aurait tant voulu qu'il reste…

Habituée aux urgences, l'équipe prépara Hannah pour l'opération en un temps record. Après l'anesthésie, Raphaël incisa l'abdomen, et moins de trois minutes plus tard sortit de l'utérus un petit garçon qui avait l'air en bonne santé.

Comme souvent, Chloe s'occupa des premiers soins : nettoyage des yeux et des voies respiratoires, pesée, toilette. À deux kilos huit cents grammes, ce bout de chou devait être né près du terme, et il se portait bien. Pour preuve, son score d'Apgar s'élevait à 8 sur 10 !

La pédiatre confirma rapidement que tout était en ordre. Le Dr Granger demanda néanmoins le transfert du bébé en réanimation néonatale, où le nouveau-né resterait quelques heures en observation.

Chloe l'y emmena elle-même, bouleversée, en songeant que cet adorable petit bonhomme était son neveu. Le fils de Guy… Guy qui ne savait probablement rien !

Tiraillée entre l'envie de rester et la nécessité de prévenir son frère, elle passa le relais et descendit au vestiaire pour récupérer son téléphone.

Guy travaillait ce jour-là, mais elle devait absolument lui laisser un message. Et, bien sûr, elle l'accueillerait elle-même quand il arriverait à l'hôpital. C'était la moindre des choses.

Chloe arpentait le hall des urgences lorsqu'elle vit Guy, toujours en uniforme, franchir les portes coulissantes comme une tornade.

Elle se précipita vers lui et le prit dans ses bras.

— Que s'est-il passé ? s'écria-t-il. Hannah va bien ?

Dans son SMS, Chloe lui avait juste dit qu'Hannah avait

été hospitalisée pour un malaise, mais que ses jours n'étaient pas en danger. Elle n'avait pas parlé du bébé, trouvant difficile d'expliquer la situation par texto.

— Elle est groggy, répondit-elle. Ça ira mieux demain.

— Où est-elle ? Je veux la voir !

Préférant lui apprendre la vérité et le rassurer à l'abri des regards indiscrets, Chloe entraîna son cadet vers une des salles familiales.

— Assieds-toi, suggéra-t-elle, le poussant vers une chaise. Hannah est en réanimation. Elle a dû être opérée.

— Mais… De quoi ?

Elle avait anticipé ce moment, réfléchi aux mots qu'elle allait employer, sans trouver de formule idéale. La meilleure solution était de ne pas tourner autour du pot.

— Savais-tu qu'elle était enceinte ?

— Enceinte ? répéta Guy en se levant d'un bond. Quoi ? Mais non ! C'est pour ça qu'elle n'allait pas bien ?

Il marqua une pause, puis ajouta plus calmement :

— Essaies-tu de me dire qu'elle a fait une fausse couche ?

— Non ! J'essaie de te dire qu'elle vient d'avoir un bébé.

Cette fois, Guy la dévisagea comme si elle avait perdu la raison.

— Je n'y crois pas. Répète un peu ça…

— Hannah a eu un bébé, déclara-t-elle en détachant les mots. J'ai assisté à l'accouchement.

Elle lui laissa le temps d'absorber le choc, le fit rasseoir, puis lui raconta les événements de la journée.

— Un bébé… Un bébé… C'est incroyable, bafouilla-t-il. Est-il viable ?

— C'est un petit garçon en parfaite santé. Il est magnifique.

— Et Hannah va bien aussi ?

— Ils vont très bien tous les deux.

Le visage de Guy se décrispa d'un coup. Il se releva en souriant.

— Je peux les voir ?

Surprise, elle le considéra. N'avait-il plus de questions à poser ? Cette révélation extraordinaire lui avait peut-être fait perdre le sens des réalités. Par exemple, il ne semblait pas mettre sa paternité en doute…

Elle ouvrit un placard, d'où elle sortit une paire de gants et une tenue de bloc.

— Bien sûr, mais il faut d'abord te laver les mains et le visage, et enfiler ça. Je vais t'emmener au vestiaire.

Après qu'il se fut changé, ils gagnèrent la nursery, car le bébé, en pleine forme, avait déjà quitté la réanimation néonatale. Elle présenta Guy comme son frère et le père du nourrisson, ce qui leur valut de chaleureuses félicitations de la part des puéricultrices.

Penché sur le berceau de son fils, il eut un sourire émerveillé. Il semblait heureux et pas inquiet pour deux sous.

— Oh… Mon petit gars est adorable, chuchota-t-il. Mais dis-moi, il est déjà gros pour un prématuré.

— Il n'est pas prématuré. Nous pensons que Hannah était enceinte de trente-sept semaines au moins.

Guy eut un sursaut et pivota vers elle.

— C'est impossible ! Je ne savais même pas qu'elle était enceinte.

— Apparemment, sa mère non plus. Et même moi, quand je l'ai vue pour la dernière fois, il y a trois semaines, me semble-t-il…, je n'ai rien remarqué alors que je suis sage-femme.

— Pourquoi ne nous a-t-elle rien dit ?

Il n'y avait qu'une raison logique, mais Chloe préféra se taire. Son silence dut néanmoins la trahir, car Guy secoua vigoureusement la tête.

— N'y pense même pas ! Je suis le père de ce bébé. Hannah ne m'aurait jamais trompé.

Elle opina sans répondre. Si Guy croyait à ce scénario, elle-même n'avait aucune raison d'en douter. Après tout, il était le mieux placé pour faire confiance à son amie.

— Il y a peut-être une autre explication, hasarda-t-elle. Il se pourrait qu'elle ne se soit aperçue de rien.

— Quoi ? Une femme doit bien se rendre compte qu'elle est enceinte !

— Pas toujours. Hannah est grande, sportive, avec des

abdos fermes. Le bébé avait la place de se loger dans son ventre sans qu'elle grossisse trop. De plus, il arrive que certaines femmes enceintes aient des saignements légers. Si c'était le cas, elle ne s'est peut-être jamais posé la question.

— Donc, pour toi, elle n'était pas malade à cause du stress, mais « juste enceinte » ? questionna Guy en traçant des guillemets dans les airs.

— Le gynéco nous en dira plus, mais oui, c'est possible.

À présent, elle s'en voulait presque d'avoir douté de Hannah. Elle avait cherché l'explication la plus simple, mais en médecine, tout ne l'est pas forcément…

Elle pivota vers le berceau et sourit.

— Veux-tu prendre le bébé ?

— J'ai le droit ?

— Bien sûr.

Elle souleva le bout de chou avec délicatesse et le cala dans les bras de Guy, qui contempla son fils, l'air émerveillé.

— Il est trop beau !

Chloe était à cent pour cent d'accord. Né par césarienne, son neveu avait la peau rose et lisse, les traits reposés. Le crâne avait une forme parfaite, signe qu'il ne s'était pas encore engagé dans le périnée lorsque Hannah avait eu ses convulsions.

Émue, elle se rappela quel bonheur c'était de tenir son bébé dans les bras pour la première fois. L'amour et la joie inconditionnelle que l'on éprouve à ce moment-là se reflétaient maintenant sur les traits de Guy. Malgré son jeune âge, il serait un excellent père. Après tout, elle-même avait eu Lily à vingt-quatre ans, et elle s'en était sortie !

— Je voudrais voir Hannah, chuchota-t-il.

— Oui, c'est normal. Monte en réa, je vais m'occuper de ce jeune homme.

Disant cela, elle prit son neveu et le cala au creux de son coude. Il eut un adorable bâillement, se rendormit, et elle le contempla, émerveillée. Puis elle releva la tête.

— La mère de Hannah est là-haut. Elle devra quitter la chambre et attendre dans le couloir. Les malades en réa n'ont droit qu'à un visiteur à la fois.

— Tu ne viens pas ?

— J'aimerais bien, mais je voudrais passer du temps avec Lily. Viens donc dîner à la maison ce soir. Tu ne vas pas rester tout seul.

— D'accord. Merci, grande sœur. Merci pour tout.

Après le départ de Guy, elle câlina un moment le bébé endormi puis le replaça dans son berceau.

Elle devait partir, à présent. Sa nouvelle journée — celle de maman — allait bientôt commencer.

Elle gagna l'ascenseur, attendit.

Comme par hasard, les portes s'ouvrirent sur Xander, qui se trouvait déjà dans la cabine.

Rien qu'à le voir, elle eut envie de pleurer. La fatigue et les émotions du jour l'avaient rendue hypersensible et elle aurait mille fois préféré ne pas tomber sur lui.

— Chloe ? Ça va ?

Elle s'adossa à la paroi pour résister à l'envie de se serrer contre lui.

— Bof. Rude journée, répondit-elle d'une voix tremblante. Ce n'est pas tous les jours qu'on voit naître son neveu, surtout dans ces circonstances.

— Ton frère était-il au courant ?

— Non, personne ne savait. Ni la mère de Hannah ni Guy.

— Mais il pense être le père ?

— Il en est certain, et ce n'est pas à moi d'en juger.

— Oui, je comprends… Comment va le bébé ?

— Très bien. Il se porte comme un charme.

— Et Hannah ?

— Elle se remet doucement. Elle est stable. Tu as sauvé deux vies ce matin, Xander. Merci pour eux.

Il lui sourit.

— Mais de rien, voyons. Je n'ai fait que mon travail… Comment Guy a-t-il réagi ?

— Aussi bien que possible. Il est sous le choc. On l'est tous, d'ailleurs.

— Je m'en doute. Ce n'est pas banal, alors qu'on est sans enfant le matin, de découvrir qu'on est papa l'après-midi !

Elle sentit son cœur tressauter.

N'était-ce pas le bon moment pour parler de Lily ?

Ils se trouvaient dans un ascenseur à l'hôpital. Elle était épuisée. On avait vu mieux comme conditions…

Mais peut-être n'y aurait-il jamais de bon moment. À ce train-là, Xander allait partir sans connaître la vérité !

— Guy va-t-il demander un test ADN ? s'enquit-il.

— Aucune idée. Je crois qu'il n'y a même pas pensé. Tu le ferais, toi ? ajouta-t-elle, la bouche sèche.

— Oui, sans doute.

Sa réponse, somme toute logique, lui déplut, mais elle essaya de se raisonner. Xander avait été cruellement déçu par son ex-épouse autrefois. Il devait avoir du mal à accorder sa confiance.

Le « bip » indiquant que l'ascenseur était arrivé à destination la tira soudain de ses réflexions.

Ils avaient atteint le rez-de-chaussée sans que personne d'autre n'emprunte l'ascenseur. Un exploit !

Dans le hall, Xander se tourna vers elle.

— On n'a toujours pas calé de date. Serais-tu dispo pour boire un verre maintenant ?

— Malheureusement non, j'ai invité Guy à dîner. En revanche, si tu es libre jeudi soir, je sors avec mes meilleures amies. Je leur ai un peu parlé de toi, et… Elles aimeraient faire ta connaissance.

Jamais elle n'aurait dû proposer cela, mais les mots étaient sortis tout seuls. Son instinct réclamait la compagnie de Xander. C'était plus fort qu'elle.

— Ah bon ? répliqua-t-il, l'air étonné.

— Oui. Elles sont très sympa.

Au moins, au pub, ils se trouveraient en terrain neutre avec d'autres personnes. Elle gagnerait encore quelques jours avant la discussion qui l'effrayait tant.

— C'est d'accord. Veux-tu que je vienne te chercher ? proposa-t-il.

— Non !

La simple idée qu'il se présente chez elle la terrifiait. Néanmoins, comme il la regardait d'un air étonné, elle lui sourit pour adoucir sa réaction.

— C'est une soirée d'anniversaire, on va dans un pub près d'ici, reprit-elle d'un ton plus calme. Je passerai chez toi. On gagnera du temps.

Ce lundi matin, Chloe venait de sortir d'un box de soins quand elle vit Shirley, une collègue, s'approcher d'elle.

— Je te cherchais. Pourrais-tu prendre ta pause maintenant ? demanda celle-ci.

— Oui, je ne suis pas trop débordée. Pourquoi ?

— Hannah a repris conscience. Ils l'ont transférée à la maternité. Elle te réclame.

Tout l'hôpital était informé de la situation. À vrai dire, cette naissance spéciale n'était pas passée inaperçue.

— J'y vais tout de suite. Merci, Shirley.

Guy était-il au courant ? Il était venu voir Hannah aux aurores, mais elle ne s'était pas réveillée à ce moment-là. Chloe devrait penser à le prévenir si personne ne l'avait fait.

Arrivée au premier étage, elle vit Pam, la mère de Hannah, arpenter le couloir avec le bébé dans les bras. Elle se rapprocha en souriant.

— Bonjour, Pam. Salut, bonhomme, ajouta-t-elle en effleurant la joue de son neveu.

— Ah, Chloe ! Merci d'être montée si vite. Je ne sais pas quoi faire, ajouta Pam, au bord des larmes. Hannah est très énervée. Quand les infirmières lui ont amené le petit, elle a dit que ce n'était pas le sien, et elle répète ça en boucle !

— Oh là là…

Chloe avait envisagé beaucoup d'hypothèses, mais pas le déni de grossesse !

— D'après les médecins, elle se rétablit normalement, enchaîna Pam. Mais je voudrais… que vous discutiez avec elle. Comme vous avez assisté à la naissance, elle vous écoutera peut-être.

— Je vais voir comment elle se comporte avec moi. Tout va bientôt rentrer dans l'ordre, Pam.

Malgré son inquiétude, elle afficha un sourire rassurant.

Puis elle ouvrit la porte de la chambre, consciente qu'une mission délicate l'attendait.

— Chloe ! Ouf, tu es là ! s'exclama Hannah en la voyant. Je compte sur toi pour me dire ce qui s'est passé.

Elle était toujours sous perfusion et monitoring, mais elle semblait en forme et capable de discuter. D'ailleurs, plus vite elle comprendrait la situation, mieux cela vaudrait.

— De quoi te souviens-tu ? demanda Chloe d'un ton doux.

— La dernière chose que je me rappelle, c'est de m'être couchée avec la migraine. Et je me suis réveillée là, dans ce lit d'hôpital. Pourquoi m'ont-ils recousu le ventre ? Est-ce que j'ai eu un accident ? Personne ne me dit rien, ici !

Chloe se rembrunit, perplexe. Hannah souffrait-elle de pertes de mémoire temporaires ? On lui avait présenté son bébé, mais elle semblait avoir occulté cet épisode.

— Ce… n'était pas un accident, répondit-elle prudemment. Tu as fait un malaise dans ta salle de bains, hier.

— Hier ? Quel jour sommes-nous ?

— Lundi. Ta mère nous a dit que tu t'étais plainte de migraines le samedi soir, et hier matin, tu as eu des convulsions, et ta tension est montée en flèche. Tu as fait une prééclampsie. Tu es arrivée ici en hélicoptère.

— Une pré… quoi ?

— Prééclampsie. C'est une pathologie liée à la grossesse. On a dû faire naître le bébé.

Hannah secoua vigoureusement la tête.

— Tu ne vas pas t'y mettre ! Tout le monde me parle de bébé, mais je n'ai pas de bébé !

Chloe s'assit sur la chaise près du lit et captura la main de Hannah.

— Écoute-moi, s'il te plaît. J'étais là quand l'hélicoptère est arrivé. J'ai assisté à la césarienne. Tu as des agrafes sur le ventre parce que le gynécologue t'a opérée. C'est moi qui ai fait la toilette de ton petit garçon. Il va très bien, d'ailleurs.

— N'importe quoi ! C'est du délire. Je n'étais pas enceinte. Je l'aurais su, quand même, ajouta Hannah dans un sanglot. Je ne suis pas bête à ce point !

Chloe était maintenant convaincue que sa belle-sœur avait

fait un déni de grossesse. Ce phénomène était rare, mais bien réel et parfois lourd de conséquences.

— Calme-toi, dit-elle doucement. Il faut te reposer. Ton corps et ta tête ont besoin de temps pour se remettre, mais les choses vont s'arranger.

— Facile à dire ! Je suis complètement perdue. Cette histoire n'a aucun sens !

Hannah pleurait à chaudes larmes, à présent. Chloe se leva, s'assit au bord du lit et lui entoura les épaules.

— Sois certaine que je t'ai dit la vérité. Et tout ira mieux dans quelques jours, crois-en mon expérience.

Au bout d'un long moment, les sanglots s'espacèrent. Hannah prit une profonde inspiration, et Chloe lui essuya doucement le visage avec une lingette humide. Puis elle lui donna un mouchoir.

La crise semblait passée.

— Aimerais-tu voir ton fils ?

— Je… Pourquoi pas ? bafouilla Hannah.

Chloe repassa dans le couloir, où elle résuma la situation à Pam. Puis, avec douceur, elle prit son neveu et l'emmena dans la chambre. Il était vraiment adorable avec ses joues rondes et son petit nez. Quel bonheur de voir la famille s'agrandir, malgré les circonstances !

Quand elle s'avança vers le lit, Hannah garda les bras croisés sur la poitrine, refusant de prendre le bébé.

— Je ne sais pas quoi faire, marmonna-t-elle.

Chloe serra le bout de chou sur son cœur. Si Hannah acceptait de le tenir, le lien s'établirait probablement très vite, mais il ne fallait pas forcer les choses.

— Tu as peur, c'est normal, répliqua-t-elle doucement. Et tu as reçu un choc. Il est plutôt rare de se réveiller sur un lit d'hôpital pour découvrir qu'on a un bébé ! Tu n'as pas eu neuf mois de grossesse pour te préparer, te réjouir, anticiper la naissance… Tout ce qui arrive d'habitude. Mais ce petit bonhomme et toi faites partie de la famille, Hannah. On est tous avec toi.

— Guy est au courant ?

— Bien sûr. Il était là hier soir. Il est revenu tôt ce matin, mais tu dormais.

— Qu'a-t-il dit... pour le bébé ?

Chloe comprit d'un coup pourquoi sa belle-sœur semblait si inquiète. Elle craignait la réaction de Guy !

— Il est très content. Il dit que son fils est merveilleux, que tu es formidable... Tout va bien, Hannah. Il ne te laissera pas tomber.

— Tu... Tu crois ?

— J'en suis certaine ! Il a déjà tenu le bébé, lui ! ajouta-t-elle avec un clin d'œil. Es-tu sûre de ne pas vouloir essayer ? Pour une mère et son enfant, rien ne vaut le contact, tu sais.

— Je... D'accord.

Chloe lui mit le nourrisson dans les bras et la surveilla étroitement, guettant une réaction de rejet. Mais comme elle l'espérait, Hannah se pencha sur son fils, un sourire incrédule aux lèvres.

— Je n'arrive pas à croire que c'est le mien, balbutia-t-elle.

— Et pourtant, si.

— Mais pourquoi n'ai-je rien vu, rien compris ? C'est hallucinant, tout de même !

Chloe lui expliqua le mécanisme du déni de grossesse. Parfois, les femmes apprennent qu'elles sont enceintes au bout de quelques mois, au hasard d'un examen médical. Dans d'autres cas, elles ne le découvrent que le jour de l'accouchement...

— Tu as dû avoir des signes, mais tu n'as peut-être pas fait attention, dit-elle gentiment.

— Rien de spécial. J'ai pris cinq kilos, mais j'ai mis ça sur le compte de l'hiver et du manque d'exercice. Et j'ai eu des migraines pendant huit jours. Je pensais que c'était à cause des examens... Oh ! mon Dieu ! Mes examens !

— Pas de panique. Je demanderai au médecin d'appeler la fac, et tu iras au rattrapage. Tout va s'arranger.

À peine Chloe avait-elle fini sa phrase que Guy entra, un grand sourire aux lèvres. Elle embrassa son frère puis s'éclipsa pour laisser les jeunes parents en tête à tête.

Ils devaient avoir une foule de choses à se dire !

Dans l'ascenseur qui redescendait aux urgences, elle pensa à Xander. Guy semblait très heureux. Comment Xander aurait-il réagi dans la même situation ? Aurait-il changé d'avis sur la paternité s'il avait découvert, du jour au lendemain, qu'il avait un enfant ? Ou au contraire, aurait-il gardé ses distances ?

Elle n'en savait rien, mais elle espérait de tout cœur que, comme Guy, il aurait accueilli leur bébé à bras ouverts. Elle refusait d'imaginer qu'il aurait pu lui tourner le dos.

Il ne s'agissait pas uniquement du passé, mais de l'avenir.

6.

Avant de sonner chez Xander, Chloe inspecta son reflet dans le miroir de l'étage.

Elle avait choisi un jean blanc, un T-shirt floral à encolure bateau découvrant les épaules et une veste en jean. Elle avait laissé sa chevelure bouclée sécher au vent car Xander adorait cette coiffure floue. Cela tombait bien : elle n'aurait pas eu le temps de s'apprêter davantage.

Elle avait consacré cette journée de repos à Hannah, fraîchement sortie de l'hôpital avec son petit Jonas. Elle avait veillé au grain et était repartie rassurée. Le lien mère-fils fonctionnait bien. Quant à l'appartement de Guy, équipé en urgence, il avait pris des allures de nursery grâce à la famille et aux amis.

Malgré sa joie, Chloe se réjouissait de pouvoir se changer les idées. Elle avait besoin d'un break après ces quelques jours épuisants, et passer la soirée en compagnie d'un homme aussi séduisant que Xander ajoutait à son excitation.

Quand la porte s'ouvrit, elle demeura muette.

Xander n'était apparemment pas tout à fait prêt. Achevant de s'habiller, il venait de glisser un T-shirt gris sur un ventre plat aux abdominaux parfaits…

— Salut. Est-ce que… j'arrive trop tôt ? bafouilla-t-elle.

— Non, pas du tout. C'est parfait.

Son regard appréciateur lui fit monter le rouge aux joues, mais avant qu'elle ait pu dire autre chose, il s'avança d'un pas, lui captura le visage et l'embrassa légèrement sur les lèvres.

Elle eut l'impression que son corps se désintégrait en un millier d'atomes.

Elle avait toujours eu ce genre de réaction en sa présence : il n'avait qu'à la regarder pour que son cœur batte plus vite, et dès qu'il la touchait, elle ne s'appartenait plus.

Affolée, elle recula d'un pas.

Elle devait se reprendre ! L'époque de l'insouciance, c'était fini !

— Veux-tu boire quelque chose avant d'y aller ? demanda Xander.

S'il avait perçu son mouvement de recul, il n'en montrait rien. Il souriait, l'air très détendu.

— Oui… Merci.

Il l'invita à le précéder à l'intérieur, où elle se percha sur un tabouret de bar.

— Gin tonic ? proposa-t-il.

— Oui, s'il te plaît.

Après avoir préparé les verres, il s'installa à côté d'elle.

— Alors, raconte. Comment vont Hannah et ton neveu ?

Ils ne s'étaient pas revus depuis le dimanche. Elle lui résuma son début de semaine.

— Trinquons à Hannah, Guy et Jonas, suggéra-t-il lorsqu'elle eut terminé.

— Oui, à eux ! répondit-elle en souriant.

Que Xander se préoccupe de sa famille faisait plaisir à Chloe. Elle n'aurait pas cru qu'il s'y intéresserait…

Ils entrechoquèrent leurs verres.

— Comment ton frère prend-il la paternité ?

— Très bien, assura-t-elle. Il y a beaucoup de détails pratiques à régler, mais pour le reste, il ne se pose aucune question. Il est ravi et soulagé que tout se termine bien. Même si Hannah et lui n'avaient pas prévu de fonder une famille si vite, il dit que Jonas est un cadeau.

— Quel âge a-t-il ?

— Vingt-trois ans.

— C'est un peu jeune, en effet.

— Oui et non. Ce n'est pas l'âge qui compte, mais la maturité affective et le caractère. Je sais que Guy fera un excellent père. Il avait trois ans à la mort de papa, et Tom n'était qu'un bébé. Ni l'un ni l'autre ne se souviennent de lui. Ayant connu ce manque, ils savent l'importance qu'a un père dans la vie d'un gamin. Ils ont toujours dit qu'ils s'investiraient à fond pour les leurs. Ils…

« Ils sont géniaux avec Lily », avait-elle failli dire.

Elle se mordit la lèvre.

Quelle idiote ! Elle avait failli gaffer !

— Donc, tu as deux frères.

— Oui, et toi ? Où est ta famille ?

— Mes parents vivent toujours à Adélaïde. Ils vont bientôt fêter leurs quarante ans de mariage. Je suis le benjamin de la fratrie. J'ai trois sœurs aînées. Et aussi quatre neveux et nièces, ajouta-t-il en riant.

Leur fille avait donc des cousins en Australie ! Elle n'avait jamais songé à cette possibilité.

— Tu es resté célibataire, commenta-t-elle d'un ton grave. Aimerais-tu te remarier un jour ?

— J'ai longtemps cru que non, mais en vérité, ce serait une bonne chose. Je ne m'imagine pas rester seul éternellement. Je voudrais fonder une famille.

— Ah bon ? Tu veux des enfants ?

— Bien sûr !

Xander envisageait d'avoir des enfants. Cela changeait beaucoup de choses. Cela changeait même… tout !

Bouleversée, elle se leva pour aller déposer son verre dans l'évier.

— Tu sembles surprise.

— En fait, oui. Je pensais que ta femme et toi aviez divorcé parce qu'elle voulait des enfants et toi non, justement.

— C'était un peu plus compliqué que ça.

Il descendit de son tabouret, puis jeta un coup d'œil sur sa montre.

— C'est presque l'heure. On y va ?

Quand il prit son téléphone et ses clés au coin du bar, elle comprit que la discussion était close.

Elle n'en était pas mécontente, d'ailleurs : il s'était rembruni.

Or, elle détestait le voir triste. Mieux valait éviter les sujets délicats pour ne pas gâcher la soirée.

La brise printanière était tiède lorsqu'ils sortirent dans la rue. Xander lui lança un regard curieux.

— Rappelle-moi qui on va voir au pub, déjà... Je ne suis pas sûr d'avoir tout compris.

Elle s'esclaffa.

— J'admets qu'il y a de quoi s'embrouiller avec les prénoms. Alors voilà : j'ai deux meilleures amies. Elles s'appellent Carly et Esther. Ce soir, on fête l'anniversaire de Harry, le fiancé d'Esther. Adem, le fiancé de Carly, sera là également. Comme ils sont médecins tous les deux, tu ne seras pas perdu.

— Tes deux meilleures amies vont se marier ? Et toi, alors ? Tu n'as eu aucune relation sérieuse ces quatre dernières années ?

— Non. Je n'avais pas le temps.

— Ah bon ? Qu'avais-tu donc à faire ?

Elle haussa les épaules.

— Plein de choses. Je rêvais d'intégrer le service de secours aériens, et j'ai beaucoup travaillé pour y parvenir. Ils m'ont recrutée l'année dernière avec un aménagement de poste au Queen Victoria. J'ai enfin atteint mon but.

Et puis, cela prenait du temps d'élever un enfant...

Elle aperçut l'enseigne lumineuse du pub devant eux et poussa un soupir discret.

Elle avait encore failli se trahir. Au moins, en compagnie d'autres personnes, la conversation avait peu de chances de rouler sur des sujets trop personnels !

Pour la énième fois depuis le retour de Xander, elle se répéta que la comédie avait assez duré. Elle lui devait la vérité à propos de Lily. Ce n'était pas une option, c'était une nécessité. Elle lui parlerait en fin de soirée. S'il lui proposait d'aller boire un dernier verre chez lui, elle accepterait, et elle lui révélerait tout à ce moment-là.

Elle exhala une grande bouffée d'air, soulagée d'avoir pris sa décision.

— Ça va ? demanda Xander en lui ouvrant la porte du pub. Tu es bien silencieuse.

Elle lui sourit.

— Oui, ne t'inquiète pas. Allez, *go* !

Elle le précéda vers le fond de la salle, où Carly, Esther, Adem, Harry et Raphaël occupaient une table près de la cheminée. Carly bavardait avec animation au téléphone. Elle raccrocha au moment où Chloe terminait les présentations entre Xander et le reste du groupe.

— Carly, Xander, Xander, Carly, acheva Chloe, en riant car son amie battait des mains avec animation.

— Enchantée, Xander, dit Carly d'un ton distrait. Vous autres, j'ai un scoop ! Devinez qui sera là à notre mariage ?

Adem s'esclaffa.

— Qu'attends-tu pour nous le dire ?

— Izzy, figure-toi.

— Génial ! s'exclama Esther. Dommage qu'elle ne soit pas là pour le nôtre, mais c'est super qu'elle revienne enfin.

— Les gars, on connaissait la triple peine, on aura la quadruple ! intervint Harry, hilare.

Chloe remarqua subrepticement que Raphaël, qui était un ami proche d'Izzy, était le seul à ne pas paraître étonné. Peut-être était-il déjà au courant de ce retour surprise ?

Elle se tourna vers Xander, ravie de ce qu'elle venait d'entendre.

— Izzy est la dernière mousquetaire, expliqua-t-elle. On s'est connues toutes les quatre à l'école de sages-femmes, mais elle ne vit plus à Londres. Elle est néo-zélandaise. Comme son père est diplomate, elle a bougé aux quatre coins du monde.

— Vient-elle avec son mari ? questionna Esther.

— Je crois que non, mais je n'ai pas très bien entendu, répondit Carly. Et puis, j'étais tellement contente que je n'ai pas posé de questions. On doit se rappeler demain. J'en saurai plus à ce moment-là. J'espère qu'elle arrivera à temps pour participer aux préparatifs du mariage.

Harry secoua la tête.

— Messieurs, échappons-nous ! Le mot « mariage » a été prononcé. Je vous suggère d'aller faire un tour au bar.

Chloe vit que Xander la regardait en souriant.

— Un gin tonic ? proposa-t-il.

— Volontiers, merci.

Dès qu'il eut tourné le dos, suivant les autres, Carly s'éventa avec un menu posé sur la table.

— Ooh ! il est trop sexy ! Dommage que je sois fiancée…

— … Et enceinte, compléta Esther.

— Ça doit être la faute aux hormones, décréta Carly.

Chloe, se sentant rougir, suivit Xander du regard.

Avec son jean indigo parfaitement coupé, ses boots noires et son T-shirt gris, il incarnait la masculinité dans toute sa splendeur.

— J'ai cru comprendre qu'il était australien, reprit Esther. Tu ne nous l'avais pas dit. Tu avais parlé du pays de Galles.

— C'est là-bas qu'il exerçait avant d'arriver à Londres.

— Mouais. Qu'est-ce que tu nous caches encore ? demanda Carly d'un ton soupçonneux.

— Mais… Rien, pourquoi ?

— Vous avez l'air de bien vous entendre, pour des gens qui se connaissent à peine.

Comme Xander revenait avec les boissons, Carly se tourna vers lui :

— Donc, tu es australien ?

— J'avoue, répondit-il en souriant. J'espère que tu n'as rien contre les Wallabies !

— Pas du tout, au contraire. J'ai toujours rêvé de visiter ton beau pays, si un jour je gagne à la loterie… Et donc, tu fais partie du service de secours héliportés ?

La discussion roula sur le travail de Xander à Londres et sur les missions qu'il avait exercées auparavant.

— Chloe a passé trois mois en Australie à la fin de ses études, commenta Esther. Dans le bush. Vous auriez pu vous rencontrer là-bas…

— Mais on s'est rencontrés, répondit Xander, visiblement surpris. Je travaillais à Broken Hill à l'époque. Elle ne vous l'a pas dit ?

Chloe baissa le nez sur ses chaussures, consternée.

Que faire ? Comment rebondir ?

— Xander ! On a besoin d'un quatrième au billard !

Elle aurait pu chanter de soulagement. En appelant Xander depuis l'autre bout de la salle, Harry venait de la tirer d'un mauvais pas.

— Vas-y, Xander, enjoignit-elle d'une voix rauque. Et sois charitable, laisse-les gagner un peu.

Elle se souvenait d'une soirée mémorable au Palace Hotel, où il avait largement battu ses adversaires. Était-il toujours aussi affûté au billard ?

— Je promets de louper quelques tirs, répondit-il en riant. Mesdames, si vous voulez bien m'excuser…

À peine fut-il hors de vue que Carly pointa un doigt accusateur.

— Chloe, tu le connaissais, espèce de cachottière !

— Je pense même que tu le connaissais très bien, renchérit Esther. Ça fait des étincelles entre vous. Il te regarde comme si tu étais son dernier ou son prochain cadeau de Noël !

— Tu lui touches sans arrêt le bras, il te frôle la main… Et on voit bien quel effet ça lui fait, susurra Carly.

Esther scrutait maintenant les joueurs de billard par-delà la foule.

— Il me rappelle quelqu'un, commenta-t-elle, songeuse. Je me demande où j'ai déjà vu ce regard-là… Oh ! Seigneur !

— Arrête, Esther, ordonna Chloe.

Comment avait-elle pu être assez naïve pour croire que ses amies ne se douteraient de rien ? Proches comme elles l'étaient, c'était couru d'avance.

— Mais quoi, à la fin ? demanda Carly d'une voix aiguë.

— J'ai tout compris ! s'écria Esther.

Chloe les regarda tour à tour, paniquée.

Elle devait faire baisser le volume sonore avant que ce vacarme n'attire l'attention de Xander et des autres.

— D'accord, très bien, chuchota-t-elle. Assieds-toi, Esther, et par pitié, taisez-vous toutes les deux. Je vais vous dire quelque chose, mais cela ne devra pas sortir d'ici.

Ses deux amies se lovèrent côte à côte sur le sofa près de

la cheminée. Alors, elle rapprocha sa chaise pour être sûre d'éviter les oreilles indiscrètes.

— Xander est le père de Lily, murmura-t-elle.

— Quoi ? C'est avec lui que tu as passé un week-end torride en Australie, il y a quatre ans ?

— Carly, ne crie pas comme ça.

À l'époque, elle avait raconté que Lily avait été conçue suite à une brève rencontre. Elle n'avait pas voulu avouer à ses amies qu'elle était tombée amoureuse. Les filles n'avaient pas su quels vains efforts elle avait déployés pour retrouver Xander…

— Waouh ! s'exclama Esther. Le père de Lily…

— Chut. Pas de gaffe. Il ne sait rien.

Comme ses amies s'agitaient sur le canapé, Chloe enchaîna.

— Quand j'ai voulu le prévenir, il avait quitté le service de secours aériens, et personne n'a pu, ou voulu, me transmettre ses coordonnées. Moi-même, je ne les avais pas. Il s'agissait d'un amour de vacances. On n'était pas censés garder le contact.

— Tu avais dit « un week-end », rappela Esther.

— En réalité, notre histoire a duré un mois.

— Ce n'est pas la même chose, protesta Carly. Pourquoi nous avoir caché la vérité ?

— Parce que… Xander n'étant pas au courant, cela me gênait de raconter notre histoire. Je n'en ai parlé qu'à ma mère et à mes frères.

— Mais à lui, toujours pas ? questionna Esther.

— Non. J'attendais le bon moment. Et, stop, je sais ce que vous allez me dire : le « bon moment » n'existe pas ! Vous avez raison, la situation devient intenable. J'ai prévu de lui parler ce soir après le pub.

Carly battit des mains, visiblement surexcitée.

— C'est génial. Tu le tiens, ton conte de fées !

— Ne t'emballe pas. Ça va passer… ou casser. S'il accepte mal la chose, il risque de couper les ponts.

Certes, Xander lui avait affirmé vouloir des enfants, mais la problématique était différente. L'enfant existait déjà, et il n'en avait jamais rien su.

— À mon avis, tu t'inquiètes pour rien, affirma Carly. Quand on voit comment il te regarde…

— Vous êtes trop mignons, renchérit Esther. Je vais l'inviter à mon mariage.

— Mais non ! Pour quoi faire ? Je ne sais même pas s'il sera encore à Londres à ce moment-là.

— On verra. Fais confiance au destin, Chloe.

Le destin, encore et toujours ! Elle ne voulait surtout pas trop y croire sous peine d'être à nouveau déçue.

— Oui, on verra, répéta-t-elle. Si on parlait d'autre chose ?

Cette partie de billard était décidément très agréable.

Associé à Adem, Xander avait déjà remporté une partie, et il s'apprêtait à gagner la seconde. Il avait néanmoins veillé à ne pas écraser ses adversaires, car tel n'était pas le but. Il voulait que tout le monde passe une bonne soirée.

— Chloe m'a dit que vous attendiez un bébé, toi et Carly, dit-il en pivotant vers Adem.

— Oui, tout à fait ! Je m'habitue encore à cette idée.

— Ce n'était pas prévu ?

— Non, mais au final, c'est une excellente surprise. Et toi, tu as des enfants ?

— Pas encore.

Tous ses projets avaient été mis en sommeil six ans plus tôt. Aujourd'hui, il enviait les gens qui avaient une famille ou étaient sur le point d'en fonder une.

— Dommage, tu aurais pu me donner quelques tuyaux, répondit Adem en souriant. Mais remarque, on pourra compter sur Chloe. Elle a plus d'expérience que nous tous.

— Ah bon ? Pourquoi ?

— Parce qu'elle a déjà une fille.

Xander eut l'impression que la terre s'ouvrait sous ses pieds. Son expression dut le trahir, car Adem le regarda avec curiosité.

— Tu ne le savais pas ?

— Je… Non. Une fille… De quel âge ?

— Oh ! elle est petite ! Elle a deux ou trois ans, je crois.

Soudain, les mots lui parvinrent dans un brouillard. Adem parlait toujours, mais il ne l'entendait plus. Ses mains étaient moites, il avait chaud et froid en même temps.

Comme si un autre agissait à sa place, il réussit à finir la partie, et même à accepter un autre verre au bar. Mais après cela, n'y tenant plus, il prétexta avoir reçu un SMS urgent pour s'éclipser. Certes, ce n'était pas très poli, mais il avait besoin d'être seul.

Il contourna la salle par l'arrière puis, une fois dans la rue, il envoya un texto à Chloe pour répéter ce qu'il avait dit aux hommes : on le réclamait d'urgence.

Elle n'y croirait sans doute pas, car les hélicoptères volent rarement la nuit, et elle serait contrariée, mais tant pis.

Lui aussi était contrarié, et pas qu'un peu ! Pourquoi ne lui avait-elle jamais parlé de sa fille ? Elle en avait pourtant eu maintes fois l'occasion. Ce soir encore, ils avaient discuté de bébés, de leurs familles… Mais elle n'avait rien dit.

Consterné, il mesurait qu'il la connaissait très mal. Au lieu de fuir, il aurait dû questionner Adem. Ainsi, il aurait peut-être appris qui était le père de cette fillette et si cet homme restait présent dans la vie de Chloe. Avec un enfant en commun, c'était probable…

Et dire qu'il avait espéré pouvoir se rapprocher d'elle !

Cet événement changeait la donne et compliquait tout. Jamais, au grand jamais, il n'avait imaginé Chloe en mère de famille. Il n'était pas sûr de vouloir reprendre leur histoire, sachant qu'elle lui avait caché une part aussi importante d'elle-même.

Avait-elle craint sa réaction ? Avait-elle eu peur qu'il ne la rejette ? Il l'avait trouvée plus calme, mûre et réservée qu'à Broken Hill, et il comprenait à présent pourquoi.

Fonder une famille était une chose, démarrer une famille recomposée en était une autre. Il aurait pu tenter l'aventure avec Chloe si seulement elle lui avait dit quelque chose. Mais elle s'était tue, et il se demandait s'il pouvait encore lui faire confiance.

Au fond, il était responsable de ce qui arrivait. Il avait été incapable de lui offrir la vie qu'elle méritait, et elle avait trouvé le bonheur avec un autre. Un bonheur éphémère, apparemment…

Aimait-elle toujours le père de sa fille ? Pour quelle raison leur histoire n'avait-elle pas fonctionné ?

Autant de mystères qu'il devrait éclaircir.

Mais il n'allait pas appeler Chloe ce soir. Il était trop énervé. Il avait besoin de réfléchir, à défaut de dormir. Demain serait un autre jour. Demain, il essaierait d'y voir plus clair.

7.

Désolé, je dois partir. J'ai une urgence.

Chloe jeta un regard désabusé sur son portable.

Elle n'avait pas cru un mot de ce message, la veille. Et ce matin, elle avait essayé de joindre Xander trois fois, en pure perte.

Pourquoi était-il parti sans lui dire au revoir ? Pourquoi ne répondait-il pas à ses appels ? Elle avait beau chercher, elle ne voyait aucune explication logique.

Elle sortit sa lessive de la machine à laver en soupirant.

Lily était à la crèche, et elle se trouvait seule à la maison, à faire ses corvées. Elle aurait cent fois préféré être de garde. Au moins, cela lui aurait évité de tourner en boucle…

Résignée, elle étendit son linge. Elle venait d'accrocher le dernier pyjama de Lily quand elle entendit un hurlement de sirène au loin.

Elle quitta la buanderie, tendit l'oreille.

À en juger par le bruit, plusieurs véhicules de police, de pompiers ainsi que des ambulances convergeaient au même endroit, et ce devait être tout près de chez elle.

Par la fenêtre du salon, elle aperçut une épaisse colonne de fumée grise s'élever dans le ciel. Alors, de manière réflexe, elle alluma la télévision pour essayer d'en savoir plus.

La nouvelle ne tarda pas à lui parvenir via une chaîne d'information en continu : un incendie s'était déclaré dans un centre commercial à quelques rues de la maison. À 10 heures passées, l'endroit était déjà très fréquenté, et l'évacuation s'annonçait difficile.

Peut-être pourrait-elle se rendre utile ? Dans ce genre de situation, on a toujours besoin de bras…

Le cœur battant, elle éteignit le poste, prit sa veste, ses clés, et sortit.

Pendant qu'elle descendait la rue au pas de course, le ronflement familier d'un moteur d'hélicoptère se joignit aux alarmes des ambulances.

Xander était de garde ce matin-là, Guy et Tom également. Les verrait-elle sur place ?

La vision qu'elle eut en arrivant lui arracha un cri d'effroi.

Une énorme pagaille régnait devant le centre commercial. Le bruit des klaxons, les ronflements de moteurs et les cris étaient assourdissants. De la suie tombait du toit en feu et une épaisse fumée se dégageait du brasier. Il y avait des véhicules arrêtés en travers de la route, des gens qui couraient alors que d'autres s'agglutinaient sur les trottoirs. Les curieux observaient la scène, fermement tenus à l'écart par des agents de police qui tentaient de limiter les mouvements de foule.

Jouant des coudes, elle se fraya un chemin jusqu'à un pompier qui semblait être le coordinateur des opérations. Mais avant qu'elle ait pu l'atteindre, un terrible bruit d'explosion se fit entendre, assez fort pour couvrir le chaos.

Levant la tête, elle vit une boule de feu s'échapper du toit du bâtiment. Elle songea qu'une conduite de gaz avait dû exploser, puis, dans la panique générale, elle ne pensa plus à rien, car tout le monde s'était mis à fuir en même temps.

Mais avec stupéfaction, Chloe vit une femme d'âge mûr, visiblement désorientée, revenir sur ses pas.

Que fabriquait-elle ? Elle fonçait vers le centre commercial au lieu de s'éloigner !

Un homme de haute taille en salopette orange accourut. Xander ! Au mépris du danger, il sprinta vers la dame qui risquait d'aller se jeter dans le brasier.

Avec la rapidité d'un sauveteur entraîné aux urgences, il l'atteignit juste avant qu'elle pénètre dans la bâtisse en flammes. Mais cinq secondes plus tard, l'impensable se produisit : une seconde explosion, encore plus forte que la première, fit voler en éclats la façade du centre commercial.

Horrifiée, Chloe vit des gravats en feu, ainsi que des éclats de verre et de métal, tomber sur Xander. Il s'était jeté sur la vieille femme, faisant bouclier avec son corps, mais lui, rien ne le protégeait !

Deux pompiers se précipitèrent pour éteindre les flammes avec leurs lances à incendie. Xander aurait dû se relever, à présent. Pourquoi ne bougeait-il pas ?

Le cœur au bord des lèvres, elle essaya d'avancer alors que, déjà, un secouriste se rapprochait de Xander.

Tom ! C'était Tom !

Elle tendit le cou et vit son frère prendre le pouls de Xander, puis l'équiper d'un masque à oxygène tandis qu'un autre sauveteur aidait la dame à se relever. Elle était groggy, mais debout alors que Xander, lui, semblait inconscient.

— *Tom !* cria Chloe.

Au lieu d'avancer tout droit, elle bifurqua à gauche pour rejoindre l'endroit où étaient garées les ambulances. Tom et un collègue portaient la civière de Xander. Elle ne devait pas les perdre de vue. Elle devait les rattraper !

Déjà, ils atteignaient les véhicules de secours. Elle poussa les gens autour d'elle, paniquée, bredouillant « pardon » sur « pardon », et elle avait presque atteint son but quand une main ferme la tira vers l'arrière.

— On ne passe pas, dit une femme policier d'un ton sec.

— Tom ! cria-t-elle. Tom !

Mais dans le vacarme, son frère ne l'entendait pas. Elle dut s'époumoner pour qu'il tourne enfin la tête.

— Tom, c'est Xander !

Elle avait la voix rauque à force d'avoir crié. Elle ne s'était pas rendu compte qu'elle pleurait, mais des larmes brûlantes lui roulaient sur les joues.

Son frère s'avança vers la policière.

— Elle travaille pour les secours aériens. Laissez-la passer, s'il vous plaît.

Bousculant l'agente au passage, Chloe courut vers Xander.

Elle avait totalement oublié qu'elle était fâchée contre lui. Elle était juste rongée d'angoisse.

Agenouillée près de la civière, elle se pencha sur lui.

Ses cheveux blonds étaient maculés de suie, et il avait les yeux fermés.

— Il respire bien sous oxygène, expliqua Tom, mais il ne réagit pas.

Bien que partiellement ignifugée, la combinaison orange n'était pas comparable à celle des pompiers. Avait-elle résisté aux flammes ? D'où venaient ces marques noires sur les poignets et le cou de Xander ? Saleté, brûlures ? Elle aurait été incapable de le dire…

— Tom, y a-t-il de la place dans l'ambulance ?

— Monte devant avec Diane. Je m'installerai à l'arrière. Ne t'en fais pas, Chloe. Il va s'en sortir.

Elle s'assit près de Diane comme un automate. Il lui semblait que ses membres ne lui obéissaient plus.

— Où va-t-on ? demanda-t-elle à la conductrice.

— À St. Barbara. C'est là qu'on évacue les cas les moins lourds. Les autres vont au Queen Victoria.

Elle aurait préféré que Xander soit admis dans « son » hôpital. Néanmoins, l'idée qu'il ne soit pas blessé grièvement la rassura un peu. Les ambulanciers secouristes, Tom le premier, connaissaient leur métier !

Bien que rapide, le trajet lui parut interminable. À l'arrivée, elle s'empêcha pourtant de sauter hors de l'ambulance pour aider l'équipe venue les accueillir. Elle ne connaissait personne ici. Elle devait faire confiance à ses collègues et les laisser travailler.

Pour la première fois de sa vie, elle se retrouvait de l'autre côté de la barrière, situation ô combien difficile. Elle n'avait plus qu'à arpenter la salle d'attente comme le faisaient chaque jour des dizaines de personnes pendant qu'elle exerçait son métier. Ici, elle n'avait tout simplement pas le droit d'intervenir…

Au bout d'une demi-heure, n'y tenant plus, elle sortit dans le couloir à la recherche d'une infirmière. Elle tomba sur une stagiaire qui, apparemment, courait d'un box à l'autre.

— Pardon… Pouvez-vous me donner des nouvelles de Xander Jameson, s'il vous plaît ?

— Êtes-vous une parente, mademoiselle ?

— Non, mais… nous sommes collègues et amis. Je suis sage-femme au Queen Victoria, et on travaille ensemble pour le service de secours héliportés.

— Avez-vous un badge ?

— Non, désolée. Dans la précipitation, je ne l'ai pas pris.

— Alors je suis navrée, mais je n'ai pas le droit de vous donner d'informations médicales. Il faudra attendre un peu.

— Très bien, merci.

Sur le point de regagner la salle d'attente, elle se retourna :

— J'aimerais bien le voir, si possible. Pouvez-vous poser la question, s'il vous plaît ?

Son interlocutrice hésita.

— Oui, d'accord. Quand je pourrai…

Que signifiait cette réponse ? Cette jeune femme était-elle débordée à ce point, ou Xander n'avait-il pas repris connaissance ?

Dans tous les cas, elle devait attendre sans protester. Le règlement était le règlement, elle était bien placée pour le savoir.

— Vous avez de la visite, docteur Jameson.

Xander tourna la tête pour regarder l'infirmière et réprima un grognement. Non seulement il avait mal au crâne, mais il avait l'impression d'être passé sous un rouleau compresseur.

— Ah bon ? Qui ça ?

— Je… ne sais pas. Voulez-vous que je pose la question ?

La jeune fille devait être stagiaire ou débutante. En tout cas, le fait qu'il soit médecin la rendait nerveuse. Il avait trop d'expérience pour ne pas le remarquer.

Il esquissa un sourire qui devait ressembler à une grimace.

— Homme ou femme ? demanda-t-il.

— C'est une dame.

— À quoi ressemble-t-elle ?

— Elle est… jeune, blonde, avec les cheveux bouclés. Elle dit qu'elle est sage-femme.

Chloe ! Chloe était venue.

— C'est bon. Laissez-la entrer, répondit-il gentiment.

Deux minutes plus tard, Chloe franchit le seuil de la chambre. Elle était blême et un pli soucieux barrait son front. Elle courut vers le lit puis s'arrêta net, et il eut l'impression qu'elle se retenait de l'embrasser.

— Xander… Ça va ?

— Pas trop mal, répondit-il. Tout va vite rentrer dans l'ordre. Ont-ils pu circonscrire l'incendie ?

— Presque… Mais qu'est-ce qui t'a pris au juste ? Pourquoi as-tu couru derrière cette femme ?

— Je n'en sais rien. Je n'ai pas réfléchi. Va-t-elle bien ?

— Oui, mieux que toi. C'était vraiment idiot ! Tu n'es pas pompier, que je sache.

— Il fallait que quelqu'un l'arrête. J'étais le plus proche d'elle.

— Tu aurais pu être tué !

Chloe s'était vraiment inquiétée pour lui. Jamais il n'aurait cru qu'elle se ferait du souci à ce point-là…

— Je suis désolé de t'avoir fait peur, murmura-t-il. Mais je vais très bien, comme tu peux le voir. Arrête de stresser.

— J'arrêterai si tu me promets de ne jamais recommencer !

Il lui sourit, touché par sa sollicitude.

— Je te promets d'essayer, en tout cas.

S'avançant, elle lui captura la main gauche.

— Pourquoi as-tu le bras bandé ?

— Les collègues m'ont retiré quelques éclats de verre. Rien de bien méchant.

— Et ce pansement au cou ?

— Une brûlure superficielle.

Il s'abstint d'ajouter qu'il souffrait probablement d'une légère commotion. Avec les antalgiques, cette migraine ne serait bientôt plus qu'un mauvais souvenir. En revanche, il avait la nette impression qu'il devait parler de quelque chose à Chloe. Qu'avait-il à lui dire ? Il ne s'en souvenait plus…

— As-tu besoin de quelque chose ? demanda-t-elle, l'arrachant à ses réflexions.

La mémoire lui revint brutalement, et avec elle une vague de nausée. Ce n'était pas le contrecoup du choc, mais le souvenir qui venait de s'imposer à lui !

— J'ai juste une question, Chloe.

— Oui ?

— Hier soir au pub, Adem m'a appris que tu avais une fille.

Elle devint plus pâle encore et s'affala dans le fauteuil près du lit.

— Voilà pourquoi tu es parti…

— Pourquoi ne m'as-tu rien dit ?

— J'attendais le bon moment.

— Mais on a parlé de bébés, de ton neveu, de famille… Tu aurais pu embrayer dix fois si tu l'avais voulu !

— Tu es fâché ?

— Oui, et pas qu'un peu ! Ça m'énerve que tu m'aies caché une information aussi importante. On a discuté de plein de choses, et tu as gardé l'essentiel pour toi ! Tu ne m'as pas fait confiance !

— Ce n'est pas une question de confiance. Seulement je craignais ta réaction. Mais je comptais te le dire hier en fin de soirée, après le pub.

— Facile ! Comment veux-tu que je croie ça ?

— C'est la vérité… Je suis vraiment désolée. Je te présente mes excuses. J'aimerais beaucoup que… Que tu fasses la connaissance de Lily.

Chloe avait l'air au bord des larmes.

Il prit sur lui pour se contrôler. Il ne voulait pas d'une dispute. D'abord parce qu'il détestait les querelles, ensuite parce qu'il était fatigué.

— Je ne demande pas à faire sa connaissance, répliqua-t-il. J'aurais juste préféré que tu m'en parles.

— Mais… Ce serait bien que tu la rencontres. Lily vient juste d'avoir trois ans.

Elle lui lança un regard pénétrant dont il ne comprit pas

la signification. Son cerveau tournait au ralenti, il ne savait plus quoi répondre.

— C’est ta fille, Xander, murmura-t-elle sur un ton implorant.

8.

— Comment ? Répète un peu…

— Lily est ta fille. Tu es son père.

Chloe vit que Xander inspirait profondément. Puis il secoua la tête.

— Non, dit-il enfin. C'est impossible.

— Et pourtant, si. Je te jure que c'est vrai.

— Non ! répéta-t-il d'une voix forte. Non, non, non ! Ça n'a pas pu arriver ! Je n'ai pas d'enfant.

Elle le regarda sans rien dire, mortifiée.

Que croyait-il ? Que répéter « non » en boucle allait changer la donne ? Qu'elle allait revenir sur ses propos ?

Oh ! pourquoi avoir parlé dans cette chambre d'hôpital, au plus mauvais moment ? Vu l'état de Xander, elle aurait dû se méfier. Il n'était pas assez en forme pour avoir une discussion.

Désabusée, elle haussa les épaules.

Au fond, cela ne changeait rien. Ici ou ailleurs, il ne l'aurait jamais crue de toute manière. Il avait mis en doute la fidélité de Hannah. Il avait parlé de test ADN après la naissance de Jonas. S'imaginait-il que toutes les femmes étaient des menteuses et des tricheuses ?

Elle voulait bien admettre qu'il avait reçu un choc. Elle le comprenait parfaitement. Mais cela n'excusait pas tout !

Les paupières closes, elle compta jusqu'à dix afin de recouvrer son calme. La voix sèche de Xander brisa le silence tendu.

— Tu fais erreur, Chloe. Il est rigoureusement impossible que je sois le père de ta fille.

— Donc, tu m'accuses de mentir ?

— Non. Je dis juste que tu te trompes. Il a dû y avoir un autre homme.

Vexée et furieuse, elle se leva, les poings sur les hanches.

— Il n'y a eu personne d'autre ! Il n'y avait… que toi, ajouta-t-elle d'une voix tremblante.

— Chloe, je ne *peux pas* avoir d'enfant.

— Quoi ? Quelle idée ! Lily est la preuve du contraire.

— Je sais de quoi je parle. Je suis stérile. Ma femme est partie à cause de ça !

Estomaquée, elle le dévisagea. Comment aurait-elle pu prévoir que la conversation tournerait ainsi ?

— Mon ex et moi avons fait quatre cycles de FIV, reprit Xander.

— Et vous avez renoncé si vite ? C'est un peu court.

— Dans le même temps, ma femme a jugé bon d'aller voir ailleurs. Je l'ai découvert, et on a rompu.

— D'accord. Je comprends. Mais si vous aviez eu… l'occasion de persévérer, vous auriez peut-être réussi ? Ou alors, c'est que vous n'étiez pas compatibles sur le plan hormonal. Ce qui bloque avec une partenaire peut marcher avec une autre…

— Pas dans mon cas. C'est moi le problème.

Le beau regard de Xander était devenu presque noir. Il était vraiment convaincu d'être stérile, et sans le savoir, elle avait touché un point ultra-sensible. Comment faire pour le ramener à la raison ?

— Si ta fille est de moi, pourquoi ne m'as-tu rien dit à l'époque ? demanda-t-il.

— J'ai compris que j'étais enceinte à mon retour en Angleterre.

Elle lui résuma les vaines démarches entreprises pour le retrouver, et conclut :

— Comme je n'avais pas les moyens d'engager un détective privé, j'ai abandonné. D'ailleurs, après la naissance de Lily, j'étais trop occupée pour poursuivre mes recherches.

— Tu aurais dû envoyer un courrier à Broken Hill.

— Crois-tu que je ne l'aie pas fait ? Je l'ai même mis en recommandé avec accusé de réception pour que tu ne puisses pas faire comme si la lettre s'était perdue… Mais la poste australienne me l'a retourné intact.

— Peux-tu prouver que je suis le père de ta fille ?

— Prouver ? Comment ? Ma parole ne te suffit pas ?

Xander secoua la tête et grimaça. Il devait avoir une sérieuse migraine.

— Malheureusement non, Chloe.

Devait-elle lui montrer des photos de Lily sur son téléphone ? Cela changerait-il quelque chose ?

Sans doute pas, hélas.

— Quel âge a-t-elle ?

— Elle a eu trois ans le 10 mars. Elle devait naître en avril, mais j'ai accouché six semaines avant terme. J'ai passé l'été précédent en Australie, de mai à juillet, et je n'ai pas eu d'autre partenaire que toi. Fais le calcul.

— Ce n'est pas une question de calcul, mais de ce qui est plausible ou non.

— Et moi, à l'école de sages-femmes, j'ai appris qu'il faut savoir calculer !

Lorsque Xander se frictionna les tempes, elle culpabilisa de se disputer avec lui alors qu'il se trouvait sur un lit d'hôpital. La discussion avait pris une mauvaise tournure, comme elle le craignait depuis le début.

— Le moment est mal choisi pour avoir cette conversation, dit-elle enfin. Tu as besoin de repos.

Xander lui jeta un regard noir.

— Entièrement d'accord avec toi. Tu ferais mieux de partir.

Xander se planta derrière sa fenêtre, contempla le ciel gris de Londres et poussa un soupir exaspéré.

Ce soir-là, la météo reflétait son humeur.

Six jours après l'incendie et cinq jours après sa dispute avec Chloe, il ne l'avait toujours pas revue, et leur discussion tournait en boucle dans sa tête.

Que croire, que penser ? Il n'en savait rien. L'annonce de Chloe lui avait fait l'effet d'une bombe. Avait-elle dit la vérité ? Il le souhaitait de tout cœur, mais d'un point de vue scientifique, cela semblait impossible. Et pourtant, elle n'avait aucun intérêt à mentir !

Au moins, cette histoire aurait un bon côté : il avait profité de son arrêt maladie pour faire un bilan sanguin complet. Il avait scanné les résultats et les avait envoyés par e-mail à son oncologue australien. En toute logique, il aurait bientôt des nouvelles.

La sonnerie de son portable posé sur la table le fit sursauter. L'écran affichait l'indicatif d'un numéro international.

Il le prit, hésita… Voulait-il vraiment savoir ?

Il décrocha, l'esprit en ébullition.

— Salut, Matt ! Très bien, et toi ? Non, je n'ai pas bronzé depuis ton dernier coup de fil ! Tu es à la plage ? Merveilleux… As-tu reçu mon e-mail ?

— Bien sûr, répondit Matt d'un ton gai. J'étais content d'avoir de tes nouvelles, mon vieux !

— Alors ? Est-ce que je peux avoir des enfants ou pas ?

— Pour faire court, oui. Ton spermogramme est normal, tes spermatozoïdes sont mobiles. On se situe dans la fourchette basse, donc en théorie, tu as plus de chances de concevoir un enfant avec une femme jeune, mais c'est tout à fait possible. As-tu rencontré quelqu'un ?

— Si on veut… Une amie m'a affirmé que j'étais le père de son enfant.

— La question est donc rétrospective. Tu ne le savais pas ?

— Non. Je viens de l'apprendre, mais la petite a trois ans.

— Alors sa mère est tombée enceinte…

— Deux ans et quelques mois après ma chimio, compléta Xander.

— Tu n'avais pas fait de spermogramme ?

— Non. Heather et moi, nous avions des embryons congelés quand on m'a diagnostiqué mon cancer. Les FIV ont échoué, on s'est séparés, et je n'ai pas jugé utile d'approfondir la question. Je me fichais de savoir si je pouvais devenir père ou non puisque j'étais en plein divorce. Ce n'était vraiment plus la priorité.

— Si tu avais fait des analyses à l'époque, j'aurais eu un point de comparaison, mais là, c'est difficile à dire. À mon avis, c'est possible mais pas certain. Le seul moyen d'être sûr serait de faire le test ADN.

— Évidemment… Sauf que c'est délicat.

Après avoir résumé toute l'histoire à Matt, il le remercia pour son aide et prit congé.

L'éclairage apporté par son ami, loin de le rassurer, l'avait plongé dans un abîme de confusion. Tout restait possible, dans un sens comme dans l'autre. Il était peut-être le père de cette petite Lily…

Et s'il avait tout gâché ?

Certes, il avait des excuses pour avoir mal réagi sur le coup. Et puis, Chloe n'avait pas été un modèle de franchise. S'il était le père de sa fille, elle n'aurait pas dû lui cacher la vérité. Néanmoins, ce n'était pas une raison pour s'emporter comme il l'avait fait.

Quoi que l'avenir leur réserve, il devait aplanir la situation, c'était la moindre des choses.

Ce soir-là, en quittant l'hôpital, Chloe s'étonna de tomber sur Xander.

Cela faisait presque une semaine qu'elle ne l'avait pas revu, et depuis elle se perdait en conjectures. Comment allait-il ? Avait-il digéré la nouvelle ? Souhaitait-il couper les ponts ? Autant de questions sans réponses qui la rendaient folle et lui faisaient perdre le sommeil !

S'avançant vers lui, elle nota qu'il avait les traits tirés et les paupières creusées de cernes sombres.

— Qu'est-ce que tu fais là ? demanda-t-elle.

— Je t'attendais. J'aimerais que… Qu'on parle un peu, Chloe.

Il avait les mains derrière le dos, et soudain, à sa grande surprise, il lui tendit un bouquet de lys blancs.

— C'est pour me faire pardonner, ajouta-t-il.

Elle prit le bouquet, émue, songeant qu'aucun homme ne lui avait jamais offert de fleurs. Et Xander n'avait pas choisi n'importe lesquelles : Lily voulait dire « lys » ! Devait-elle y voir un heureux présage ?

— Merci, murmura-t-elle. C'est gentil.

— De rien. As-tu le temps de marcher un peu ?

— Oui, sans problème.

Elle le suivit le long des quais, où de nombreux promeneurs flânaient encore à cette heure-ci.

— Je m'excuse d'avoir mal réagi l'autre jour, commença-t-il. Même si j'étais sous le choc, j'aurais dû peser mes mots.

— Est-ce que ça veut dire que tu me crois ?

— Honnêtement, je suis toujours perdu.

Elle s'arrêta net et le dévisagea.

— Qu'essaies-tu de me dire, alors ? Pourquoi t'excuses-tu ?

— Je vais te raconter quelque chose.

Il s'accouda à la rambarde au-dessus de la rivière, et elle eut l'impression qu'il évitait son regard.

— Je t'ai parlé de Heather, mais tu ne sais pas tout. Après l'échec de la deuxième FIV, j'ai subi d'autres examens. On m'a diagnostiqué un cancer des testicules.

— Quoi ?

Elle hallucinait. Xander venait de lâcher sa bombe comme ça, l'air de rien, au détour de la conversation !

— Tu as eu un cancer, tu n'as pas jugé bon de me le dire, et après cela, tu m'accuses de faire des cachotteries ! Ça, c'est la meilleure ! éclata-t-elle. Moi, au moins, je n'ai pas menti délibérément. J'ai essayé de te retrouver. Pourquoi ne m'as-tu jamais parlé de ta maladie ?

Il haussa les épaules.

— On parlait peu de nos vies personnelles. On avait une relation plutôt légère, si tu t'en souviens. Et puis, j'étais mal dans ma peau. J'avais subi la maladie, la trahison de Heather, le divorce… Toi, tu es arrivée comme un rayon de soleil. Le seul faisceau de lumière dans la grisaille. Je n'ai pas voulu ternir ces moments de bonheur. Sans le savoir, tu m'as aidé à comprendre que je pouvais me reconstruire.

L'esprit de Chloe se transporta par-delà les océans vers une époque pas si lointaine.

À Broken Hill, elle avait mis la tristesse et la mélancolie de Xander sur le compte du divorce. Jamais elle ne l'avait cru atteint d'une maladie grave. Preuve qu'ils se connaissaient vraiment très mal…

— Mon ex-femme est un peu plus âgée que moi, reprit-il. Elle se souciait de son horloge biologique, ce qui me semblait normal. Donc, quand j'ai commencé la chimio, elle a encore fait deux FIV puisqu'il nous restait des embryons. J'ai voulu croire en la chance, mais ça n'a pas marché.

Il eut un rire amer, puis ajouta :

— Naïvement, j'ai cru que Heather resterait avec moi, mais elle a tout de suite pensé au pire. Elle a dû m'imaginer stérile, mort peut-être… Et moi, stressé comme je l'étais, je n'ai rien vu. Finalement, elle a eu une liaison, et elle est tombée enceinte. J'ai toujours pensé qu'elle l'avait fait exprès, pour s'assurer que je ne chercherais pas à la retenir. Mais il n'y avait aucun risque. Je déteste le mensonge.

Quand Xander se tourna enfin vers Chloe, elle ne lui avait jamais vu l'air si dur.

— Voilà pourquoi je ne t'ai rien dit à l'époque, conclut-il. Heather venait de se remarier, elle avançait. Moi, j'étais perdu. Je n'avais qu'une envie : oublier. Je ne me projetais absolument pas dans l'avenir.

— Ça fait beaucoup de choses à digérer, murmura-t-elle.

— Oui, je sais. Mais j'espère que tu me comprends.

— J'essaie, en tout cas. Quand le diagnostic a-t-il été posé ?

— Il y a six ans.

— Et maintenant ?

— Tout va bien. Tout allait déjà bien quand on s'est rencontrés.

— Avais-tu fait un spermogramme à l'époque ?

— Non.

— Tu ne peux donc pas savoir si tu étais stérile.

— Pas de manière certaine, en effet.

Elle extirpa son mobile de son sac et ouvrit la photo de

Lily qu'elle avait prise la veille. Elle avait soigneusement calculé l'angle pour qu'on distingue bien le visage de sa fille.

— C'est Lily, dit-elle. Elle me ressemble, mais elle a tes yeux. J'aimerais que tu la rencontres. S'il te plaît.

— D'accord. On va prévoir ça, murmura Xander.

Elle sentit son cœur se serrer devant son manque d'enthousiasme.

Réussirait-il un jour à dompter les fantômes du passé pour connaître l'avenir qu'il méritait ?

Elle commençait à craindre que cela n'arrive jamais.

9.

Ce samedi matin, en sonnant à la porte de Chloe, Xander se sentait particulièrement nerveux.

Quand elle lui avait proposé de venir chez elle, estimant que Lily serait plus à l'aise, il n'y avait pas vu d'inconvénient. La dernière chose qu'il voulait, c'était perturber la petite. Il tenait au contraire à faire bonne impression.

— Salut !

Chloe s'était matérialisée sur le seuil. Vêtue d'un T-shirt rose, d'un bermuda et chaussée de baskets en toile, elle semblait détendue, et il se relaxa légèrement.

— Salut, répondit-il.

— Si on allait au parc ? Lily adore faire du vélo. Ce sera mieux pour tout le monde si elle est occupée, je pense.

— Tu as raison.

— Super, je vais la chercher. On arrive tout de suite.

Ayant dit cela, elle tourna les talons, et il se retrouva planté sur le seuil comme un idiot.

Il avait beau faire, il était mal à l'aise, il n'y pouvait rien. Si seulement il avait pu se préparer un peu. Si seulement…

— Lily, je te présente Xander, c'est un ami du travail. Xander, voici Lily !

Elles étaient là derrière lui toutes les deux. Perturbé comme il l'était, il n'avait pas compris que Chloe et sa fille sortiraient par la cour. Mais avec un vélo, c'était logique.

Il se retourna et sentit son cœur manquer un battement.

Lily était la version miniature de Chloe, mais avec des cheveux blond vénitien et des prunelles grises…

— Bonjour, Lily, dit-il, bouleversé.

— Bonzour.

— Xander est médecin. Il travaille dans l'hélicoptère.

— Ah bon ? Tu les conduis, les licoptères ?

Devant cette bouille ronde et ce regard curieux, Xander eut l'impression de fondre. Gamine, sa sœur Martha faisait exactement la même tête. Lily était une Jameson !

Il secoua la tête.

— Non, ma puce. Ça, c'est le travail de Simon, le pilote.

— Tonton Tom, il conduit une abilance, et tonton Guy, un camion de pompiers.

— Mais c'est génial !

— Moi, suis crop petite pour conduire un camion, alors z'ai un vélo.

— Il est vraiment joli, dis donc…

— Allez, monte, Lily, intervint Chloe. On va au parc.

— Ouiiii !

Chamboulé, Xander ferma la marche tandis que Chloe restait près de Lily sur la piste cyclable. Que cette adorable enfant soit sa fille, il en avait été certain dès qu'il l'avait vue, et l'idée gonflait son cœur d'amour et de joie.

Sachant cela, un problème de taille allait se poser : il devrait bientôt rentrer en Australie, mais jamais il ne pourrait laisser son enfant derrière lui. Il avait perdu trois ans. C'était déjà beaucoup trop !

S'il voulait se montrer honnête, il devait en endosser la pleine responsabilité. Il s'était arrangé pour disparaître de la circulation. Il y était parvenu, mais à quel prix ?

Voyant que Lily les avait devancés sur le chemin, il se posta près de Chloe.

— Quand as-tu cessé de me chercher ? demanda-t-il.

— Je n'ai jamais arrêté. À chaque anniversaire de Lily, j'ai tenté ma chance. L'année dernière, j'ai lu un article qui parlait de toi dans un journal canadien en ligne. J'ai pris contact avec le service de secours local, mais tu étais déjà parti. Les Canadiens n'ont pas voulu me transmettre ton numéro sous prétexte de confidentialité. Je ne pouvais pas faire grand-chose de plus, conclut-elle en soupirant.

— Non, bien sûr. Tu as fait le maximum avec les informations dont tu disposais, répondit-il gentiment. Et… Qu'as-tu dit à Lily au sujet de son papa ?

Ils avaient atteint le parc, et la petite fille avait abandonné son vélo près d'un banc pour courir vers les balançoires.

— Je lui ai dit qu'il habite l'Australie, très loin de l'Angleterre. Qu'il ne peut pas venir la voir, mais qu'il l'aime beaucoup.

Après qu'ils se furent assis sur le banc, Chloe ajouta :

— Maintenant que tu es reparu, je dois savoir comment tu te positionnes. Si tu ne veux pas faire partie de sa vie, j'en resterai là pour les explications. Quand elle sera grande, je lui transmettrai tes coordonnées au cas où elle souhaiterait te contacter, et point final. La suite de l'histoire dépend de toi.

Comme Lily accourait en riant, la conversation s'arrêta. La puce avait besoin qu'on la pousse sur la balançoire.

Xander s'exécuta de bon cœur, ravi d'être mis à contribution. Infatigable, Lily voulut ensuite aller au bac à sable, et elle se serait dirigée vers les grands toboggans si Chloe n'y avait mis le holà.

— Il est bientôt midi, et tu t'es levée de bonne heure, rappela-t-elle. On va aller manger. Ensuite, tu feras une bonne sieste.

Lorsqu'ils atteignirent la maison, elle envoya Lily se laver les mains, et il sut qu'il était temps pour lui de s'éclipser. Les Larson avaient une vie de famille. Il n'en faisait pas partie. Du moins, pas encore.

— Attends, dit Chloe sur le seuil. Je reviens.

Elle reparut avec une grande enveloppe qu'elle lui tendit.

— Qu'est-ce que c'est ?

— Deux échantillons d'ADN : le mien et celui de Lily.

— Tu as fait un prélèvement ? demanda-t-il, étonné.

— Oui. J'ai réfléchi et je trouve que tes hésitations sont justifiées. Tu n'as aucune raison de me croire sur parole. Lily a trouvé ça très amusant que je lui chatouille la joue avec l'écouvillon. Puisque ça ne fait pas mal, pourquoi s'en priver ? Et comme je suis certaine que tu es son père, je ne prends aucun risque, conclut-elle en souriant.

Toujours médusé, il s'empara de l'enveloppe. Le geste de Chloe le bouleversait tant qu'il ne savait plus quoi dire.

— Si tu es libre demain, on pourrait passer la journée ensemble, tous les trois ? proposa-t-elle.

— Avec plaisir. Merci d'y avoir pensé.

Il l'embrassa sur la joue puis prit congé.

Il se sentait prêt à accepter beaucoup de choses pourvu qu'elle ne le rejette pas. Il avait tout à gagner dans l'histoire... Et aussi tout à perdre s'il n'y prenait garde.

Comme elle l'avait souligné, la suite dépendait de lui. La balle était dans son camp, et il avait la ferme intention de mettre toutes les chances de son côté.

— Alors, par quoi commençons-nous ?

Chloe venait de se garer sur un parking proche du port de Brighton. La journée s'annonçant radieuse, elle avait proposé de faire un tour à la mer, suggestion accueillie avec enthousiasme par Xander et par Lily.

Détendu et amical, Xander avait fait très bonne impression en venant les chercher ce matin-là. Connaissant la situation, sa mère et ses frères avaient évité de le bombarder de questions, et le petit déjeuner pris en commun s'était déroulé à merveille. Si Chloe avait pu savoir ce qu'il pensait, elle aurait été comblée.

Mais hélas, ce n'était pas le cas. Elle ignorait s'il avait accepté ou non l'idée d'être père. Pourvu qu'il fasse vite le test ADN ! Au moins, cette question-là serait réglée.

Ensuite, ils devraient songer au reste, à l'avenir de leur relation — mais on n'en était pas là. Cette plongée dans l'inconnu la déstabilisait, cependant elle devait faire avec. Elle n'avait pas le choix.

— Je ne sais pas, répondit Xander. Qu'y a-t-il à voir ?

— Plein de choses : le front de mer, l'aquarium, la fameuse tour d'observation...

— Ze veux la mer, moi ! déclara Lily, péremptoire.

— Va pour la promenade, répondit Xander en riant.

Ils commencèrent à longer la promenade d'un pas tranquille, Lily sautillant devant eux.

— Oh ! un château ! s'écria-t-elle lorsqu'ils atteignirent le Royal Pavilion, ancienne résidence d'été des rois d'Angleterre. On y va ? Y a une princesse dedans ? Ze voudrais bien être une princesse, moi !

Xander s'esclaffa.

— Je ne savais pas que les gamines de trois ans parlaient autant.

— Elle s'exprime bien pour son âge, répondit Chloe. Il faut dire qu'elle est entourée d'adultes : ma mère, mes frères, moi… Et en plus, elle a toujours une oreille qui traîne !

— Comme tous les gosses, j'imagine… Quelle est ta princesse préférée, Lily ?

— C'est Anna.

Chloe faillit éclater de rire devant l'air ahuri de Xander. Il devait connaître quelques contes de fées, mais pas *La Reine des neiges*, qui faisait pourtant un tabac depuis son adaptation en dessin animé. Les petites filles adoraient s'identifier à Anna ou Elsa, les deux sœurs de l'histoire…

— Anna ressemble un peu à Lily, expliqua-t-elle.

— Oui, z'ai des ceveux pareils, confirma Lily.

— Ah bon ? On va regarder sur mon téléphone.

Ils étaient arrivés devant le grand carrousel et dans la file d'attente, Xander fit de son mieux pour combler ses lacunes. Il découvrit non seulement Anna et Elsa, mais le bonhomme de neige Olaf, et lorsqu'ils arrivèrent à la caisse, il aurait pu raconter l'histoire par cœur.

Lily riait et parlait à toute vitesse, sautant du coq à l'âne, visiblement très à l'aise.

La connexion père-fille était-elle déjà présente ?

Chloe se chapitra : elle ne devait pas tirer de plans sur la comète ni espérer trop de choses sous peine d'être déçue.

Pendant que Lily s'amusait sur les chevaux de bois, Xander et elle bavardèrent de choses et d'autres, mais sans aborder *le* sujet essentiel. Ce n'était pas l'endroit ni le moment. Il y avait trop de monde, l'heure était à la détente…

Après ce manège ancien, Lily voulut essayer le trampoline géant.

— Tu es trop petite, chérie, objecta Chloe.

La moue boudeuse de sa fille laissait présager une colère, mais Xander intervint.

— On reviendra quand tu seras plus grande. Je te le promets. Allons plutôt vers les tasses qui tournent, d'accord ?

— D'accord !

Comme Lily repartait de bonne grâce en gambadant devant eux, Chloe pivota vers Xander.

— Ne lui fais pas de promesses si tu n'es pas sûr de les tenir, dit-elle.

— Je tiens toujours mes promesses, Chloe. Je déteste prononcer des paroles en l'air.

— Tant mieux… Bon, je vous laisse monter dans les tasses. Je vous regarderai. Je n'aime pas avoir le tournis.

— Je t'ai connue plus intrépide, commenta-t-il avec un sourire en coin.

— Ça, c'était avant !

Accoudée à la rambarde, elle les observa rire aux éclats sur le manège, le cœur serré. Ces moments exceptionnels se reproduiraient-ils ? Pourquoi voyait-elle le côté négatif des choses ? Pour elle qui positivait sans arrêt, c'était nouveau…

— Maman ! Maman ! Ze peux en faire un autre ?

Perdue dans ses réflexions, elle n'avait pas vu que Xander et Lily l'avaient rejointe. Elle jeta un coup d'œil sur sa montre et sourit.

— D'accord, mais un dernier. Ensuite, on ira manger.

Debout derrière Chloe, Xander observait Lily, laquelle s'était installée, toute fière, au volant d'un camion de pompiers miniature.

Sans réfléchir, il arrondit les paumes sur les hanches de Chloe. Elle se raidit à son contact.

— Ça te gêne ? demanda-t-il doucement.

— Non. C'est juste… bizarre, avec Lily dans les parages.

Son corps souple se détendit progressivement, et elle finit

par se laisser aller vers l'arrière, la tête appuyée contre sa poitrine. Il perçut alors les effluves d'un shampooing fruité et sourit.

Il avait toujours aimé le parfum de Chloe, cela lui évoquait les paradis exotiques, la joie de vivre et le soleil.

Mais aujourd'hui, elle était soucieuse. Il avait senti son regard inquisiteur peser sur lui à plusieurs reprises. Or, il ne voulait pas qu'elle s'inquiète.

— Ça va aller, lui chuchota-t-il à l'oreille. On trouvera une solution.

Il avait mis du temps à regarder l'avenir sous un angle positif, mais à présent, il était capable d'avancer. Il devait juste convaincre Chloe qu'il n'était plus le même homme…

Voyant le manège s'arrêter, il contourna les barrières et récupéra Lily.

— Si on allait manger des frites ? suggéra-t-il.

— Oh oui ! Z'adore les frites !

— Comme ta mère. Surtout lorsqu'elle les pique dans l'assiette des autres, répondit-il en riant.

Chloe se mit à rire.

— C'est meilleur quand on les vole.

— Oui, apparemment.

Ils achetèrent leur repas à emporter dans un petit restaurant de *fish and chips*, puis allèrent le déguster sur un banc face à la mer. Lily nourrissait les mouettes autant qu'elle mangeait, mais si elle avait encore faim, il lui offrirait une glace. Ce midi, c'était fête !

Voyant un goéland en poursuivre un autre, elle se leva d'un bond pour aller chasser l'importun.

— Lily, attention !

Toute à sa course, elle n'avait pas vu le jeune garçon à vélo qui se trouvait sur sa trajectoire : elle le heurta de plein fouet. Alors, comme dans un film au ralenti, Xander la vit chuter lourdement, les bras écartés.

En deux enjambées, il fut auprès d'elle. Chloe accourut et se pencha :

— Je vais te porter, mon cœur.

Mais quand elle effleura le coude gauche de Lily, la puce se mit à hurler.

— Attends, dit Xander. Laisse-moi voir ça…

Lily était blême, son poignet gauche enflait à vue d'œil. D'ailleurs, elle le tenait serré contre son petit corps en un geste de protection.

— Lily, je vais t'aider, dit-il d'un ton apaisant. Respire avec moi… Voilà. Je vais regarder ton bras, mais sans le toucher.

Habitué à ce type d'urgences, il ne mit pas longtemps à poser son diagnostic. Chloe observait la scène d'un air hagard, visiblement sous le choc.

— Chloe… Écoute-moi, s'il te plaît. Je pense qu'elle a une fracture en bois vert due à l'hyperflexion. Il faut aller à l'hôpital. Sais-tu où il se trouve ?

Aucune réponse. Elle semblait avoir perdu ses moyens. C'est alors qu'une jeune femme poussant un landau s'arrêta près d'eux :

— Avez-vous besoin d'aide ?

— Oui, madame. Savez-vous s'il y a un hôpital près d'ici ?

— L'hôpital pour enfants est à moins d'un kilomètre, derrière le grand bâtiment là-bas, sur la droite. Vous le trouverez facilement.

— Merci beaucoup. Chloe, donne-moi ton foulard.

Elle s'exécuta comme un automate. Aussitôt, il fit passer l'écharpe derrière l'épaule de Lily, lui immobilisant le bras pour qu'elle ne souffre pas trop pendant le trajet.

— On va t'emmener à l'hôpital, ma puce, expliqua-t-il. Il faut qu'on prenne ton poignet en photo.

Très doucement, il la souleva de terre et la cala dans ses bras pour la porter vers la voiture. Finalement, ils mirent moins de dix minutes à trouver l'hôpital pour enfants, où il se gara sur le parking des médecins au mépris des règles en vigueur.

Il *était* médecin, après tout. Et il y avait urgence.

S'il avait vu juste, la lésion devait plutôt ressembler à une déchirure. Chez les petits, les os sont mous et se cassent comme une branche de bois vert, sans se briser nettement.

Il fallait néanmoins réduire la fracture et poser un plâtre le plus vite possible.

Il porta Lily à l'intérieur, Chloe fermant la marche. Quelques fauteuils roulants étaient disponibles à l'accueil et pendant qu'il installait Lily sur l'un d'eux, il entendit une voix féminine s'élever depuis le couloir :

— Chloe, qu'est-ce que tu fais là ? Ça fait un bail depuis l'école !

— Joanna ! Je ne savais pas que tu travaillais ici.

Malgré son extrême pâleur, Chloe avait repris ses esprits. Elle parvint à expliquer la situation à l'infirmière qui venait de les accueillir, apparemment une camarade de promotion.

— Xander est médecin. Il pense que Lily a une fracture en bois vert, précisa-t-elle.

Joanna hocha la tête.

— Je vais appeler la radio pour que ta fille passe en priorité. En attendant, pourrais-tu remplir le formulaire d'admission ? ajouta-t-elle en prenant une fiche sur le comptoir d'accueil.

— Je m'en occupe, intervint Xander. Chloe, reste avec Lily.

Suivant les indications de Joanna, elle poussa le fauteuil roulant dans le couloir des urgences. Resté seul, il rejoignit la salle d'attente pour remplir les papiers, mais il comprit vite que c'était mission impossible sans l'aide de Chloe.

Il connaissait le nom de Lily, sa date de naissance, son adresse, mais pas son deuxième prénom. Il ignorait tout de ses antécédents médicaux. Il ne savait pas si elle avait des allergies. Il naviguait dans le flou total, et en ce qui concernait Chloe, ce n'était pas mieux.

Néanmoins, il comptait y remédier au plus vite. Cette fois, il ferait tout pour conquérir et garder la femme de sa vie — car elle l'était depuis le début.

Quand Joanna se matérialisa sur le seuil, il sursauta presque, tant il était perdu dans ses pensées.

— Vous aviez raison, c'est bien une fracture en bois vert, annonça-t-elle. Elles attendent le médecin. Avez-vous fini de remplir les papiers ?

— Non. J'ai besoin de Chloe pour certains détails.

Joanna, qui le considérait visiblement comme le père de

Lily, lui lança un regard navré. Elle devait le prendre pour un benêt incapable de gérer la moindre chose sans sa femme.

Si elle avait su !

— Venez, répondit-elle. Vous pourrez attendre tous les trois en salle de soins.

— Merci beaucoup.

Une fois sur place, il pria Chloe de remplir les lignes vacantes du formulaire. Il lut ainsi que le deuxième prénom de Lily était Alexandra, découverte qui le surprit et l'émut.

— Je voulais lui donner quelque chose de toi, dit Chloe. C'était la seule possibilité que j'avais.

— Ça me touche beaucoup. Tu n'imagines pas à quel point…

L'arrivée du médecin mit un terme à la conversation. Habitué aux enfants, le Dr Swift n'eut aucun mal à mettre Lily à l'aise tout en lui expliquant ce qu'il allait faire.

— Quelle couleur veux-tu pour ton plâtre ? demanda-t-il. Rose ?

— Non. Ze veux un vert !

Vert comme la robe d'Anna, Xander l'aurait parié. Il ne savait pas grand-chose de sa fille, mais il connaissait au moins sa couleur préférée. Et plus il la côtoierait, plus il découvrirait cette foule de menus détails qui avaient tant d'importance.

Il espérait juste avoir l'occasion de le faire. Pour l'heure, il n'était sûr de rien.

Sous l'effet des calmants, Lily s'était endormie dans la voiture. Trop fatiguée, Chloe avait laissé le volant à Xander, lequel regardait fréquemment dans le rétroviseur pour s'assurer que leur puce allait bien.

— Je me suis senti inutile au moment de remplir les papiers, dit-il. J'ai mesuré tout ce que j'avais loupé depuis la naissance de Lily.

— Elle est petite. Tu pourras facilement rattraper le temps perdu.

— Certaines choses ne se rattrapent pas. La naissance,

les premiers pas, la première dent, les premiers mots. Le premier sourire, les premiers jours à la crèche…

Chloe hocha la tête.

Elle n'avait aucune envie d'argumenter. L'après-midi avait été trop stressante. Mieux valait amener Xander sur un terrain plus positif.

— Prends le bon côté des choses : tu verras sa première journée d'école, la chute de sa première dent, son premier petit ami. Tu pourras lui faire la conduite accompagnée…

— Tu regardes l'avenir, moi je te parle du passé. Trois anniversaires, trois fêtes des pères, trois Noëls sans moi…

— Xander, je suis désolée, mais qu'y puis-je ? J'ai fait le maximum pour retrouver ta trace.

— Je sais. Ce n'était pas un reproche.

Elle lui jeta un regard en coin.

Cela y ressemblait beaucoup, pourtant. Et s'il passait son temps à remâcher ses regrets, ils n'allaient pas avancer !

— Je suis contente que tu sois là aujourd'hui, ici et maintenant, reprit-elle. Je ne sais pas ce que j'aurais fait sans toi. Lily est… toute ma vie, conclut-elle d'une voix rauque.

— Et moi, je suis content d'être là, Chloe. Vraiment. J'espère bien faire partie de sa vie, désormais.

— Il ne tient qu'à toi. Je te l'ai déjà dit.

— Je sais, répéta-t-il.

Le reste du trajet se déroula en silence.

À l'arrivée, elle courut ouvrir la porte tandis que Xander sortait Lily de la voiture avec mille précautions.

Il grimpa les marches du perron, son précieux fardeau dans les bras, et elle vit sa mère accourir dans le vestibule.

— Oh ! la pauvre chérie ! Comme elle a dû avoir mal !

— Sur le coup, oui, mais ça va maintenant, répondit Chloe, au bord des larmes. Je vais la monter. Avec un peu de chance, elle ne se réveillera pas.

Elle prit Lily en évitant le regard de Xander. Elle ne voulait pas se mettre à pleurer devant lui, là, maintenant. Ça aurait été le bouquet.

— À tout de suite, murmura-t-elle. Je n'en ai pas pour longtemps.

Xander frissonna tout en suivant Chloe du regard.

Il avait eu froid dès qu'elle lui avait retiré Lily des bras, et il éprouvait une sensation de vide telle qu'il n'en avait jamais connue.

Conscient du regard inquisiteur de Susan Larson, il s'efforça de prendre un air neutre.

— Venez donc boire un thé, Xander, proposa-t-elle.

— Volontiers, merci.

Ils s'installèrent dans la cuisine, où il lui relata l'accident de Lily par le menu.

— C'est ennuyeux, mais dans son malheur, ma petite-fille a eu de la chance, commenta-t-elle. Elle aurait pu tomber sur la tête.

— C'est vrai. Il faut relativiser.

— Passiez-vous une bonne journée, avant ça ?

— Oui, très bonne.

Disant cela, il n'était pas totalement honnête : il avait senti Chloe mal à l'aise et presque sur la défensive à certains moments.

— Chloe m'a raconté que vous aviez élevé vos enfants toute seule. Elle-même a l'air de très bien se débrouiller. J'espère qu'elle pourra me… faire une place, conclut-il, incapable de dissimuler ses craintes.

Susan secoua la tête.

— Vous devriez plutôt en parler avec elle, mais je peux quand même vous dire que nos histoires sont très différentes. Personnellement, je n'ai pas choisi d'être mère célibataire. Mon mari ne m'a laissé aucune alternative.

Étonné, il garda le silence. Il trouvait cette dernière phrase un peu bizarre.

— Que vous a dit Chloe au juste ? reprit Susan.

— Que son père était policier et qu'il était mort en service.

— C'est exact, mais il y a autre chose. Grant a eu une

liaison, et il nous a quittés. Il m'a laissée seule avec les enfants. J'ai eu une mauvaise passe, et puis, grâce à ma mère qui est venue s'installer ici un moment, j'ai redressé la barre. Chloe avait sept ans, elle s'en souvient bien. Elle était très remontée contre son père. Depuis, elle a du mal à faire confiance aux gens, et aux hommes en particulier.

— À moi, c'est sûr ! Elle ne me raconte sa vie que par bribes, et au final je ne sais pas grand-chose.

— Il faut la comprendre. Comme elle n'a pas pu vous retrouver, elle s'est posé des questions. Elle a cru pendant un temps que vous étiez au courant de ses recherches et que vous l'évitiez.

— Mais pas du tout !

— Alors, je vous suggère de le lui dire. Je pense qu'elle a changé d'état d'esprit, mais cela vaudrait mieux. Et surtout, rassurez-la sur vos intentions.

— Comment cela ?

— L'univers de Chloe tourne autour de Lily. Nous la soutenons, mais je sais qu'elle a toujours regretté votre absence. Cela ne veut pas dire qu'il faut vous remettre ensemble, juste réfléchir à l'intérêt de la petite. Si vous voulez jouer votre rôle de père, il faudra être patient. Chloe n'acceptera peut-être pas tout de suite de partager Lily comme vous le souhaiteriez.

— Je comprends. C'est normal.

Un bruit de pas dans l'escalier mit un terme à la discussion. Quelques instants plus tard, Chloe parut dans la cuisine.

— Comment va-t-elle ? demanda Susan.

— Pas trop mal. Elle s'est réveillée un peu, est allée aux toilettes, et sitôt en pyjama, elle s'est rendormie. Mais attendons-nous à une nuit agitée.

— Tu as déjà l'air K-O, dit gentiment Xander.

— Merci. Ça fait plaisir d'entendre qu'on a une sale tête…

— Ce n'est pas ce que je voulais dire, voyons.

Pour lui, Chloe serait toujours belle, même si elle avait les traits tirés et les yeux cernés !

Elle se laissa tomber sur une chaise, et Susan s'éclipsa, prétextant une lessive à étendre.

— Lily ne m'a pas demandé ? s'enquit-il.

Chloe soupira.

— Non. Elle t'a vu deux fois. Elle te connaît à peine.

— Bien sûr. Tu as raison.

Le lien n'allait pas se tisser en un week-end. Lily aurait besoin de temps pour s'habituer à sa présence. Chloe aussi. Dans cette histoire, il n'avait pas droit à l'erreur. Il devait la convaincre que ses intentions étaient nobles et sérieuses, ce qui était loin d'être gagné.

— J'aimerais jouer mon rôle de papa, dit-il d'un ton ferme. Mais je dois savoir ce que *toi*, tu veux. C'est important, Chloe. On est dans le même bateau. Si on avance, on doit le faire ensemble. Dis-moi ce que tu veux, répéta-t-il.

— Je… Je n'en sais rien.

— Que voulais-tu quand tu m'as cherché partout ? Quels étaient tes rêves, tes espoirs ?

Elle eut un rire bref.

— Je voulais l'impossible. Je nous imaginais fonder une famille, vivre heureux… Mais je me suis consolée en pensant que tu ne voulais pas d'enfant. Donc, c'était mieux pour tout le monde.

— Sauf que je veux des enfants ! protesta-t-il. Et je veux m'impliquer dans la vie de ma fille… Et dans la tienne. Réfléchis-y, Chloe. Ce ne sont pas des paroles en l'air.

Elle opina. Elle semblait épuisée.

Il se mit debout.

— On ne résoudra pas nos problèmes ce soir, dit-il d'un ton doux. On en discutera à tête reposée. Je t'appellerai demain pour prendre des nouvelles de Lily.

— D'accord.

Quand elle le raccompagna, il eut envie de l'embrasser, mais il se retint, pensant que ce serait mal venu. Il lui déposa donc un baiser sur le front puis prit congé.

Demain serait un autre jour. Il avait bien entendu les conseils de Susan, et il ne tarderait pas à les appliquer pour conquérir le cœur de Chloe. Jamais, de toute sa vie, il n'avait voulu quelque chose aussi fort.

À peine Chloe eut-elle refermé la porte qu'elle monta l'escalier quatre à quatre. Puis elle s'affala sur son lit et éclata en sanglots.

Xander voulait « s'impliquer » dans sa vie. Qu'entendait-il par là exactement ? Il pouvait très bien jouer son rôle de père sans renouer de liens particuliers avec elle, la mère de son enfant !

Il avait parlé de se remarier, mais comment réagirait-elle s'il épousait une autre femme ? Elle devrait laisser partir Lily régulièrement chez une inconnue. Ce n'était pas l'avenir dont elle rêvait pour sa fille ni pour elle-même.

L'équation était simple : elle voulait que Xander entre dans sa vie car elle l'aimait. Elle n'avait jamais cessé de l'aimer, depuis le premier jour.

Restait à savoir si la réciproque était vraie. Et ça, rien n'était moins sûr.

10.

— Salut, toi. Quelle bonne surprise !

Suite à l'accident, Chloe avait posé des congés pour s'occuper de Lily, et Xander ne comptait pas la revoir avant plusieurs jours. Mais quel plaisir de la découvrir là, sur son pas de porte ! Cette visite inattendue était un vrai cadeau.

— Entre donc, proposa-t-il. Comment va Lily ?

— Très bien. Elle nous rend folles, ma mère et moi. Elle veut déjà remonter sur son vélo.

Il se mit à rire.

— Ça ne m'étonne pas.

Avisant l'enveloppe posée sur le guéridon du hall, Chloe haussa les sourcils.

— As-tu fait ton prélèvement ?

— Oui.

— Pourquoi ne l'as-tu pas envoyé au labo ?

Il l'invita à le précéder au salon, la fit asseoir et s'installa près d'elle.

— Parce que je n'ai pas besoin de connaître les résultats. Je m'en moque. Je veux que Lily soit ma fille.

— C'est le cas.

— J'en suis certain.

Il ne voulait plus mettre la parole de Chloe en doute. Il lui avait fait assez de peine comme cela.

Quand elle sortit une clé USB de son sac pour la poser sur la table basse, il lui lança un regard interrogateur.

— C'est un petit cadeau, expliqua-t-elle. Une copie des

photos de Lily de la naissance jusqu'à son dernier anniversaire. De tous les moments que tu n'as pas vus.

— Merci beaucoup. Crois-tu que la présence d'un père lui a manqué ?

Elle haussa les épaules.

— Difficile à dire. J'ai fait de mon mieux, en tout cas.

— Et tu t'es très bien débrouillée. Lily est vive, curieuse, sociable. Elle parle comme un livre, et elle a confiance en elle. C'est grâce à toi, tout ça.

— Si tu entres dans sa vie maintenant, je suis sûre que ça ira. Avec ma mère et mes frères, on a posé les bases, mais comme tous les enfants, elle n'aura pas beaucoup de souvenirs de ses premières années. Il sera facile de vous construire un univers commun. Elle ne saura pas ce qu'elle a manqué.

— Mais moi, oui.

Chloe se rapprocha du bord du canapé, très raide, les bras croisés sur la poitrine.

— Je sais. Je suis désolée. J'aurais peut-être dû approfondir mes recherches. Mais, à un moment, j'ai cru que tu m'évitais.

— Absolument pas !

Il captura ses mains glacées et les serra dans les siennes.

— Je n'ai jamais su que tu me cherchais, sinon, j'aurais répondu. J'ai touché le fond quand tu es partie. Tout me rappelait ta présence, nos moments magiques, le bonheur… J'ai été heureux avec toi et horriblement malheureux sans toi. Alors j'ai quitté le bush. J'avais besoin de prendre de la distance avec tous ces souvenirs.

Chloe pivota vers lui. Elle semblait effarée.

— Alors, pourquoi n'es-tu pas venu me chercher au lieu de parcourir le monde pendant quatre ans ?

— Tu étais jeune, rayonnante, pleine de vie. Qu'aurais-tu fait d'un vieux grincheux comme moi ?

— Tu n'étais pas vieux, et pas toujours grincheux non plus, d'ailleurs, ajouta-t-elle en souriant.

— Mais à l'époque, j'avais deux cents ans dans ma tête. Je ne voyais pas le bout du tunnel. Je sortais d'un divorce, j'avais eu de gros ennuis de santé. Je ne savais pas si ma rémission allait durer. Ça aurait été injuste de t'imposer l'épreuve de la maladie alors que tu avais l'avenir devant toi. Je n'avais rien à t'offrir, à l'époque.

— Et maintenant ?

— Maintenant, je me rends compte de mon erreur. Nous avons perdu beaucoup de temps par ma faute. Au lieu d'écouter ma tête, j'aurais dû suivre mon cœur. Je sais aujourd'hui que mon instinct me poussait dans la bonne direction. Mais il n'est pas trop tard, Chloe. Ça peut encore marcher. J'en suis sûr.

— Je ne vois pas bien comment.

— Moi, si. Je pourrais rester à Londres, trouver un poste permanent. Il m'aura fallu du temps et un long voyage, mais j'ai enfin compris : ma place est ici auprès de toi et de Lily. Il faut me croire, Chloe. J'ai besoin que tu me croies. S'il te plaît.

La caresse de Xander sur sa joue fit à Chloe l'effet d'un baume apaisant. Il la dévisageait avec une telle tendresse qu'elle se sentait fondre. La sincérité de son regard était évidente.

Mais pouvait-elle lui faire confiance à long terme ?

Quand il glissa une main dans ses cheveux, elle cessa de réfléchir. Sa vie avait peut-être changé, mais son attirance pour lui était intacte. Le contact de ses doigts tièdes sur sa nuque l'électrisait, et une douce sensation de chaleur lui irradiait le ventre.

Heureuse de sentir son corps renaître à la vie, elle glissa lentement vers Xander qui, déjà, inclinait la tête vers elle. Leurs lèvres se joignirent naturellement, et elle se livra à la douce exploration de sa langue, heureuse de retrouver la saveur exquise des baisers qui lui avaient tant manqué.

Arrondissant les paumes sur ses hanches, il la souleva sans effort et l'assit sur ses genoux. Puis, sans détacher les lèvres des siennes, il glissa une main sous sa chemise tandis qu'elle lui enlaçait la nuque.

Sans perdre de temps, il dégrafa son soutien-gorge d'une main experte. Elle gémit doucement lorsqu'il commença à taquiner le mamelon durci d'un sein. Déjà, elle ne s'appartenait plus et de manière réflexe, elle leva les deux bras pour qu'il puisse lui ôter son chemisier.

Nue jusqu'à la taille, elle sentit une pluie de baisers lui chatouiller les épaules et le cou. Joueur, Xander retardait le moment essentiel, et finalement elle lui prit la tête à deux mains pour l'attirer vers sa poitrine.

Une flambée de plaisir l'inonda quand sa bouche gourmande lui prit d'assaut un sein puis l'autre. Elle commença à onduler doucement pour apaiser le feu qui la dévorait. Elle avait besoin que Xander la touche partout. Elle voulait sentir le contact de ses mains sur sa peau. Cette attraction n'avait aucune limite, et elle en connaissait l'issue…

Avec des gestes que le désir rendait gauches, elle extirpa la chemise de Xander de son pantalon. Elle lui caressa le torse, éprouvant la fermeté de ses muscles et la chaleur de sa peau. Puis elle dénoua sa ceinture, et d'un coup de hanches — sans la lâcher —, il se redressa pour qu'elle puisse lui ôter son pantalon.

Jamais, de toute son existence, elle n'avait ressenti quelque chose d'aussi fort, pas même à Broken Hill. Elle ne vivait que pour cet instant depuis le jour de leurs retrouvailles, et son rêve était en train de prendre corps de la plus belle manière qui soit.

Oubliées, la tristesse et la solitude. Le passé était balayé. Elle ne voulait pas non plus penser à l'avenir, juste se perdre dans l'instant présent.

C'est à peine si elle se rendit compte que Xander l'avait débarrassée de son jean. Elle poussa un cri rauque lorsqu'il passa une main sous l'élastique de sa culotte pour taquiner le point le plus sensible de son intimité. Puis, d'un doigt glissé au creux de sa chaleur, il continua de l'amener au bord du vertige et elle ferma les paupières, subjuguée.

Folle d'impatience, elle lui arracha sa chemise et se pressa contre lui, peau contre peau, en ondulant au rythme de ses caresses. Mais alors qu'elle était sur le point d'exploser, il s'arrêta net.

Elle ouvrit les yeux et lut le doute dans son regard.

Pourquoi hésitait-il encore ? Elle le voulait à sa merci,

incapable de résister. Elle voulait le sentir en elle. Elle ne respirait plus que par lui. Il avait fixé les limites de l'Univers, et à cette seconde, les limites étaient ses bras.

Prenant le contrôle, elle l'embrassa furieusement. Puis elle lui mordilla la lèvre et s'écarta. Elle voulait voir son visage au moment où elle lui rendrait le plaisir qu'il était en train de lui donner.

Elle lui enleva son boxer, et il gémit alors qu'elle capturait son sexe érigé. Son regard était devenu presque noir, il respirait par saccades, les lèvres entrouvertes.

— Attends, chuchota-t-il d'une voix rauque avec un sourire en coin, n'oublions pas le préservatif.

Tendant le bras, elle attrapa son grand sac où elle gardait toujours une trousse d'urgence.

— Et voilà !

— Tu en avais sur toi ? demanda Xander, incrédule.

— C'est mon métier qui veut ça, répondit-elle, taquine.

Elle le protégea puis le repoussa légèrement contre les coussins. Un grand frisson la parcourut quand elle le chevaucha. Il avait fermé les paupières, et elle se mit à osciller en rythme, galvanisée par les gémissements de plaisir qu'il poussait.

Une sensation de joie pure l'envahit tout entière lorsqu'il glissa une main entre leurs deux corps pour la caresser. Le temps avait aboli son cours. Elle allait bientôt disparaître dans un monde lumineux où plus rien n'aurait d'importance…

— Maintenant ! implora-t-elle.

Les lèvres de Xander se refermèrent sur son sein gauche tandis qu'il allait et venait de plus en plus vite, de plus en fort. Ils jouirent ensemble, accrochés l'un à l'autre comme des naufragés, et ce fut pour un moment d'allégresse tel qu'elle n'en avait jamais connu. Le bonheur ultime. La chaleur d'un univers perdu et retrouvé.

Plus tard, il faudrait penser à l'avenir, mais pas maintenant. Maintenant, elle voulait savourer ce moment précieux à sa juste valeur.

Chloe sortit de la salle de bains et s'habilla à regret.

Xander était déjà parti car il avait un vol d'entraînement programmé. Pour sa part, elle devait rentrer chez elle. La parenthèse avait été courte, mais elle ne regrettait rien.

Au-delà du plaisir physique, elle avait eu l'impression qu'ils connectaient leurs âmes. Xander était l'homme de sa vie. Elle l'avait toujours aimé, et plus elle découvrait de choses sur lui, plus elle en était convaincue.

Pour autant, cette incroyable alchimie n'allait pas tout régler. Xander voulait-il vraiment s'installer à Londres ? Quelle organisation trouveraient-ils pour Lily ? La puce ne savait pas encore qu'il était son père.

Si Chloe freinait cette annonce décisive, c'était pour ne pas la perturber, mais aussi pour gagner du temps. Elle n'avait jamais vraiment cru à la possibilité de revoir Xander. Ces retrouvailles avaient tout changé, et à présent, il y avait beaucoup d'enjeux pour Lily et pour elle-même.

Certes, elle était amoureuse, mais elle était sceptique sur la fidélité au masculin. L'exemple de son père ne l'avait pas encouragée à faire confiance aux hommes. Pourtant, elle devrait mettre ses doutes de côté et faire un effort. Sinon, ils n'avanceraient pas.

Dans le hall de l'appartement, son regard tomba sur l'enveloppe toujours posée en évidence au même endroit. Elle la prit, la rangea dans son sac puis sortit en claquant la porte derrière elle.

Dès le lendemain, elle emmènerait ce prélèvement au laboratoire. Ainsi, Xander aurait la preuve formelle que Lily était sa fille. Il avait beau affirmer qu'il la croyait sur parole, cette étape était nécessaire.

Une relation ne se construisait pas à sens unique. Xander aussi devait pouvoir lui faire confiance et s'ils arrivaient à croire l'un dans l'autre, alors seulement ils seraient sur le bon chemin.

11.

Le mariage d'Esther et Harry était merveilleux à tous points de vue.

Après une cérémonie empreinte de simplicité et d'émotion, les mariés avaient quitté l'église sous un soleil radieux. La réception dans un manoir ancien avait tenu toutes ses promesses, et les discours des témoins et des époux, amusants et touchants, avaient ravi les invités. Quant à la mariée, elle était tout simplement sublime.

Chloe imaginait déjà Carly dans le même rôle d'ici quelques semaines. Cette fois-là, Izzy serait présente. Les retrouvailles de leur quatuor « historique » s'annonçaient phénoménales !

Bien sûr, les choses seraient différentes avec Esther et Carly jeunes mariées, mais elle ne doutait pas que les liens qui les unissaient demeurent aussi forts qu'avant. Elles avaient toutes évolué avec harmonie, même si dans son cas la vie personnelle était loin d'être un fleuve tranquille !

Son regard chercha Xander par-delà la foule des invités.

Elle espérait avoir tenu au mieux son rôle de demoiselle d'honneur, mais elle avait été un peu perturbée par le fait qu'il l'accompagne au mariage. Les clins d'œil complices de ses amies l'avaient embarrassée.

Tout le monde avait-il donc tiré des conclusions sur leur histoire ?

Si les gens savaient…

Il était très tard, à présent, et elle commençait à être fatiguée. Elle avait prévu de dormir chez Xander puisque sa mère gardait Lily. Elle anticipait déjà le moment où ils se retrouveraient dans les bras l'un de l'autre. Il n'y en aurait sans doute plus beaucoup : il allait bientôt repartir, hélas.

Elle ne savait toujours pas ce qu'il allait faire à la fin de son contrat. Voulait-il le prolonger ? Chercher une mission ailleurs et revenir plus tard ? Les jours défilaient, il fallait qu'ils en discutent sérieusement !

Quand il traversa le parquet de danse pour la rejoindre à la table d'honneur, elle resta figée sur place. Il ne la quittait pas du regard, comme s'ils étaient seuls au monde…

Parvenu devant elle, il lui sourit.

— Puis-je te soustraire à ta mission ?

Elle prit sa main tendue et se leva.

— Sans problème. Les filles se défoulent sur la piste.

Ils sortirent sur la terrasse éclairée de lampions. Xander ne l'avait pas lâchée, et elle lui trouva l'air étonnamment sérieux.

— J'aimerais te demander quelque chose, dit-il.

Il la fit asseoir sur un banc, s'installa près d'elle.

Le jardin illuminé avait une allure très romantique et elle sentit son souffle se bloquer dans sa gorge.

— Chloe ?

— Oui…

— Je voudrais dire à Lily que je suis son papa.

— As-tu les résultats des tests ?

Il sortit une enveloppe de sa poche de veste et opina.

— Alors ? reprit-elle, le cœur battant, même si elle connaissait la réponse.

— Je ne l'ai pas ouverte, c'est inutile.

Ayant dit cela, il déchira l'enveloppe et remit les morceaux dans sa poche.

— Mais…

— Lily est notre fille, Chloe. Je n'ai pas besoin d'un bout de papier pour en être sûr. Je te crois et je te fais confiance. Mon cœur sait qu'elle est ma fille, alors je voudrais qu'elle le sache, elle aussi.

Il avait raison. Elle ne pouvait pas lui refuser ce droit et ce bonheur plus longtemps.

— As-tu réfléchi à la manière de procéder ?

— J'aimerais t'accompagner chez toi demain pour qu'on

le lui dise tous les deux. Je repars en Australie la semaine prochaine. Mes parents fêtent leurs quarante ans de mariage, et je tiens à y être. Mes sœurs m'ont fait remarquer que j'avais trop joué les abonnés absents ces dernières années… Du coup, je voudrais emmener Lily avec moi.

Chloe eut un violent sursaut.

— Je… Comment ?

Elle hallucinait, ce n'était pas possible ! Des points noirs obscurcissaient sa vision, sa tête s'était mise à tourner. Allait-elle faire un malaise ou vomir ?

— Tu veux *m'enlever* Lily ?

— Pas du tout. Je veux la présenter à ma famille et…

— Ah, Chloe, tu es là ! Esther et Harry s'apprêtent à partir. J'ai pensé que tu voudrais leur dire au revoir.

Carly venait de les rejoindre, mais Chloe ne s'en était pas aperçue. Toujours sous le choc, elle garda le silence. Xander ne disait rien non plus, et Carly les regarda tour à tour avec embarras.

— Pardon, je vous dérange…

Recouvrant ses esprits, Chloe se leva.

— Non, ne t'inquiète pas, dit-elle sèchement. On avait fini.

Elle suivit son amie à l'intérieur et salua les mariés comme le voulait la tradition. Après leur départ, Adem vint chercher Carly pour une dernière danse, et elle se retrouva seule, furieuse et malheureuse à la fois.

Il était hors de question qu'elle aille chez Xander. Elle allait prendre un taxi pour rentrer chez elle.

— Chloe… Il faut que tu m'écoutes. S'il te plaît, laisse-moi m'expliquer !

Xander l'avait rejointe à leur table. Planté devant elle, il la dévisageait avec insistance, mais elle secoua la tête.

— Je suis fatiguée. Je vais y aller, répondit-elle, au bord des larmes.

— Accorde-moi dix minutes. *Je t'en prie*.

La détermination se lisait dans le regard gris de Xander, et elle ne pouvait pas faire d'esclandre en l'envoyant promener… Elle soupira.

— Dix minutes, répliqua-t-elle d'un ton sec.

Elle le suivit sur la terrasse et se planta devant lui, les poings sur les hanches.

— Je ne veux pas emmener Lily en Australie toute seule, commença-t-il. Elle est petite, elle me connaît à peine… Je voudrais que tu viennes aussi.

Elle s'était attendue à tout, mais pas à ça !

— Moi ?

— Bien sûr, toi. Lily ne peut pas voyager à l'autre bout du monde sans sa mère, voyons ! Ça nous donnerait l'occasion de prendre des vacances en famille.

— Nous *ne sommes pas* une famille.

Avec douceur, il lui prit la main pour la faire asseoir sur le banc.

— Pas encore, mais j'aimerais qu'on le devienne. Maintenant que je vous ai retrouvées, Lily et toi, je ne veux plus vous quitter d'une semelle.

Stupéfaite, elle le vit s'agenouiller devant elle.

— Chloe Larson, veux-tu m'épouser ?

Tant d'émotions, c'était trop. Sa vision se brouilla, et le visage souriant de Xander s'estompa derrière un rideau de larmes.

— Je ne peux pas, bafouilla-t-elle.

— Mais pourquoi ?

Comment s'expliquer alors que les pensées se bousculaient dans sa tête ? Tout se précipitait, elle avait besoin de réfléchir.

— C'est… trop tôt. On a passé un mois ensemble il y a quatre ans. On s'est retrouvés il y a cinq semaines. Nous sommes presque des étrangers l'un pour l'autre.

— Je ne suis pas d'accord. Que fais-tu de l'alchimie qui existe… qui a toujours existé entre nous ?

— La passion n'est pas éternelle, Xander. Que restera-t-il quand la flamme sera éteinte ? Avoir un enfant en commun, cela ne suffit pas.

Il secoua la tête et resserra la pression sur ses mains.

— Entre nous, c'est différent, ma chérie. Nous sommes les deux moitiés d'un tout. On se complète et on est faits pour être ensemble. Tu dois le sentir aussi, c'est seulement que tu as peur.

Il lui embrassa les doigts l'un après l'autre, puis ajouta :

— J'aurais dû te demander de rester à Broken Hill. C'est mon plus grand regret. Si j'avais osé, on n'en serait pas là.

Comme elle avait espéré ce dénouement ! À l'époque, elle aurait accepté sans réfléchir. Elle aurait tout abandonné pour lui…

— C'est dommage, répondit-elle d'un ton triste.

— J'ai renoncé car je n'avais rien à t'offrir. Je n'avais pas passé le cap des cinq ans de rémission, loin de là. Et puis, j'étais perdu, en colère et malheureux suite au divorce.

— Aimais-tu encore ta femme ?

— Non, c'était mon ego qui souffrait. J'ai grandi dans une famille unie avec des parents soudés, donc je rêvais de reproduire le même modèle. Je le voulais tellement que je me suis marié trop jeune. Ni ma femme ni moi n'étions prêts, et notre couple a explosé dans l'épreuve. Je me suis alors réfugié dans le travail en pensant que cela suffirait. Mon métier m'a beaucoup aidé, mais j'ai besoin d'autre chose pour être heureux. Chloe, j'ai besoin de toi !

Il s'assit près d'elle sur le banc et lui entoura la taille.

Incapable de réagir, elle le dévisagea, perdue.

— Je n'ai pas eu le coup de foudre pour mon ex-femme, mais pour toi, oui, reprit-il. À la seconde où je t'ai vue, j'ai ressenti quelque chose de spécial. J'étais fasciné, attiré, subjugué. Et un mois plus tard, quand tu es partie, j'ai touché le fond. Cela n'avait rien de comparable avec mon divorce. J'étais perdu sans toi. Anéanti. Je ne referai pas deux fois la même erreur. Alors, s'il te plaît, épouse-moi ! Quoi qu'il arrive, je ne renoncerai pas.

Ces paroles, elle avait rêvé mille fois de les entendre. Mais pouvait-elle s'autoriser à les écouter ? Et si le destin finissait par lui jouer un mauvais tour ?

— On n'a pas besoin de mettre nos signatures sur un bout de papier, temporisa-t-elle.

— Pour moi, le mariage représente bien autre chose que deux signatures. Je le prends très au sérieux, et je ne supporte ni le mensonge ni la tromperie. Voilà pourquoi j'ai divorcé à l'époque. Mais je n'ai aucun regret parce que la vie m'a offert une deuxième chance : toi. Je ne prendrai pas le risque de te perdre à nouveau. Je t'aime, Chloe. Est-ce que toi, tu m'aimes ?

— J'ai peur.

— Peur ? De quoi ?

— Que les choses tournent mal. Mes parents se sont mariés à cause de moi. Ils n'auraient pas dû.

— Que s'est-il passé ?

Le moment était venu d'en parler à Xander. Peut-être, en lui racontant son histoire, serait-elle capable d'avancer ?

Elle prit une profonde inspiration.

— Mon père venait de rompre avec sa copine quand il a rencontré ma mère. Elle est tombée enceinte, et à l'époque, les gens se sentaient « obligés » de se marier, expliqua-t-elle en traçant des guillemets dans l'air. Dans leur cas, c'était une erreur. Il a fini par retrouver son ex, qu'il n'avait jamais oubliée. Tom venait de naître quand il est parti. Et même si j'ai compris ses raisons, je ne lui ai pas pardonné de nous avoir laissés en plan. Ma mère a eu beaucoup de mal à s'en remettre. Jamais il n'aurait dû faire trois enfants. Il aurait dû s'en aller tout de suite…

Elle secoua la tête.

— J'ai peine à croire que les gens puissent rester ensemble une vie entière. Même s'ils s'aiment, cela ne suffit pas toujours. Oui, j'ai rêvé de fonder une famille avec toi lorsque je suis tombée enceinte. Mais cela aurait-il marché ? Quelles chances avions-nous à l'époque ? Quelles chances avons-nous maintenant ?

— Chloe, je ne vais pas t'abandonner. Je te le promets.

— Tu repars en Australie !

Il lui sourit.

— Pour les vacances, pas pour toute la vie. Au retour, je m'installerai à Londres. Eloise va rejoindre son mari en Espagne. Son poste s'est libéré, et on me l'a proposé. Comme ma grand-mère maternelle était anglaise, j'ai le droit de m'installer ici sans visa de travail. Et je vais le faire. Je *veux* rester ici avec toi et Lily.

— Mais…

— Je resterais même si elle n'était pas ma fille. Cette demande en mariage te concerne, toi en particulier. Je n'ai aucun sentiment d'obligation. Je veux t'épouser parce que je t'aime !

Avec tendresse, il lui mit une main sur le cœur.

— Dis-moi ce que tu ressens, Chloe.

Pouvait-elle avouer qu'elle l'aimait depuis quatre ans ? Si *lui* croyait de nouveau en l'amour après un échec, elle n'allait pas rester bloquée toute sa vie.

— Je me sens bien avec toi, chuchota-t-elle. Je me sens à ma place.

— Alors, écoute ton cœur !

— Ce n'est pas mon cœur, le problème, c'est ma raison. Je me dis depuis des années que l'amour ne dure pas. Je suis tombée amoureuse de toi, il y a quatre ans. Il m'a fallu beaucoup d'efforts pour que tu sortes de ma tête.

— Tu m'aimais ? Tu pourrais m'aimer encore ?

— Je n'ai jamais cessé de t'aimer. Seulement, je me demande si l'amour peut suffire.

— Bien sûr que oui ! Ça va marcher, Chloe. Tu n'es pas tombée enceinte par hasard, et on ne s'est pas retrouvés par hasard. La destinée a voulu que l'on soit réunis. Je t'aime, j'aime notre fille, et je veux qu'on soit ensemble tous les trois. Fais confiance à l'avenir. Épouse-moi, s'il te plaît.

Avec Lily, cet homme exceptionnel était toute sa vie. Elle aurait été folle de ne pas saisir sa chance. Elle le comprenait maintenant, le risque zéro n'existait pas, et pour être heureuse, elle devait se jeter à l'eau.

Elle se blottit contre Xander et l'embrassa passionnément.

— Oui, murmura-t-elle. Oui, oui, oui ! Je t'aime, Xander.

Épilogue

Assise dans un fauteuil capitonné de style ancien, Chloe admirait le paysage féerique qui s'offrait à sa vue.

Elle vivait un rêve incroyable depuis le début de la journée. Elle s'était réveillée à Londres, et douze heures plus tard, elle se retrouvait à cinquante kilomètres de Paris, dans un hôtel de luxe, à contempler les lumières féeriques d'un château et de son magnifique parc.

Xander ouvrit la fenêtre donnant sur le balcon et lui sourit.

— Le feu d'artifice va bientôt être tiré, annonça-t-il.

— Cet endroit est magique. Quelle excellente idée tu as eue !

— J'ai trouvé que c'était une bonne manière de célébrer nos fiançailles.

Elle se leva pour mieux admirer le spectacle pyrotechnique offert aux visiteurs. Xander lui entoura les épaules d'un bras, et ils sortirent sur le balcon.

— On est aux premières loges, commenta-t-elle. Ça aurait plu à Lily.

— Veux-tu qu'on la réveille ?

— Surtout pas, laissons-la dormir ! Elle risque d'être grognon, et je veux qu'elle soit en forme demain matin pour le petit déjeuner des princesses !

Même si elle avait passé les trois quarts de la journée sur les épaules de Xander, la journée avait été fatigante pour Lily. Ils avaient enchaîné les découvertes, et il y aurait encore beaucoup à faire le lendemain !

— Tu as raison, approuva Xander. J'ai hâte de voir sa

tête quand elle découvrira notre surprise. Mais en attendant, nous avons la nuit devant nous, ma chérie…

— Bonjour, Belle au bois dormant. Bonjour, princesse Anna. J'espère que Leurs Altesses Royales ont bien dormi ?

Chloe s'assit contre les oreillers et se frotta les yeux.

Elle avait regagné sa chambre aux aurores pour éviter que Lily ne se pose trop de questions. Cette dernière aurait tout le temps de s'habituer à voir son père et sa mère dormir ensemble après le mariage.

Allongée près d'elle, Lily s'étira en bâillant. Puis elle lança un regard intrigué à Xander qui s'était posté au pied du grand lit à baldaquin.

— C'est qui, la princesse Anna ?

— Vous, bien sûr, Votre Altesse.

La puce éclata de rire.

— Et pourquoi t'es habillé comme ça ?

Il portait un pantalon noir, une chemise blanche et un frac en velours bleu roi à boutons dorés avec une collerette en dentelle. Il aurait pu incarner sans problème un valet dans les animations du parc.

Il déposa le plateau qu'il avait apporté sur la table de chevet puis reprit, l'air très sérieux :

— Toutes les princesses ont droit à une boisson chaude servie au lit par le préparateur de petit déjeuner royal. Un thé pour la Belle au bois dormant et un chocolat chaud pour la princesse Anna. Ensuite, Leurs Altesses pourront se doucher et s'habiller.

— C'est auzourd'hui la surprise ? demanda Lily, surexcitée.

— Absolument. Leurs Altesses sont attendues en bas dans trois quarts d'heure. Je vais préparer votre tenue, princesse Anna.

— Où as-tu déniché cette veste ? demanda Chloe, qui se retenait de rire depuis le début.

— Les petites souris me l'ont fabriquée pendant la nuit.

Sur une dernière révérence, Xander tourna les talons et

passa dans la chambre voisine. Que mijotait-il ? Les vêtements de Lily se trouvaient dans le dressing de Chloe…

Trois minutes plus tard, il reparut, les bras chargés d'un sac en coton brodé portant le logo du parc.

— C'est quoi ? demanda Lily d'une voix flûtée.

— Si je le dis, je vais gâcher la surprise.

— Ouiii ! C'est un cadeau pour moi ?

— Absolument, Votre Altesse.

Chloe eut le réflexe de prendre la tasse de Lily avant qu'elle renverse le chocolat sur son pyjama ou sur la couette. Ayant les mains libres, Lily se leva d'un bond et prit le sac.

— Ze peux l'ouvrir ?

— Bien sûr, acquiesça Xander.

Elle tira sur la fermeture, plongea la main à l'intérieur… et poussa un cri de joie en découvrant la tenue cachée dans du papier de soie.

C'était la robe de princesse Anna, avec un bustier en velours vert foncé, des manches ballon et une jupe crème rebrodée de vert plus pâle.

— Waouh, elle est magnifique, chuchota Chloe.

Lily se jeta dans les bras de Xander et se serra contre lui.

— Merci, papa, merci !

— De rien, mon cœur, ça me fait plaisir. Bon, je vous laisse vous habiller. À tout de suite.

Avant qu'il ne se détourne, Chloe eut le temps de voir les larmes de joie qui brillaient dans ses yeux.

Il allait être un papa formidable. Il l'était déjà.

D'ailleurs, elle n'avait jamais eu le moindre doute à ce sujet.

Lily ne tenait pas en place. Elle sautait et faisait tournoyer sa robe, imitée par d'autres princesses en tenue de gala, sous le regard indulgent des parents qui faisaient la queue à l'entrée du restaurant.

En avançant dans la file, Chloe avisa deux trônes sur sa droite, un rose et un doré. Il y en avait aussi un rouge sur la gauche, et les clients s'y installaient à tour de rôle pour prendre la pose devant un photographe en tenue de laquais.

— Une photo, madame, monsieur ? proposa celui-ci en français.

— Bien sûr, approuva Xander.

Lily choisit le trône doré, et ils s'y installèrent tous les trois.

— Quelle jolie famille ! commenta le photographe.

— Merci, répondit Chloe, radieuse.

Oui, sa famille était magnifique, et elle allait bientôt s'agrandir. Pour l'instant, c'était son petit secret, mais ce soir-là, elle annoncerait la grande nouvelle à Xander…

Elle lui planta un baiser sur la joue et entendit le crépitement du flash. Elle pivota alors vers l'objectif, un grand sourire aux lèvres, tandis que Lily riait aux éclats à l'une des plaisanteries de son père.

La vie était absolument merveilleuse. Un vrai conte de fées. Elle avait retrouvé son prince charmant, et cette fois pour toujours !

Vous avez aimé *Réunis par un secret* ?
Tournez la page pour découvrir le dernier roman
de votre série « Sages-femmes de Londres » !

SUE MACKAY

Une sage-femme à conquérir

Traduction française de
MICHELLE LECOEUR

BLANCHE

HARLEQUIN

Titre original :
A FLING TO STEAL HER HEART

1.

— Izzy, est-ce que tu es bien sûre de n'être plus amoureuse de Darren ?

Izzy Nicholson, le téléphone à l'oreille, leva les yeux au ciel.

— J'en suis on ne peut plus sûre !

Elle se retint d'en dire davantage. Raphaël était son meilleur ami, mais cela aurait été embarrassant d'admettre qu'elle doutait à présent d'avoir réellement aimé son ex.

Raphaël Dubois était l'ami à qui elle pouvait tout raconter à n'importe quel moment, même très tôt le dimanche, comme c'était le cas cette fois. En fait, s'il était 4 heures du matin ici à Wellington, on était encore samedi après-midi à Londres pour Raphaël, qui occupait le poste de ses rêves au département gynécologie et obstétrique de l'hôpital Queen Victoria.

Minute. Il lui avait envoyé un texto en lui demandant si elle était réveillée, alors qu'il savait très bien qu'elle souffrait d'insomnies. Qu'est-ce que ça cachait ?

— Au fait, pourquoi m'as-tu appelée ? Pas pour me questionner sur Darren, je suppose ?

— Izzy, me dis-tu bien la vérité, ou aurais-tu peur de la réponse ?

C'était typique de Raphaël qui, tout en ne manquant pas une occasion de lui poser les questions qui fâchent comme à ses patientes, ignorait les siennes quand cela l'arrangeait.

Ils pouvaient être deux à jouer à ce jeu, mais elle se sentait d'humeur conciliante.

— Est-ce que je ne te dis pas toujours la vérité ?

À part quelques détails, dans le cas présent.

L'un des deux avait trouvé la voie qu'il cherchait, et ce n'était pas elle. Deux ans plus tôt, pleine d'espoir et d'excitation, elle était retournée chez elle en Nouvelle-Zélande vivre avec Darren, l'homme qu'elle venait d'épouser, se fiant aux promesses qu'il lui avait faites.

Son intention avait été de se poser enfin, entourée de sa famille et d'amis. Au lieu de cela, un an plus tard, les amis qu'ils fréquentaient étaient seulement ceux de Darren. Quant à son père et sa mère, ils étaient pris par leur propre vie. Leur mariage à Darren et elle avait capoté, et elle était retournée à sa vie d'avant — à ce qu'elle savait faire, c'est-à-dire parcourir le monde d'un pays à un autre et d'un job à l'autre, s'arrêtant où cela lui plaisait, mais pour des périodes plus courtes.

Une quinzaine de jours auparavant, après avoir fait du bénévolat au Cambodge, elle était retournée voir ses parents le temps de décider quoi faire par la suite. Il fallait qu'elle trouve quelque chose de plus durable, se répétait-elle. Elle n'avait qu'à concrétiser seule son rêve de s'installer quelque part.

Sauf que, cette fois, elle ne parvenait à repartir nulle part.

Raphaël, lui, s'était installé à Londres depuis trois ans et y avait acheté une maison, maintenant une certaine distance avec sa famille quelque peu envahissante d'Avignon tout en restant aux prises avec ses propres tourments. Il semblait plutôt satisfait de sa vie tranquille, ce qui ne ressemblait pas au Raphaël qu'elle avait connu autrefois.

À présent, c'était son tour à elle d'avoir envie de se poser, même si elle devait rester célibataire, ce qui n'était pas si terrible après tout. Elle s'y était habituée. Les jobs d'infirmière et de sage-femme étaient assez faciles à trouver. Mais après avoir passé son enfance à suivre ses parents qui travaillaient au ministère britannique des Affaires étrangères, elle s'était mis dans la tête de retourner s'installer en Nouvelle-Zélande une fois mariée. C'était probablement là son erreur : accorder plus d'importance à l'endroit où elle vivrait qu'à l'homme qu'elle avait choisi. Et voilà qu'elle se retrouvait avec un mari en moins, s'efforçant d'ignorer le vide qu'elle ressentait et qui devrait sans doute être rempli par quelque chose qui s'appelait l'amour.

— Et toi, reprit-elle, qu'est-ce qui te pousse à m'appeler un samedi après-midi ? J'aurais pensé que tu étais à un match de rugby avec tes potes.

— J'ai mis au monde des triplés, répondit-il.

— Des triplés… Difficile d'imaginer comment les parents s'en sortent avec autant de bébés en même temps.

— Ceux-là avaient tellement envie de devenir maman et papa qu'ils étaient prêts à avoir des quadruplés. Si tu voyais ces petits bouts de chou, ils sont si minuscules dans leur couveuse, ajouta Raphaël d'un ton attendri. Ils font déjà craquer leurs parents.

— Mais ils sont en bonne santé ?

Elle savait qu'il détestait que les choses tournent mal. Quand un bébé dont il avait la charge avait des problèmes de santé qu'il ne pouvait pas soigner, il en était affecté pendant des jours, se sentant désespéré pour les parents et se faisant des reproches tout en sachant que ce n'était pas sa faute. Elle ne comprenait pas la raison de cette réaction excessive qui s'était manifestée ces dernières années. Apparemment, ils avaient tous deux des secrets l'un pour l'autre.

— Pour des triplés, ils sont en forme, bien que l'un soit plus petit que ses frères. Je vais le surveiller particulièrement. Comme la mère est arrivée à trente-quatre semaines de grossesse avant la césarienne, ils ont toutes les chances de leur côté. Les parents ayant des problèmes de fertilité, nous avions procédé à une insémination artificielle, et voilà le résultat.

Raphaël avait tendance à exagérer son accent français quand il était gagné par l'émotion.

— C'est un super résultat pour toute l'équipe, commenta-t-elle, sachant qu'il s'était investi presque autant que les parents. Tu devrais sortir fêter ça.

— Je vais retrouver quelques collègues dès que j'aurai fini de te parler. Et toi, où étais-tu hier soir ?

Curieux. Sa vie mondaine n'avait jamais semblé intéresser Raphaël jusqu'à présent. Il est vrai que, récemment, il s'était inquiété de savoir comment elle se remettait de sa rupture avec Darren.

— Je suis allée manger un morceau au troquet du coin avec une voisine.

Elle n'était pas restée très longtemps, préférant rentrer chez ses parents plutôt que de se laisser reluquer par les hommes alentour qui ne pensaient de toute évidence qu'à une seule chose. Elle vieillissait, sans doute. Ou bien elle devenait désabusée.

— C'est mieux que de rester entre quatre murs à s'apitoyer sur soi-même, lâcha-t-il.

Voilà qu'il recommençait. Qu'est-ce qui lui prenait, à la fin ?

— Là, tu es un peu dur, Rafe.

Elle préférait le voir fondre d'attendrissement devant les bébés qu'il mettait au monde que fouiller dans sa vie.

— Je vais te le redire encore une fois : je n'aime pas Darren. Les sentiments que j'avais pour lui se sont évanouis quand je l'ai trouvé dans notre lit avec Gaylene Abernethy serrée contre lui, entièrement nue.

Si seulement il suffisait d'accabler Darren de reproches en se sentant supérieure… Mais ce n'était pas le cas. Elle avait cru à ses belles paroles quand il lui avait fait miroiter leur vie ensemble, comblant elle-même les lacunes de son discours en y ajoutant ce qu'elle avait envie d'entendre, sans se rendre compte qu'il n'avait jamais aspiré à la même chose qu'elle.

Mais il était allé trop loin avec ses aventures.

— Voilà quelque chose de positif. Il fallait que je te pose la question.

Avait-elle vraiment décelé une once de soulagement dans la voix de Raphaël ? Après tout, ce n'était pas impossible. Les deux hommes, à l'opposé l'un de l'autre, ne s'étaient jamais entendus.

Naturellement, il n'en avait pas terminé.

— Tout de même, l'amour ne cesse pas forcément quand on a une bonne raison d'y mettre fin.

Il parlait d'expérience. Était-ce là qu'il voulait en venir ? Allait-il enfin lui raconter ce qu'il s'était passé six ans plus tôt, quand il avait eu le cœur brisé ?

— J'ai aimé Darren, même si cela n'a pas été « jusqu'à ce que la mort nous sépare ».

— Doit-on continuer à dire cette phrase ? s'interrogea Raphaël. À soixante ans, qui est la même personne qu'à trente ans ? Et je ne parle pas de ceux qui atteignent les quatre-vingt-dix ans.

C'était cet homme-là qui s'était engagé pour la vie avec Cassie et qui avait été largué au bout de deux ans. Le mariage raté était un autre point qu'ils avaient en commun.

— C'est bien de toi de poser ce genre de question, dit-elle.

Si elle lui en disait un peu plus sur son mariage, la laisserait-il enfin tranquille ?

Peu probable. Rafe était ainsi. Et puis, ce n'était pas si facile de reconnaître qu'elle s'était trompée en épousant Darren.

Ses promesses d'acheter une maison et d'avoir des enfants ne s'étaient pas concrétisées. Au lieu de cela, ça avait été les matchs de rugby suivis des fêtes entre copains, les soirées qui se prolongeaient au bureau à cause du travail — ce qui s'était révélé faux —, les virées le week-end avec les collègues.

Cela n'avait fait qu'empirer, comme si Darren évitait de faire face aux engagements qu'il avait pris envers elle. Elle était devenue de plus en plus morose, si bien que, à l'époque de leur premier anniversaire de mariage, elle lui avait reproché tout ce qui n'allait pas dans leur vie sans se remettre elle-même en question. Elle n'avait pas voulu voir qu'elle s'était précipitée sur les belles promesses de Darren sans se demander si elle l'aimait autant qu'elle le croyait.

— Je vais bien, dit-elle. J'ai commis une erreur, elle fait maintenant partie du passé.

— Si tu en es sûre, marmonna Raphaël. Je ne voudrais pas que tu regrettes plus tard de l'avoir quitté.

— Laisse tomber, Rafe. On ne se remettra pas ensemble. C'est terminé.

Combien de fois devrait-elle le lui dire ?

— Bon. Parle-moi de Phnom Penh, alors. Pourquoi y es-tu restée un mois de plus ?

Elle aurait encore préféré parler de son ex.

— Il y a eu un cas tragique que j'ai vécu de trop près.

— On n'est pas censé faire ça, Izzy.

Comme si elle ne le savait pas !

— C'est différent, là-bas. Lorsque quelqu'un est sérieusement malade ou blessé, toute la famille est concernée, de la grand-mère au petit frère, et je me suis posé des questions.

Au point qu'elle avait mis un frein à sa recherche désordonnée du bonheur en se demandant ce qu'elle voulait réellement pour le futur.

— Est-ce qu'on peut changer de sujet ? demanda-t-elle.

— Pas de problème. Alors, qu'est-ce qui vient ensuite ? Un été en Antarctique avec le contingent scientifique de Nouvelle-Zélande ? Ou bien un mois sur un des bateaux d'une association caritative le long des côtes africaines ?

Derrière les questions de Raphaël, il semblait y avoir autre chose qu'elle ne parvenait pas à saisir. Étrange, dans la mesure où ils se connaissaient si bien ! — à part les petits secrets qu'ils avaient l'un pour l'autre.

Mais son palmarès de l'année précédente lui donnait plutôt raison : Auckland, Melbourne, le Cambodge… Elle ressemblait peut-être plus à ses parents qu'elle ne voulait l'admettre, raison pour laquelle elle ne trouverait sans doute jamais l'endroit idéal où se fixer. Durant leurs trente-deux années de mariage, son père et sa mère s'étaient rarement arrêtés quelque part plus de trois ans. Elle aurait préféré ne pas être entraînée dans ce rythme.

— Tu as l'air de dire que je ne tiens pas en place, mais j'ai passé six ans à Wellington à faire mes études et à travailler comme infirmière. Plus quatre ans à Londres pour être sage-femme avant de…

Elle entendit Rafe pousser un soupir au téléphone.

— Oui, je sais. Mais maintenant, tu vas te demander ce que tu feras ensuite : rester à Wellington, ou bien partir en Afrique ou en Amérique. Après cette rupture et vu ton attitude par rapport à l'échec, tu n'as pas fini de te perdre en conjectures. « Où aller vivre à présent ? », « quel nouveau projet entreprendre ? », « suis-je davantage néo-zélandaise ou anglaise ? ». Dis-moi si j'ai tort, Izzy.

Elle ne pouvait pas, car elle était exactement comme ça.

Si ce n'est que cette famille au Cambodge l'avait changée d'une manière indéfinissable. Mais elle ne se sentait pas encore prête à en parler.

Se redressant sur son lit, elle ramena les bords de son épaisse couette autour d'elle.

— Tu seras satisfait d'apprendre que je ne rêve pas de me retrouver coincée sur un iceberg pendant des mois à faire la conversation à des pingouins, déclara-t-elle en arrangeant son oreiller autour de sa nuque.

L'automne avait fait une avancée notable aujourd'hui, lui donnant un avant-goût de ce que l'hiver leur réserverait ici dans quelques semaines.

— Les pingouins sont sûrement plus intéressants que la moitié des gens qu'on rencontre tous les jours, dit Raphaël.

Mais son rire habituellement contagieux était cette fois empreint de lassitude.

— Quelque chose ne va pas à l'autre bout du monde ? s'inquiéta-t-elle.

— Rien de pire que d'habitude. On manque de personnel, et il semblerait que, à Londres, toutes les femmes de plus de vingt ans soient enceintes en ce moment.

— Et la vie en dehors du Queen Victoria ? Comment vont les amours, la fête et le reste ?

Raphaël était un des hommes les plus beaux qu'elle ait connus. Les femmes se pâmaient devant lui et tombaient amoureuses avant même qu'il ait eu le temps de leur dire bonjour. Pourtant, depuis Cassie, il n'avait pas eu une seule relation sérieuse, préférant les aventures sans lendemain quand il en avait le temps. Au moins, il ne faisait pas de fausses promesses. Il avertissait même ses conquêtes éphémères qu'il ne cherchait pas une compagne pour la vie. En fait, il s'y prenait avec tant de tact et de gentillesse qu'elles continuaient toutes à le trouver merveilleux longtemps après qu'il leur avait dit *ciao*.

Cette fois, il rit franchement.

— Je ne vois pas de quoi tu parles. Il ne me reste guère de temps en dehors du travail.

— Ta vie a l'air aussi pathétique que la mienne actuellement. On peut dire qu'on fait la paire.

Elle l'entendit prendre une longue inspiration.

— Moi, en tout cas, je ne suis pas en train de craquer, madame la sage-femme.

— En es-tu bien sûr ? marmonna-t-elle.

Elle le détestait quand il mettait le doigt là où ça faisait mal.

— Ce n'est pas moi qui reste éveillé toutes les nuits pendant des heures à tenter de rassembler les pièces du puzzle.

— Tu as raison, concéda-t-elle. Mais c'est parce que j'ai des décisions importantes à prendre.

— Du genre ?

C'était bien là le problème : elle ne savait pas par où commencer.

— Où je vais vivre…

— Qu'est-ce qui ne va pas avec l'endroit où tu te trouves ?

Toujours au cœur du sujet, comme d'habitude.

— Si je reste ici, je devrai m'acheter une maison et m'y investir.

Elle poussa un soupir : ce n'était pas toute la vérité. Encore un petit effort.

— C'est drôle, j'avais toujours pensé à Wellington comme mon chez-moi, mais depuis que j'y suis revenue, je ne ressens plus la même chose.

— Tu n'y as pas vraiment été heureuse dans le passé. Nous avons tous besoin d'avoir un lieu que nous considérons comme notre foyer, mais cela ne veut pas dire que nous devons nous y fixer s'il ne répond pas à notre attente. Comme pour moi Avignon.

Là-bas, il avait plutôt plus que ce qu'il espérait.

— C'est une ville intéressante, objecta-t-elle.

L'ancien rempart qui entourait le centre-ville, le vieux fort de l'autre côté du fleuve, le célèbre pont d'Avignon… Elle avait été attirée par son histoire, et cela lui avait donné envie d'être de quelque part, de sentir qu'elle appartenait à un endroit. Alors, quand elle avait connu Darren, elle était retournée à Wellington avec lui. Mais elle allait probablement repartir, car quelque chose manquait.

Cela avait-il à voir avec la ville, ou bien avec elle-même ?

— Je crois que j'ai besoin de revoir les amis et de me retrouver là où ma vie a évolué, lâcha-t-elle.

Raphaël devait être capable de comprendre.

Ils avaient fait connaissance dans les Alpes suisses sur une piste de ski, lors d'un voyage organisé par leurs écoles respectives. Elle avait perdu le contrôle de son snowboard et l'avait percuté. Ils s'étaient tout de suite bien entendus en se remettant du choc autour d'un chocolat chaud. Le père de Raphaël travaillait dans une banque de Genève, et le sien était consul de Nouvelle-Zélande dans la même ville. Elle avait déjà pris l'habitude de se faire des amis rapidement, sachant que trois années passent très vite et qu'elle devrait tout recommencer quand elle repartirait. À l'époque, Raphaël en voulait à ses parents de l'avoir emmené loin d'Avignon et se languissait de revoir sa grand-mère et ses cousins, tandis qu'elle ne rêvait que d'une chose : que ses parents rentrent à Wellington et cessent de déménager.

Au contraire, sa mère ayant obtenu un poste dans une compagnie financière internationale qui l'amenait à voyager souvent, elle avait été envoyée en pension en Angleterre, où elle s'était sentie perdue et abandonnée. Depuis, chaque fois qu'elle rentrait au bercail, elle était déconnectée. Elle avait grandi et mûri hors du giron familial.

De deux ans plus âgé, Raphaël s'était donné du mal pour garder le contact avec elle, et ils étaient restés proches, bien que vivant la plupart du temps dans des pays différents. Ils avaient brièvement travaillé ensemble en France à l'hôpital de Tours, où ça s'était très bien passé. Depuis, les moyens modernes de communication étaient pour elle la meilleure chose qui ait été inventée.

— Est-ce que tu reviens toujours pour assister au mariage de Carly ? demanda Raphaël.

— Je ne raterais ça pour rien au monde ! J'ai déjà suffisamment regretté de ne pas pouvoir être là pour celui d'Esther et Harry.

Elle avait alors prévu de prendre un vol pour Londres, mais l'association médicale caritative lui avait demandé de rester un mois de plus au Cambodge auprès de la famille Khy traumatisée qui requérait sa présence pour retrouver sa stabilité, elle n'avait pas pu refuser. Ils avaient été très proches et avaient eu besoin d'elle, ce qui lui avait fait du bien. Elle aimait qu'on ait besoin d'elle.

— Pourquoi ne pas prendre un aller simple ? suggéra Raphaël. Tes copines avec qui tu as fait tes études de sage-femme travaillent toutes au Queen Victoria, mais je ne sais pas pour combien de temps encore, avec tous ces mariages. Et puis, il y a *moi*.

Elle laissa échapper un petit rire.

— Avec toi, cela a l'air si simple…

Et cela l'était. Ayant une mère anglaise, elle pouvait obtenir immédiatement un visa pour travailler au Royaume-Uni. Mais avait-elle vraiment envie de retourner là-bas de nouveau célibataire et d'être surveillée ou interrogée sur le moindre de ses mouvements ou chacune de ses décisions ?

Car Raphaël avait changé. En fait, c'était depuis qu'elle avait quitté Darren. Il remettait toujours en question ce qu'elle faisait, les jobs qu'elle choisissait, les pays dans lesquels elle se rendait.

— Cela m'amène à la véritable raison de mon appel, dit-il d'une voix légèrement tendue. Il y a un poste d'infirmière qui se libère à la maternité du Queen Victoria, si cela t'intéresse. Avec tes qualifications de sage-femme et tes compétences d'infirmière, tu es la personne idéale pour ce travail. Pour l'instant la fille qui s'en va n'en a parlé qu'à moi, et elle a accepté d'attendre que je te propose le poste. Qu'est-ce que tu en penses ?

— Il faudrait que je commence quand ?

Ce n'était pas son genre de peser le pour et le contre, pourtant elle essayait de gagner du temps, loin de l'excitation qu'elle éprouvait habituellement quand on lui proposait quelque chose de nouveau sur un plateau.

— Jasmine voudrait partir dans trois semaines. Elle a un petit ami au Canada avec qui elle a prévu de traverser le pays en voiture pendant l'été.

Avait-elle réellement envie de retourner à Londres ? Ou

vaudrait-il mieux qu'elle cesse de reprocher à Darren ses propres hésitations et qu'elle fasse un effort pour s'intégrer à Wellington et y fonder le foyer qu'elle désirait ?

— N'oublie pas qui est responsable de l'obstétrique, ajouta-t-il. Tu te rappelles comme on travaillait bien ensemble ?

Certes. Ces quelques mois passés à Tours juste après avoir terminé sa formation de sage-femme lui avaient laissé un excellent souvenir. Avoir son ami le plus proche dans le même hôpital avait été la cerise sur le gâteau. Rafe lui avait fait découvrir la vie à la française, l'avait emmenée à Avignon où elle avait fait la connaissance de sa grand-mère maternelle et de ses cousins, et pendant leurs jours de congé, il l'avait entraînée à travers le pays pour lui montrer les châteaux, les villes et la diversité des paysages.

Puis il était allé occuper son poste actuel à Londres, et elle avait rencontré Darren pendant un match de rugby opposant les Bleus aux All Blacks. La suite était de l'histoire ancienne. Une histoire chaotique, désolante, à moins que tout ce qui ne vous tue pas ne vous rende réellement plus fort.

Raphaël savait se montrer persuasif.

— Tu sais quoi ? Tu es déjà sur le départ.

— Ce n'est pas impossible…

— Allô ! Où est passée la fille forte et déterminée que je connaissais ? Tu viens, ou tu ne viens pas. Qu'est-ce que tu décides, Izzy ?

Il fallait qu'elle donne sa réponse tout de suite ?

Après tout, pourquoi pas ? Raphaël avait raison. Elle avait toujours abordé la vie de front sans perdre de temps en tergiversations, en acceptant le fait que se tromper faisait partie du jeu. Mais l'échec de son mariage l'avait emplie de doute. Elle était devenue hésitante sur le bien-fondé de ses choix et avait du mal à faire confiance aux gens. Et puis, elle avait vu la famille Khy si unie dans l'adversité autour du jeune fils qui luttait pour survivre, et cela l'avait bouleversée…

— Izzy ?

Si le choix de retourner travailler dans la ville où se trouvaient ses amies infirmières et Raphaël se révélait être une erreur, elle survivrait. Si Rafe se montrait trop autoritaire, elle lui dirait sa façon de penser. Mais en tout cas, les personnes qui comptaient le plus pour elle étaient toutes là-bas.

— Il faut que je te laisse, j'ai ma valise à faire.

2.

Deux semaines plus tard, Raphaël faisait les cent pas à l'aéroport d'Heathrow quand le texto d'Izzy s'afficha sur son smartphone.

J'ai atterri.

Enfin !

Il eut une sensation étrange dans le bas-ventre, comme un mélange de soulagement et d'excitation. Il se sentait à la fois heureux et inquiet — le même sentiment qu'il avait éprouvé quand Izzy lui avait annoncé qu'elle venait à Londres.

Ses doigts tapotèrent sur l'écran.

Je t'attends dans le hall d'arrivée.

L'avion avait une heure de retard. Cela lui apprendrait à arriver trop tôt !

Mais ce matin, il avait été prêt dès le lever à aller la chercher. La tournée de ses patients et une visite aux triplés n'avaient pas suffi à calmer son envie d'arriver à Heathrow à l'heure — ce qui, chez lui, voulait dire en avance.

Il avait fait l'impasse sur son passage habituel au marché, pesté contre les embouteillages tout le long du trajet jusqu'à l'aéroport et fulminé chaque fois que le tableau des arrivées annonçait un avion qui n'était pas celui d'Izzy.

Bon sang, il brûlait d'impatience de la revoir ! Il lui semblait que des siècles s'étaient écoulés depuis qu'elle avait épousé Darren — d'après lui un parfait imbécile — et était retournée dans son pays d'origine où elle pensait trouver un vrai foyer. L'an dernier, quand elle l'avait invité à venir leur rendre visite à Wellington pendant ses congés, il avait prétexté d'autres engagements pour éviter de voir son mari.

Darren et lui n'avaient jamais vu les choses sous le même angle, notamment au sujet de la femme à laquelle ils tenaient tous les deux. Darren n'avait jamais pu se mettre dans la tête qu'Izzy et lui étaient de très bons amis mais n'avaient jamais été amants, et il n'avait cessé d'insister lourdement sur le fait qu'elle appartenait à son mari. Apparemment, cela ne lui avait pas réussi.

Son téléphone tinta de nouveau.

Tu peux apporter un chariot ?

Elle avait donc tellement d'affaires ?

Yes.

Izzy avait pourtant l'habitude de voyager léger. Alors que ses parents avaient toujours eu un conteneur rempli d'affaires qui les suivait partout où ils allaient, Izzy n'emportait jamais grand-chose avec elle. Était-elle donc venue à Londres avec l'idée d'y séjourner longtemps ?

Calme-toi.

Avant de se marier, Izzy avait déjà décidé de rester à Londres, et puis il y avait eu Darren et ses belles promesses. Depuis l'échec de cette union, elle semblait incapable de décider de ce qu'elle allait faire ensuite. Surprenant, car c'était plutôt une personne forte habituée à obtenir ce qu'elle voulait… Et en même temps, elle ne savait jamais exactement ce qu'elle voulait.

Et si elle avait fini par comprendre ce qu'elle cherchait ?

Quant à lui, il ne pourrait retourner voir sa famille à Avignon qu'une fois qu'il se serait débarrassé du mélange de culpabilité et de colère qu'il éprouvait envers Cassie. Le coup avait été rude et cruel quand il avait appris que leur fils avait été frappé par la mort subite inexpliquée du nourrisson à l'âge de huit jours alors qu'il n'avait pas été mis au courant de son existence. Encore une façon pour Cassie de lui faire payer le fait qu'il n'ait pas répondu à ses exigences démesurées.

Les portes s'ouvrirent de nouveau, et un petit groupe entra en poussant des valises sur un chariot, mais toujours aucun signe d'Izzy, et son téléphone restait muet.

Où était-elle ?

Sans doute en train de répondre aux questions du service d'immigration.

Un autre groupe de voyageurs visiblement épuisés arriva, suivi d'un chariot poussé par...

— Raphaël !

— Izzy.

Il poussa un soupir de soulagement tandis qu'Izzy se jetait dans ses bras. Elle avait l'air à la fois fatiguée et excitée, et il ressentit aussitôt son mélange de force et de douceur qui le faisait fondre. Il l'enlaça comme s'il n'allait plus jamais la relâcher.

Attention. Ils étaient amis, rien de plus.

— Hello, Rafe. C'est si bon de te voir.

Izzy était bien là. Izzy !

Prenant une profonde inspiration, il la serra plus fort et l'embrassa sur les joues, à la française. Amicalement. Puis, sans la lâcher, il s'écarta un peu pour mieux la contempler.

Voyant des traces de larmes sur son visage, il sentit l'irritation monter en lui.

C'était la faute de Darren, l'homme qui l'avait fait souffrir. En même temps, en cas de rupture, les torts sont souvent partagés. N'y était-elle pas aussi pour quelque chose ?

Les questions, ce serait pour plus tard, une fois qu'elle aurait récupéré un peu de sommeil et serait redevenue égale à elle-même. Comme la location de son appartement avait été annulée, elle resterait chez lui quelque temps — au moins jusqu'à leur première dispute, ce qui n'était pas rare entre eux.

— Content de te voir, *mon amie*.

La lueur espiègle qu'il connaissait bien brilla de nouveau dans le beau regard marron d'Izzy, mais elle ne sourit pas.

— Tu me vois chaque semaine sur ton ordi.

— Mais d'habitude, tu as un menton énorme, et je devine

à peine tes yeux en haut de l'écran, répondit-il du tac au tac. Maintenant, je peux mieux voir tes expressions.

Ils avaient toujours eu des échanges animés. C'était ainsi qu'ils fonctionnaient, et il ne s'était pas rendu compte jusqu'à présent à quel point c'était important pour lui. Cela le maintenait sur les rails, notamment quand il se remémorait la trahison de Cassie.

Izzy ignorait tous les détails, mais elle avait toujours une oreille attentive pour lui au téléphone. Tous deux se connaissaient mieux que personne. Ils s'étaient souvent appuyés l'un sur l'autre pour faire face aux aléas de la vie. Pourtant, il ne pouvait s'empêcher d'éprouver de l'appréhension depuis qu'Izzy avait accepté de revenir à Londres occuper le poste qu'il lui avait proposé. Il ne comprenait pas pourquoi, à moins que cela ait quelque chose à voir avec la sensation de malaise — presque de douleur — qu'il avait éprouvée pendant la cérémonie de son mariage, quand elle avait échangé ses vœux avec Darren… La sensation de découvrir quelque chose d'important au moment où c'était trop tard.

— Je tâcherai de ne pas te déranger trop longtemps, dit-elle.

Cette fois, il fut presque déçu. Était-ce parce qu'ils risquaient de ne pas passer autant de temps ensemble qu'il l'aurait voulu ?

Il jeta un coup d'œil au chariot débordant de bagages.

— Ma voiture n'est pas vraiment conçue pour effectuer un déménagement complet, lâcha-t-il. Es-tu sûre de n'avoir rien oublié ?

Izzy laissa échapper un petit rire désenchanté.

— Ce n'est que le début. Un conteneur entier devrait arriver par mer au mois de mai.

Voilà qui ressemblait décidément peu à celle qu'il connaissait.

— Tu as vraiment tout rapporté ?

— N'aie pas l'air aussi choqué, dit-elle. Ce n'est pas parce que ça ne s'est pas bien passé à Wellington que ça ne marchera pas ici avec tous mes amis autour de moi.

Il l'étreignit de nouveau avec l'envie de voir un sourire éclairer son visage.

— Tu as raison, et je suis l'un d'entre eux.

— Je l'espère, murmura-t-elle avant de s'écarter de lui, toujours sans sourire.

Jusque-là, elle n'avait jamais douté de lui.

— J'ai juste expédié quelques meubles, de la vaisselle, et beaucoup de livres, ajouta-t-elle.

Il eut un pincement au cœur.

Elle déménageait pour de bon !

Il était excité pour elle. Il l'aiderait à se sentir bien dans son nouveau cadre de vie, mais il devrait veiller à garder ses distances pour ne pas risquer de mettre en péril leur amitié, étant donné les sentiments mitigés qu'il avait éprouvés à son mariage.

— Sérieusement ? dit-il d'un ton taquin.

Elle esquissa un petit sourire désabusé.

— Tout à fait. Il ne me reste plus qu'à trouver mon propre logement.

Le soulagement aurait dû l'envahir — mais ce ne fut pas le cas.

— Une location, pour commencer.

Il réprima un soupir.

Il fallait qu'il cesse de se torturer les méninges. Son amie était de retour, quelqu'un avec qui il pourrait parler, prendre une bière au pub ou se balader dans la campagne. À chaque jour suffisait sa peine. Peu à peu, ils retrouveraient la relation si agréable et naturelle qu'ils avaient vécue jusqu'à ce qu'Izzy se marie. Même si, à la vérité, s'il remontait plus loin, il ne lui avait jamais beaucoup parlé de sa vie avec Cassie ni du mal que celle-ci lui avait fait.

— Merci de m'offrir un toit jusqu'à ce que je trouve quelque chose, dit Izzy.

— Ce sera mieux que d'aller squatter sous le London Bridge, plaisanta-t-il.

Tout à coup il éprouva une réelle sensation de joie.

Il avait tant attendu ce moment ! Et à présent, Izzy était ici, près de lui. Ces derniers temps, sa vie avait été dédiée surtout au travail et très peu au plaisir. Il avait souvent annulé au dernier moment des sorties entre collègues avec toujours la même excuse : ses patients avaient besoin de lui. Certes, il était médecin avant tout, mais son métier ne devrait pas occuper entièrement ses journées. Il devait avoir une vie plus équilibrée, et Izzy saurait le secouer comme il fallait sans prendre la peine d'écouter ses prétextes.

— Sortons d'ici, dit-il en poussant le chariot.

Elle étouffa un bâillement.

— Ce voyage a été un enfer, entre des bébés qui pleuraient tout le temps et mon voisin de siège, un homme énorme qui n'arrêtait pas de tomber endormi sur moi.

— Tu fais quelque chose pour tes insomnies ?

Elle secoua la tête, et ses boucles auburn voletèrent autour de son visage.

— À quoi bon ? J'ai tout essayé sauf les somnifères, et je ne voudrais jamais y avoir recours. J'ai vu trop de patients devenir accros et pour finir perdre les bénéfices du sommeil. Et puis, j'ai pris l'habitude de dormir par tranches de deux heures.

Il en avait été ainsi pratiquement depuis qu'il la connaissait. Parfois elle manquait sérieusement de sommeil, et ces dernières années cela n'avait fait qu'empirer. Même si elle y était habituée, ce n'était pas bon pour elle.

— Tout de même, je pense que tu devrais voir un de mes collègues. Il est très fort pour aider les gens à trouver la cause de leur problème, et il pourrait aussi te donner des conseils pratiques.

— Laisse-moi au moins arriver et défaire mes bagages avant de commencer à organiser ma vie, dit Izzy, le sourire en coin.

Était-ce un avertissement ?

— Alors, qu'est-ce que tu as planifié pour ce soir ?

— Faire trois fois le tour du quartier en courant avant de bêcher le jardin de derrière et d'y planter des fleurs, répondit-il sur le même ton.

— Cool. Pendant ce temps, je me commanderai une pizza et je regarderai un film sur mon smartphone.

Il ne put s'empêcher de rire, comme au temps où il n'avait pas encore le cœur brisé. Arrêtant le chariot, il la reprit dans ses bras et la serra contre lui.

— Cette fois, tu y es.

Il y avait maintenant une sorte de gaieté dans l'air autour d'eux. C'était une sensation familière qui datait de leur première rencontre quelque peu brutale, et qui avait pris le pas sur la douleur à la cuisse causée par le snowboard.

Elle n'avait pas apprécié de perdre le contrôle et avait accusé Raphaël de s'être mis sur son chemin. Ils s'étaient disputés, puis avaient éclaté de rire, pour finir par aller boire un chocolat en échangeant leurs numéros de téléphone. Ensuite ils s'étaient retrouvés tous les week-ends à Genève quand leurs activités scolaires le permettaient.

— Tu m'as manqué, murmura-t-il.

Plus tard, cela n'avait pas été simple de continuer leurs conversations téléphoniques avec un mari dans les parages. À cette époque-là, Izzy avait été un peu distante avec lui.

— Toi aussi.

— L'année dernière, j'étais prêt à venir passer une semaine avec toi pour te remonter le moral, mais tu n'étais jamais disponible.

À cette époque, quand il l'avait eue au téléphone, sa voix était pleine de tristesse, presque de désespoir, mais elle ne lui avait jamais expliqué pourquoi.

De nouveau ses boucles voletèrent tandis qu'elle secouait la tête.

— Tu n'avais pas à faire ça. Je suis une grande fille. Si tu étais venu me retrouver, tu en aurais eu assez de moi au bout d'une journée. Quoi qu'il en soit, je m'en suis remise, et j'ai toujours pu compter sur toi pour te parler au téléphone lorsque j'en avais besoin.

Il entra les bagages d'Izzy dans l'ascenseur qui devait les conduire au parking.

— Mercredi, je suis tombée sur Carly à l'hôpital. Elle était très excitée à l'idée de te voir revenir au Queen Victoria.

— Elle est encore plus excitée par son mariage ! On a déjà prévu une soirée avec les deux autres de notre groupe de formation. C'est super de se retrouver toutes là. Je me demande si nous sommes tous en train de nous assagir et de devenir des adultes responsables, ou s'il s'agit juste d'une autre étape sur notre parcours… On dirait que Londres est notre endroit à tous. Est-il le mien ?

Voilà qui ressemblait davantage à l'Izzy qu'il connaissait : à la fois sûre d'elle en apparence et remplie d'un sentiment d'insécurité, craignant toujours que ses proches ne rompent les liens dont elle avait tant besoin. Ses parents l'avaient envoyée en pension parce qu'ils avaient pensé qu'elle y trouverait plus de soutien et de compagnie qu'avec eux. Ce qu'ils ignoraient, c'est que c'était lui qui l'avait soutenue quand elle s'était effondrée en pleurs dans ses bras, se sentant abandonnée.

Après être tombé follement amoureux de Cassie et avoir eu le cœur en lambeaux, il comprenait ce qu'Izzy avait ressenti, et il n'avait de son côté aucunement l'intention de s'engager de nouveau — ni de faire souffrir quelqu'un d'autre en n'étant pas capable de lui donner assez de lui-même.

— Arrête un peu de toujours chercher à prévoir ce qu'il va arriver et contente-toi d'apprécier de te retrouver parmi nous, décréta-t-il.

Il ne l'abandonnerait jamais. D'ailleurs il avait autant besoin de son amitié qu'elle avait besoin de la sienne. Elle le comprenait mieux que personne. Si seulement il pouvait éviter de laisser la place à d'autres émotions…

— Tu peux le faire, continua-t-il. Il faut que tu croies en toi.

Elle lui jeta un regard en coin.

— Comme toi ? Il faudrait que je suive ton exemple, que je travaille sans arrêt et que je m'achète une maison dans laquelle je n'aurais même pas le temps de vivre ?

Sa sensation de joie s'évanouit.

— C'est donc ce que je suis devenu pour toi ? Un accro au boulot ?

— C'est toi-même qui m'en as parlé il y a à peine deux semaines.

— Je cherchais sans doute à te détourner de tes problèmes.

Il lui avait raconté que tout le monde autour de lui semblait trouver l'amour et faire des bébés, alors qu'il ne faisait que s'enfoncer davantage dans le travail. Ce qu'il n'avait pas dit, c'était qu'il espérait arriver à oublier le passé et essayer de tourner la page. Mais il ne pouvait pas. À cause de l'égoïsme de Cassie, il avait perdu un fils, et il ne parvenait pas à faire la paix avec lui-même.

— Est-ce que tu seras toujours là pour moi dans les mauvais moments ?

Était-ce bien Izzy Nicholson qui venait de parler ?

— Oui. Tu pourras toujours compter sur moi. Ça, tu le sais déjà, non ?

— Merci. C'est si bon de passer de nouveau du temps avec toi ! Cela faisait longtemps qu'on ne m'avait pas dit ce que je devais faire.

— C'est parce que la plupart des gens ont trop peur de toi, dit-il en riant. Allons porter tes affaires chez moi avant d'aller au pub fêter ton arrivée à Londres.

Mieux valait qu'ils soient entourés de monde plutôt que de se retrouver tous les deux seuls dans sa cuisine. Il commençait seulement à comprendre que ce ne serait peut-être pas aussi simple qu'il l'avait pensé de partager sa maison. Izzy serait occupée à commencer une nouvelle vie, alors qu'il continuerait de mener l'existence terne qu'il s'était créée.

— Parfait, dit celle-ci. J'adorais manger au pub quand je vivais ici. Franchement, Rafe… Je n'arrive toujours pas à y croire. Cela faisait une éternité qu'on ne s'était pas vus pour de vrai ! Au téléphone et par Internet, ce n'est pas la même chose. Cela me ravit de savoir que tu es à portée de main…

Elle se gratta la gorge, l'air embarrassé.

— Je parle trop, ce doit être le décalage horaire.

L'espoir qu'il avait senti poindre au fond de lui pendant une seconde s'évanouit.

D'après ce qu'il savait d'Izzy, il ne pourrait pas lui suffire. Elle avait besoin de quelqu'un qui l'aime de manière inconditionnelle, et ce ne pouvait pas être lui, car depuis Cassie il n'avait plus confiance en l'amour. Quant à Izzy, elle avait du mal à croire que quelqu'un puisse l'aimer au point de rester avec elle…

Bon, d'ici quelques jours, tout irait sûrement mieux. Elle aurait retrouvé ses copines. Elle sortirait avec elles, et il pourrait se détendre.

Izzy resta silencieuse jusqu'à ce qu'ils gagnent la voiture, ce qui ne lui ressemblait pas.

Il se passait quelque chose. Il fallait qu'il trouve de quoi il s'agissait s'ils étaient appelés à se côtoyer. Mais pas aujourd'hui.

Il pencha la tête de côté pour la regarder.

En temps normal, il aurait respecté son désir de garder le silence, mais aujourd'hui il voulait voir disparaître cette lueur de tristesse dans ses yeux. Il avait envie qu'elle soit heureuse.

— Assieds-toi confortablement, dit-il en lui ouvrant la portière.

— Tu me parles comme à une personne âgée, observa-t-elle avec un petit sourire. À propos, comment va grand-mère ? Bien remise de son problème de hanche ?

— Apparemment. Elle poursuit ses arrière-petits-enfants avec sa béquille.

Il adorait sa grand-mère. Elle était la seule personne en dehors d'Izzy qui le soutenait dans toutes ses entreprises, contrairement au reste de sa famille qui ne se privait pas de le critiquer.

— Je lui ai parlé hier au téléphone, et elle t'invite à passer la voir chaque fois que tu en auras envie.

Grand-mère avait un faible pour la petite exilée du pays des Kiwis, qui allait souvent passer le week-end avec elle quand elle travaillait à Tours.

— Super. J'irai la voir bientôt. J'adore ta grand-mère, et Avignon est une de mes villes préférées. Ta famille est toujours aussi étouffante ?

Izzy n'avait pas son pareil pour sauter à pieds joints sur les sujets délicats.

— Qu'est-ce que tu as mis dans tes valises ? grommela-t-il en chargeant l'une d'elles dans la voiture. Tu as dû payer une fortune en excédent de bagages quand tu as pris l'avion.

— Essaierais-tu d'éviter ma question ?

— Tu le sais bien. Tu ferais mieux d'attacher ta ceinture avant que je change d'avis et que tu doives aller à Londres en train !

Izzy frissonna et s'enfonça dans son siège en tentant de rassembler autour d'elle les pans de sa veste en denim froissé.

Londres n'avait pas accueillie Izzy avec le soleil, mais Raphaël avait largement compensé la froideur du temps en la serrant dans ses bras. À présent elle était ici, et elle avait besoin d'amis qui ne lui posent pas de questions embarrassantes. Autant dire que Raphaël n'était pas dans le lot.

Elle retint un soupir.

Il ne laissait jamais rien passer. En même temps, il était celui qui savait le mieux comment l'aider. Il avait eu raison d'exiger d'elle une décision immédiate pour le job au Queen Victoria. Depuis qu'elle lui avait donné sa réponse, il lui semblait que sa vie était en train de se reconstruire et que son vide intérieur se remplissait peu à peu. L'excitation commençait même à la gagner. Le chemin était encore long, mais c'était un début.

Raphaël s'installa au volant.

— Prête à découvrir Richmond ?

— Plus que prête. À quoi ça ressemble ? J'ai entendu dire que c'est un beau quartier.

— Il y a toutes sortes de cafés fabuleux, et j'aime aller marcher ou faire du vélo le long du fleuve à la fin d'une journée difficile pour remettre de l'ordre dans mes idées.

— Cela doit t'arriver souvent, commenta-t-elle.

Il se donnait entièrement à ses patients.

En l'étudiant à la dérobée alors qu'il manœuvrait pour sortir la voiture de l'aéroport, elle eut un léger choc.

Il avait changé. Il avait les traits tirés et parlait de manière plus réfléchie. Pourquoi ?

Comme il n'apprécierait pas qu'elle lui pose la question, elle changea de sujet.

— Comment va Pierre ?

Elle savait que le fils de son cousin occupait une place à part dans son cœur. Rafe n'était âgé que de dix-sept ans quand il avait assisté Adèle pour la naissance de son fils. Il l'avait emmenée en voiture jusqu'à la maternité sur les routes de campagne, et il avait supporté sans broncher qu'elle lui agrippe le bras en criant lorsque les contractions s'étaient rapprochées. C'était la première naissance à laquelle il avait participé, et ensuite il avait su quelle orientation donner à sa future carrière de médecin.

— Pierre ? C'est maintenant un solide ado de quinze ans. Il envisage de faire aussi médecine, mais pas dans l'obstétrique. Il s'intéresse à la cardiologie, peut-être parce qu'il a le cœur chamboulé en ce moment : il est tombé amoureux de la fille des voisins. Et je crois qu'il en mourra si elle ne lui donne pas bientôt un baiser. On est excessif à cet âge-là, ajouta Rafe avec un petit rire.

— Tu crois ? dit-elle en riant.

Elle regarda par la fenêtre pendant qu'ils roulaient en direction de la ville.

Ça lui faisait plaisir de retrouver un paysage familier. Elle était de plus en plus convaincue qu'elle avait eu raison de revenir. Elle se sentait réellement connectée à Londres, ce qui ne lui arrivait pas souvent. Wellington était la seule autre ville qui lui avait procuré ce sentiment, mais l'infidélité de Darren y avait mis fin. Certes il n'avait pas été le seul à commettre des erreurs, mais il lui avait brisé le cœur en allant chercher du réconfort dans les bras d'autres femmes, détruisant la confiance qu'elle avait dans les hommes.

— Papa et maman sont retournés vivre dans la maison familiale d'Avignon, dit Raphaël. Papa a quitté la banque, c'était devenu trop stressant. Maintenant, il travaille à temps partiel dans l'import-export et apprécie le temps qu'il passe avec la famille.

Soudain elle eut un pincement au cœur.

M. Dubois avait travaillé dur pendant la plus grande partie de sa vie. Est-ce que Raphaël n'allait pas lui aussi retourner vivre là-bas ? Alors qu'elle venait d'arriver à Londres et qu'elle voulait passer du temps avec lui ?

— C'est une grande nouvelle, non ?

Elle vit les mains de Raphaël se crisper sur le volant.

— Oui, dit-il simplement.

— Mais ?

— Je ne suis pas encore prêt à les revoir, répondit-il d'un ton peu engageant.

Inutile de chercher à aller plus loin. Mieux valait ne pas le perturber davantage. Il semblait aller mieux que pendant les jours sombres qui avaient suivi sa rupture avec Cassie, mais elle se demandait parfois s'il était vraiment satisfait de la vie qu'il menait.

Elle rejeta la tête en arrière et ferma les yeux, laissant le silence s'installer.

— On avait tellement de projets tous les deux, tu te rappelles ? dit-elle avec un soupçon de mélancolie. Rien ne s'est passé comme nous l'avions envisagé.

Excepté qu'il n'y avait jamais eu aucun doute que Raphaël deviendrait médecin. Il avait prévu de monter un cabinet privé dans sa ville natale, tandis qu'elle avait envisagé tour à tour de faire des études de marketing, puis de vendre des voitures et de tenir un bar. Mais il y avait toujours ce sentiment que quelque chose manquait.

Puis elle avait entendu Raphaël parler de ses rapports avec ses patients, de ces sentiments mêlés de peur, de douleur, de compassion et d'amour, auxquels il était confronté quotidiennement. Elle avait compris qu'elle aussi voulait avoir des contacts humains dans son travail. Non pas en servant un verre aux clients derrière un comptoir, mais en apaisant les craintes des malades et des blessés et en les soignant avec sollicitude.

Elle avait alors commencé sa formation d'infirmière, et les années qui avaient suivi avaient été les plus agréables de sa vie — jusqu'à ce qu'elle obtienne son diplôme. Ensuite, l'agitation l'avait reprise, et elle avait fini par aller à Londres suivre des cours pour être sage-femme. En apportant ses soins à ces bébés, en étant témoin de l'amour et la joie que chaque naissance suscitait chez les parents, elle avait été plus heureuse qu'elle ne l'aurait cru possible.

Elle avait maintenant deux orientations professionnelles possibles, ce qui était un réel bonus, et elle était bien décidée à s'arrêter là. C'était la seule chose dont elle était absolument certaine.

— Je suis si content que tu sois là, Izzy, dit Rafe avec un sourire contraint. Dommage que je n'aie pas beaucoup de temps libre à passer avec toi.

Ses paroles sonnaient comme un avertissement, et elle eut de nouveau un pincement au cœur.

De toute façon, Raphaël était un *ami*, il ne pouvait être rien d'autre, se dit-elle, contrariée.

— Moi aussi, je vais être occupée, assura-t-elle dans un sursaut d'amour-propre. Je vais chercher un appartement à louer, retrouver les filles, démarrer mon nouveau travail…

Jetant un coup d'œil à Rafe, ce qu'elle n'avait pas pu faire depuis une éternité, elle sentit une vague de pur bonheur la submerger. C'était comme si elle était rentrée chez elle au lieu d'en partir. Et elle se doutait que ce n'était pas seulement dû à Londres et à ses amies, mais à Raphaël en particulier.

Pour l'instant elle était trop fatiguée pour se pencher sur la question. Elle étouffa un bâillement.

Elle avait besoin de dormir, mais elle savait par expérience qu'elle allait encore rester éveillée quelques heures et qu'un repas décent lui ferait du bien.

— J'ai hâte de voir ta maison, dit-elle, rompant de nouveau le silence.

Raphaël se gratta la gorge.

— Tu vas être déçue. Je n'ai encore rien fait pour l'améliorer, que ce soit en renouvelant les peintures ou en modernisant la cuisine et les salles de bains. Je n'arrive jamais à trouver l'énergie ni le temps pour ça.

— Je pourrai peut-être t'aider, proposa-t-elle.

Il haussa les sourcils.

— Tu n'imagines pas l'ampleur de la tâche.

— Il faut bien commencer quelque part, et avant d'avoir mon endroit à moi, autant que je m'exerce d'abord chez toi.

— Vraiment ? dit-il avec un sourire taquin. Je crains de devoir refuser ta proposition. Je ne tiens pas à me retrouver avec des murs pourpres et des rideaux à fleurs.

— Rassure-toi, moi non plus. Je suis davantage pour les surfaces claires et unies.

— Excellent. Nous allons peut-être pouvoir nous entendre.

Elle sourit à son tour, sensible à la façon dont il avait dit « nous », comme si elle avait une place dans sa vie.

En fait, elle l'avait toujours eue. Cependant elle doutait de pouvoir se loger dans son voisinage. À Richmond, elle aurait tout juste les moyens de s'offrir une niche…

L'idée de devoir emménager loin de Raphaël la contrariait étrangement. C'était normal que des amis s'éloignent ou se rapprochent selon les aléas de leur vie. Actuellement, ils étaient dans une phase de retrouvailles. Pour combien de temps ?

— Nous sommes arrivés, annonça Raphaël en se garant devant une rangée de villas en brique rouge. Bienvenue à la maison.

Ce n'était pas chez elle. Ce n'était qu'une brève halte avant qu'elle trouve quelque chose pour se loger, mais elle apprécia la chaleur de ces paroles. Se redressant sur ses jambes fatiguées, elle réussit à sortir de la voiture et regarda autour d'elle.

La rue était bordée d'arbres, et on entendait un chien aboyer derrière la maison voisine. Des flaques d'eau luisaient sous le soleil, qui avait à cet instant la bonne idée d'émerger de derrière les nuages.

C'était exactement ce qu'elle avait rêvé d'avoir à Wellington ! Une maison dans un quartier tranquille, avec des amis tout près. Rafe avait su choisir cet endroit. Il était parfait, même si, à l'en croire, la maison n'était pas exempte de défauts.

Pour le coup, sa fatigue s'envola. Elle suivit Raphaël à l'intérieur en portant sa plus petite valise et s'arrêta net pour considérer les murs de l'entrée.

— Un rouge violacé ! s'exclama-t-elle avec stupéfaction. C'est si foncé qu'on croirait que l'espace s'est rétréci !

Cette couleur était hideuse et devrait disparaître tôt ou tard.

— Attends d'avoir vu la cuisine…

Elle suivit Raphaël dans l'escalier.

À l'évidence rien n'avait été fait depuis longtemps pour rafraîchir cette maison. Chaque pièce devant laquelle elle passait avait besoin d'un bon coup de peinture — de préférence plus claire — et d'une nouvelle déco.

Arrivé au troisième étage, Raphaël déposa son bagage le plus lourd.

— Voici ta chambre pour aussi longtemps que tu voudras, dit-il, avant de redescendre chercher le bagage suivant.

Elle jeta un coup d'œil autour d'elle.

La pièce était nette mais sans cachet. Avec ses murs mauve pâle, on aurait dit la chambre d'une vieille dame.

D'accord, elle avait un endroit où se détendre, et cela lui donnait le temps de chercher une location. Mais comment expliquer la pointe d'excitation qui surgissait en elle ?

Se laissant tomber sur le bord du lit, elle parla tout haut pour s'assurer qu'elle ne rêvait pas.

— Je suis de retour à Londres, dans mon autre pays !

La mère d'Izzy venait du Lake District, au nord-ouest de l'Angleterre. Ses parents lui en avaient toujours voulu d'avoir épousé un Néo-Zélandais au lieu du lord qu'ils avaient escompté avoir pour gendre. La brillante carrière de son mari au ministère des Affaires étrangères n'y avait rien changé, et Izzy n'avait pas l'intention de les supplier de la reconnaître comme leur petite-fille.

La voix de Raphaël la fit sursauter.

— Moi aussi, je suis content pour nous deux.

Il était déjà de retour avec une valise.

— Merci de m'avoir offert ce job…

— Aucun problème. Tu auras une salle de bains pour toi toute seule à l'étage au-dessous. J'ai une autre salle de bains qui communique avec ma chambre. Le garde-manger de la cuisine est plein à ras bord, n'hésite pas à te servir comme bon te semble. Et dans le congélateur, il y a ton poisson préféré.

Elle renifla sa veste et fit la grimace.

— Pour l'instant j'ai surtout besoin d'une bonne douche et de vêtements propres.

— Prends le temps qu'il te faudra. Le pub est tout près d'ici, on s'y rendra à pied.

C'était pour ça qu'elle était revenue : pour avoir une vie « normale », même si elle ne savait pas exactement ce que ça signifiait. Oui, elle avait pris la bonne décision. C'était même carrément génial d'être ici, et l'avenir se montrait plein de promesses.

Cependant, sa relation avec Raphaël ne lui semblait pas être redevenue tout à fait comme avant. C'était sans doute l'affaire de quelques jours ? Pour le moment, tout allait bien, et elle était heureuse de se trouver avec lui, sachant qu'il ne lui ferait jamais de mal quelle que soit la manière dont leur amitié évoluerait.

3.

— À Londres, à ton nouveau travail, et à ton retour parmi tes amis, dit Raphaël en levant son verre pour trinquer, au moment où un rire fusait à l'autre extrémité du bar. J'espère aussi ne plus voir ces yeux tristes que tu as parfois lorsque tu crois que je ne te regarde pas…

Ignorant sa dernière remarque, Izzy choqua son verre contre le sien.

— Au temps que nous allons passer ensemble.

Sauf qu'il l'avait déjà prévenue qu'il ne serait pas toujours disponible.

Tous deux avaient choisi de s'en tenir à des boissons non alcoolisées, car elle était épuisée et à cran — et en même temps excitée par ce retour. Le trajet depuis l'aéroport l'avait touchée de façon inattendue, avec cette impression de rentrer chez elle. Peut-être Raphaël en était-il la raison ? Ils se comprenaient si bien, en dehors des sujets embarrassants qu'ils avaient évité d'aborder au fil des années — Cassie, l'amour de sa vie, et sa confiance perdue dans le mariage.

Elle ne s'était pas rendu compte à quel point ses remarques tranchantes lui avaient manqué, même si elle avait eu plus de mal à les supporter récemment.

— Ça, ce n'est pas gagné, répondit Raphaël avec un petit sourire tendu. Je n'arrive déjà pas à passer du temps avec moi-même.

Qu'est-ce qui ne va pas ? se demanda-t-elle. Rafe n'avait pourtant pas l'habitude de renoncer à s'amuser pendant son temps libre, malgré son côté sérieux et le fait qu'il se souciait davantage de ses patients que de lui-même.

— On dirait que tu as peine à te trouver une vie.

— Aurais-tu l'intention de m'aider ? grommela-t-il. Peut-être qu'un coup de pied au derrière me ferait du bien…

Si seulement elle restait assez longtemps avec lui, compléta-t-elle silencieusement.

Soudain, l'idée la traversa qu'elle pourrait peut-être rester toujours avec lui.

D'où cela lui venait-il ? Mais après tout, qu'y avait-il de choquant là-dedans ? Parce qu'ils étaient amis ?

En fait ils n'avaient jamais partagé le même logement, pas même quand ils avaient travaillé à Tours. Elle aurait voulu en profiter pour discuter davantage avec lui, qu'il l'aide à démêler la pagaille qu'elle avait faite de sa vie et qu'elle aille de l'avant à Londres.

En même temps, il fallait qu'elle élimine cette sensation de vouloir plus de lui. Raphaël avait le don de lui maintenir les pieds sur terre. Il était toujours celui qu'elle connaissait — fiable, serviable, plein de sollicitude —, mais elle éprouvait quelque chose de plus. Un sentiment plus profond qui voulait le laisser prendre de la place d'une autre façon. En pénétrant dans son cœur ?

Non ! Pas question ! Elle ne pourrait que lui faire du mal, et c'était la dernière chose qu'elle souhaitait. Elle devait faire l'effort de revenir à la situation antérieure qu'ils avaient connue, ou il lui faudrait quitter cette maison dès demain.

Elle reposa brusquement son verre sur le comptoir.

— Je ne resterai pas longtemps chez toi, déclara-t-elle. Dès demain je ferai les agences de location.

Raphaël la regarda attentivement.

— Rien ne presse, dit-il en posant sa main sur la sienne. Tu viens tout juste d'arriver.

Elle retira aussitôt sa main et jeta un coup d'œil autour d'elle en s'efforçant de calmer les battements désordonnés de son cœur. Mais quand elle le regarda à la dérobée, son cœur tressaillit de nouveau.

Oui, quelque chose avait changé. Rafe avait vraiment un

physique renversant. Il avait toujours été beau, mais elle ne l'avait jamais réellement vu comme les autres femmes, car il avait toujours été son ami. Alors, pourquoi remarquait-elle maintenant l'ombre de barbe qui ornait son menton et devait-elle se retenir de la caresser du bout des doigts ?

Quelque chose avait bel et bien changé entre eux.

— Est-ce que tu as fait de la cuisine française, récemment ? demanda Rafe.

Avait-il senti la tension qui l'habitait et cherchait-il à détendre l'atmosphère ?

— Pas vraiment.

Darren refusait de goûter le moindre plat qu'il soupçonnait d'être français, tout ça parce qu'il était jaloux de Rafe. C'était parfaitement puéril, mais pour maintenir la paix dans le ménage, elle avait rangé son livre de recettes et s'était cantonnée aux plats basiques : rôti, steak, saucisses.

— Nous allons remédier à cela, assura Raphaël. Tu n'as pas pu oublier comment faire une bonne sauce béarnaise ?

Il avait retrouvé le sourire amical qu'elle connaissait bien.

Son cœur se serra, et en même temps elle se sentit soulagée de ce retour à la normale : sans doute était-ce la fatigue qui était à mettre en cause dans son changement de perception des choses. Et puis, pour Rafe, elle était maintenant une ex-femme mariée qu'il ne connaissait plus aussi bien que quand elle était célibataire.

— La dernière fois que je t'ai vu avant de partir en Nouvelle-Zélande, c'était dans un bar un peu plus loin dans cette même rue, se rappela-t-elle. Tu cherchais une maison à acheter.

Ils avaient trinqué à son retour dans son pays avec son mari. Dans l'effervescence du départ, elle n'y avait pas prêté attention, mais maintenant elle se rendait compte que Raphaël n'avait pas paru très enthousiaste.

Qui pouvait savoir à présent combien de temps elle resterait ici ? Mieux valait ne pas l'oublier si ses sentiments étranges pour Raphaël refaisaient surface.

— C'est vrai, marmonna-t-il.

— Tu avais trop bu, et j'avais dû te mettre dans un taxi pour te ramener chez toi.

Il fit la grimace.

— Parfois, tu as une trop bonne mémoire.

Habituellement, Rafe ne buvait pas ou très peu, et seulement quand il avait vécu quelque chose de terrible.

— À propos, pourquoi t'étais-tu mis dans cet état ?

— Je ne me souviens pas, répondit-il sans la regarder. Ah ! voilà les frites qu'on a commandées.

Il évitait encore la question. Elle aurait dû insister, mais elle ne voulait pas gâcher la soirée, même si elle savait qu'elle serait parvenue à ses fins en le questionnant.

Puis elle sentit l'odeur des frites chaudes et se détendit.

— Hum. C'est bon d'être de retour.

Pourtant, ses jambes lui faisaient mal, et elle avait la tête dans du coton.

Elle recommençait tout, de nouveau, et pour la première fois, cela lui faisait peur. Jusque-là, elle avait toujours cherché à avoir des gens avec elle et pour elle. Après avoir accepté impulsivement le job au Queen Victoria, elle s'était assise et avait réfléchi un long moment, se rendant compte à quel point elle était lasse de courir d'une opportunité à une autre. Son expérience cambodgienne lui avait fait prendre conscience à quel point les liens familiaux peuvent être forts et résistants. Elle avait compris qu'elle devait croire en elle avant de vouloir croire en quelqu'un d'autre. Désormais, elle chercherait à donner plus qu'à recevoir.

— Izzy, tu veux boire encore quelque chose ? demanda Rafe en attirant l'attention du barman.

Le cerveau de plus en plus dans le brouillard, elle repoussa son verre.

— Est-ce que je peux avoir de l'eau, s'il te plaît ? demanda-t-elle.

Elle l'étudia quelques secondes pendant qu'il passait commande.

L'adolescent dégingandé avait cédé la place à un homme mince et musclé, dont le visage ouvert inspirait la confiance. Un visage qui donnait aux femmes l'envie de le rejoindre au lit.

Son estomac se serra. Décidément, quelque chose n'allait pas, et ce n'était pas d'ordre sexuel.

— Est-ce que tu vois quelqu'un, en ce moment ?

Zut, la question était sortie toute seule.

Mais depuis quand hésitait-elle à interroger Raphaël sur quoi que ce soit ? Elle ignorait pourquoi cela lui était si important de savoir où il en était dans ce domaine. Parce que le fait d'être au courant de ce qu'il se passait autour de soi aidait à appréhender les problèmes avant qu'ils n'apparaissent ?

Excepté quand il s'agissait de son mariage. Elle avait eu peur de regarder la vérité en face et d'accepter qu'elle avait fait une erreur monumentale.

— *Moi* ? s'exclama Rafe, l'air faussement choqué.

Un homme séduisant reste rarement seul longtemps, en particulier s'il est médecin dans un hôpital empli de femmes de tous âges. Elle savait qu'il avait eu plusieurs aventures, car il lui en avait parfois parlé. Jamais de manière désobligeante pour ses conquêtes, mais en ne croyant pas aux relations qui durent toujours.

— Non, dit-il. Rien de sérieux, et le plus souvent rien du tout.

Se redressant sur sa chaise, elle avala une gorgée d'eau.

— Parle-moi de mon nouveau boulot. Est-ce qu'il y a quelqu'un que je connais dans le service ?

— Pas que je sache. Aucune de tes copines ne travaille à la maternité.

— Le mariage de Carly se rapproche, et l'excitation grandit, d'après les mails que j'ai reçus. Est-ce que tu veux venir avec moi ? L'invitation est pour Izzy et son cavalier. Carly a insisté pour que je fasse partie des demoiselles d'honneur.

— Tu n'as personne d'autre à inviter ? demanda Rafe avec un sourire un peu forcé.

— J'ai *envie* que tu viennes. Sinon, j'irai toute seule.

En réalité elle ne tenait pas à aller au mariage de Carly sans être accompagnée. Ses trois amies avaient toutes quelqu'un, et elle se sentirait plus seule que jamais si Raphaël n'était pas à ses côtés.

— Tu peux m'ajouter à la fête, dit-il après avoir consulté son agenda. Je suis libre pendant ce week-end-là.

— Super. Es-tu toujours heureux de ton poste au Queen Victoria ?

Il sourit.

— C'est exactement ce que je voulais.

Et Avignon ? Il avait toujours envisagé d'y retourner un jour.

— Je suis contente pour toi. Tu le mérites.

Elle n'avait plus qu'à espérer pouvoir dire la même chose à propos de son travail. Cela l'aiderait à s'installer dans cette nouvelle vie et à s'y sentir bien.

— Ce sera la même chose pour toi, assura Rafe en la fixant, l'air sérieux. Il te suffit d'y croire.

— J'y crois.

— Répète-moi ça, mais cette fois avec plus de conviction.

Il n'allait pas la lâcher… Son accent français aussi lui avait manqué. Quand ils parlaient sur le Net, ce n'était pas le même son.

— J'y crois, grommela-t-elle.

Et soudain, elle eut envie à la fois de rire et de pleurer.

En rejoignant Raphaël à Londres, elle avait fait ce qu'il fallait, même si ça ne l'empêchait pas de se poser tout un tas de questions.

En entendant son téléphone sonner, Raphaël sursauta.

Pourvu que ce soit la maternité, pria-t-il silencieusement en sortant son smartphone de sa poche. Il avait besoin de mettre un peu d'espace entre lui et les questions d'Izzy. Il balançait entre l'excitation de la revoir et l'inquiétude de passer trop de temps avec elle.

— Hello, Cooper, comment ça se passe ? demanda-t-il après avoir regardé l'écran.

— Ramène-toi vite fait, répondit son collègue et ami d'une voix tendue. Haley est en travail, et tu as promis d'être avec nous pour l'accouchement.

C'était le répit attendu. Haley avait tout juste trois semaines d'avance, il n'y avait donc pas de souci à se faire.

Il se leva et enfila sa veste, le téléphone coincé entre l'oreille et l'épaule.

— Où en est-elle ?

— La sage-femme a dit qu'elle était dilatée de quatre centimètres. C'était il y a dix minutes, répondit Cooper d'un ton angoissé.

Les papas et leur premier bébé…

— On a encore du temps. Je me mets en route tout de suite.

En espérant que le bébé ne décide pas de précipiter sa sortie, ajouta-t-il pour lui-même en coupant la communication.

Izzy se leva à son tour, vida son verre d'eau et accrocha son sac à main à l'épaule.

— Je viens avec toi, dit-elle d'un air décidé.

— Tu es épuisée. Tu pourrais prendre un taxi pour te ramener à la maison.

— Oui, mais il est encore tôt, et j'essaie toujours de rester debout jusqu'à mon heure habituelle après un long vol.

Il n'avait pas le temps de discuter.

— Cooper et Haley travaillent à l'hôpital, expliqua-t-il. Il est chirurgien généraliste, elle est radiologue, et c'est leur premier enfant.

Une minute plus tard, il roulait à vive allure en direction du Queen Victoria, et ils arrivèrent à l'hôpital en un temps record. Suivi d'Izzy, il rejoignit Claudia, la sage-femme de service, et il les présenta l'une à l'autre.

— Voici Izzy Nicholson, qui commence ici la semaine prochaine.

Les deux femmes échangèrent un sourire.

— Haley a atteint six centimètres et elle s'est arrêtée, résuma Claudia. On a une nuit chargée qui s'annonce, avec plus de bébés que de lits.

Une sonnerie retentit à travers la salle.

— Il faut que j'y aille, marmonna Claudia. Je reviens le plus vite possible.

Cooper l'attendait à l'entrée de la salle d'accouchement.

— Ah, te voilà ! Les contractions se sont ralenties, probablement pour te permettre d'arriver.

— Les amendes pour excès de vitesse que j'ai récoltées

ce soir, je les garde à ton intention, plaisanta Raphaël en lui tapotant l'épaule en un geste de réconfort. Voici Izzy, l'amie que je suis allé chercher à l'aéroport cet après-midi.

Cooper lui tendit la main.

— C'est vous qui êtes infirmière ?

— Oui, et aussi sage-femme.

— Venez voir Haley. Un peu de distraction lui fera du bien.

Raphaël soupira en silence, résigné.

Pour ce qui était de mettre de la distance entre eux, c'était plutôt raté.

Izzy quêta son assentiment du regard.

— Tu es d'accord ?

— Bien sûr.

Il la conduisit auprès de Haley, qu'il salua avec un grand sourire.

— Alors, il paraît que le rythme s'est ralenti depuis que Cooper m'a appelé ?

Haley lui saisit la main et fondit en larmes.

— Je suis si contente que tu sois là ! J'ai cru que j'allais avoir le bébé sans ton aide.

— Je te rappelle que c'est toi qui fais tout le travail. Pour ma part, je me contenterai de t'assister et de surveiller la progression.

Au moment où il se penchait pour l'embrasser sur la joue, une contraction la saisit, et il se retrouva avec la main dans un étau.

— Exhale lentement… C'est ça.

— C'est facile à dire pour toi, grommela Haley. Ce n'est pas toi qui es en train de subir ce supplice.

— C'est vrai, dit-il d'un ton conciliant. Combien de temps s'est écoulé depuis la contraction précédente ?

— Cinq minutes, répondit Cooper.

— Cinq, ou quatre, ou six… Quelle importance ? haleta Haley. Aidez-moi à faire sortir ce bébé !

Elle remarqua la présence d'Izzy, qui fit un pas en avant.

— Bonjour, Haley. Je m'appelle Izzy, je suis une amie de Rafe.

— Alors, vous êtes finalement arrivée. Raphaël n'était pas sûr que vous viendriez.

— Je n'avais jamais rien dit de tel, protesta-t-il.

Haley pencha la tête vers lui.

— Tu es sur des charbons ardents depuis qu'elle a accepté le poste ici.

— Reste allongée tranquillement une minute. Je vais écouter le bébé.

Et ne dis plus rien, sinon Izzy va s'imaginer des choses, ajouta-t-il en lui-même.

— Aah ! gémit Haley. Ça recommence !

Cooper lui prit aussitôt la main, et Raphaël souleva le drap qui la recouvrait.

— Est-ce que tu te sens à l'aise en restant allongée pendant les contractions ? demanda-t-il.

— Je préférerais être debout, mais quand il y en a une qui commence, je n'arrive pas à me lever assez vite.

— Si vous voulez essayer la prochaine fois, je vous aiderai, proposa Izzy en commençant à lui frotter le dos pour défaire les nœuds qui s'étaient formés dans ses muscles.

Il vit Haley se détendre.

— C'est d'accord, répondit celle-ci à sa surprise.

Il profita de la diversion créée par Izzy pour examiner sa patiente.

— Huit centimètres, annonça-t-il. C'est reparti.

— Je savais que le bébé t'attendait, plaisanta Cooper, qui s'était détendu depuis leur arrivée. Maintenant il n'y a plus rien pour l'arrêter.

Izzy continuait à frotter le dos de Haley.

— Marcher dans la pièce pourra vous aider à diminuer la douleur et accélérer le travail, dit-elle.

— Je suis prête à n'importe quoi pourvu que ça se termine, répondit Haley, s'asseyant lentement sur le lit et étendant les jambes sur le côté.

Comme une nouvelle contraction survenait, Izzy et Cooper la saisirent chacun par un bras pour la mettre sur ses pieds.

Cooper la maintint contre lui.

— Tu vas y arriver, chérie.

— Je n'ai pas vraiment le choix, marmonna-t-elle entre ses dents.

— Essayez de faire quelques pas, l'encouragea Izzy.

Raphaël l'observait avec Haley : elle savait s'y prendre pour l'amener à se détendre. Elle serait un réel atout pour le service.

Quand la contraction suivante arriva, elle fut près d'elle, l'encourageant pendant que Cooper murmurait à l'oreille de sa femme.

— Je sens une pression, et j'ai envie de pousser. Cela veut dire que c'est pour bientôt ? demanda Haley au bout d'un moment.

— Il est temps de retourner au lit, dit Raphaël. Je vais vérifier où ça en est.

Izzy resta près de lui.

— Ça se présente bien, commenta-t-elle.

— Absolument, répondit-il en souriant. On voit le haut du crâne du bébé. Préparez-vous à faire sa connaissance.

Cooper serra la main de sa femme dans la sienne.

— Allez, ma chérie. C'est le moment de donner tout ce que tu as.

— Qu'est-ce que tu crois que j'ai fait jusqu'à présent ?

Mais cette fois il n'y avait aucune irritation dans la voix de Haley, et elle sourit à son mari avant de prendre une inspiration et de commencer à pousser.

Izzy se remit à lui frotter le bas du dos.

— C'est ça. Vous vous débrouillez très bien.

Puis elle leva les yeux vers Raphaël et lui sourit, comme pour lui dire : « J'adore ce métier ».

Il sourit à son tour.

Lui aussi. Mettre des bébés au monde était la plus belle expérience qu'il puisse avoir. Et que le père de ce bébé soit son ami, il n'en était que plus heureux.

— Poussez encore, dit-il à Haley. Les épaules sont sorties. Encore une fois…

Quelques secondes plus tard, il tenait le minuscule être humain dans ses grandes mains. Il lui jeta un rapide coup d'œil avant de le poser doucement sur le ventre de sa maman.

— Haley, Cooper, je vous présente votre fils.

Bon sang. Il n'était pas censé se laisser gagner par l'émotion, mais il était si heureux pour ces trois-là !

— Izzy, Cooper voudrait couper le cordon. Peux-tu l'assister, s'il te plaît ?

— Bien sûr.

Elle enfila des gants trouvés sur le chariot et aida Cooper à couper le cordon quand il eut cessé de pulser. Il l'observa pendant qu'elle essuyait soigneusement le bébé avec une serviette.

Elle avait l'air parfaitement à sa place. Comment serait-elle avec son propre enfant ? Complètement gaga, sans aucun doute.

Elle enveloppa doucement le bébé dans une serviette propre avant de le remettre sur sa maman.

Pour une fois, Cooper était silencieux, gagné par l'émotion, tandis que Haley semblait égale à elle-même.

Il tapota l'épaule d'Izzy en lui désignant la porte.

— Nous allons vous laisser tranquilles quelques instants pour créer le lien avec lui, dit-il aux heureux parents. Appelez si vous avez besoin de quoi que ce soit.

Une fois dans le couloir, Izzy s'appuya contre le mur, une expression de joie sur son visage fatigué, souriante.

— Waouh ! C'est dingue, n'est-ce pas ? Cette sensation quand le bébé arrive dans nos mains…

— Sans aucun doute.

Sans se soucier d'être vu, il l'attira contre lui et la serra dans ses bras.

— Bienvenue chez toi, Izzy.

Il sentit son corps se tendre puis se relâcher.

— Oui, enfin.

Le lendemain en fin de matinée, quand Raphaël sortit de la douche, des images de la veille défilaient toujours dans sa tête : Izzy se précipitant sur lui à l'aéroport, ouvrant de grands yeux quand elle avait découvert sa maison, bâillant au pub entre deux frites. Et puis, il y avait eu le moment où, de retour de l'hôpital, il l'avait soutenue pour l'aider à monter jusqu'à sa chambre au troisième étage. Gagnée par l'épuisement et n'arrivant plus à mettre un pied devant l'autre, elle s'était laissée aller de tout son poids contre lui…

Il avait tenté de les faire disparaître, en vain. Il ne s'était pas attendu à être aussi ébranlé par le fait de la revoir et de l'entendre rire et parler.

C'était Izzy, mais avec quelque chose de différent. Le rire était un peu forcé, la parole embarrassée. Son cœur avait été troublé quand il l'avait vue, et c'était peut-être plus intense que de l'amitié. Ils s'aimaient de façon platonique, certes, mais il ne pouvait nier que, depuis le jour où il l'avait vue épouser Darren, il avait eu l'impression de l'aimer comme il n'aurait pas dû l'aimer. Cependant, il ne pouvait pas se fier à ses sentiments. Il n'y avait qu'à voir où ils l'avaient mené la dernière fois ! Il avait eu le coup de foudre pour Cassie et lui avait tout donné, ce qui ne l'avait pas empêchée de se plaindre continuellement que ce n'était pas assez, jusqu'à la trahison finale.

Lorsque Izzy lui avait annoncé qu'elle et Darren se séparaient, il avait d'abord ressenti égoïstement un grand soulagement, puis de l'indignation et de la colère en apprenant comment ce type l'avait traitée. Depuis ce jour, il était passé par toutes les émotions allant de l'espoir au désespoir… Mais il préférait éviter de trop se rappeler ces moments.

Après avoir enfilé un bermuda et une chemise, il entreprit de refaire son lit.

Plus tôt dans la matinée, quand il était passé dans la cuisine prendre ses clés avant d'aller courir, il avait remarqué les bouteilles d'eau vides sur le comptoir, preuve qu'Izzy était descendue pendant la nuit alors qu'elle aurait dû dormir d'une seule traite d'un sommeil réparateur.

Il fallait faire rapidement quelque chose à propos de ses insomnies. Si on attendait trop longtemps, elle serait rattrapée par une fatigue chronique qui aurait un impact négatif sur tout ce qu'elle ferait.

Désormais, il devait gérer le fait que, même si ce n'était que provisoire, Izzy vivait dans son propre espace — un espace dans lequel elle s'était introduite hier soir avec une grande facilité. Cependant, il ne devait pas ignorer l'état de son propre cœur. Si Cassie était maintenant passée à l'arrière-plan, ce n'était pas le cas de la perte de son enfant. Cela, il ne le lui pardonnerait jamais, et il ne se sentait pas prêt à aimer quelqu'un d'autre.

Un délicieux arôme de café monta depuis l'escalier, lui chatouillant agréablement les narines.

Izzy devait être dans la cuisine.

Quand il la rejoignit, elle était appuyée contre le comptoir, un mug fumant dans les mains, et elle l'accueillit avec un sourire perplexe.

— Tu as un chat, s'étonna-t-elle en abaissant les yeux sur l'animal qui se frottait contre ses jambes.

— Je suis allé le chercher dans un refuge.

— Toi, avec un animal ?

— Depuis que je suis petit, j'ai toujours voulu avoir un chien. Maintenant que je suis installé, je peux réaliser mon rêve.

Izzy se mit à rire.

— Au cas où tu ne l'aurais pas remarqué, ce n'est pas un chien.

— En tout cas, je l'ai appelée Doggy.

— Voilà qui n'est pas très gentil !

Elle prit la chatte contre sa poitrine, et il ne put s'empêcher de remarquer la rondeur de ses seins, que son T-shirt moulait à la perfection.

Sans répondre, il se prépara un mug de café.

Izzy frotta son menton sur la tête de Doggy.

— Je parie qu'elle est pourrie gâtée par toi.

— J'aurais préféré avoir un chien, mais cela réclame trop d'attention, et avec mon emploi du temps chaotique, ça n'aurait pas été bien pour lui.

Izzy se mordit la lèvre inférieure, ce qui ne lui était pas habituel.

— Qu'est-ce qu'il y a ? demanda-t-il. Tu as l'air de quelqu'un qui se demande où il est.

Elle avala une gorgée de café avant de répondre.

— Je sais exactement où je suis, mais je me sens un peu

perdue. J'ai l'impression d'être décalée, que mon corps est là et que mon cerveau arrivera plus tard. Peut-être que c'est le dernier déménagement de ma vie…

Ce serait certes un changement pour elle.

— Moi, j'ai décidé que cet endroit était ma maison, dit-il en se frappant le torse du plat de la main. Et j'y resterai jusqu'à ce que j'en aie décidé autrement.

— Et c'est la réalité ? demanda-t-elle en le fixant d'un regard intense.

Attendait-elle qu'il lui fournisse une réponse ?

Désolé, Izzy, mais je ne peux pas savoir ce qui est vrai pour toi, si je n'en suis même pas sûr pour moi.

— C'est aussi réel que tu le veux, toi.

Elle fit la moue en hochant la tête. Puis elle posa la question qui tue.

— Tu n'as aucun regret ?

Il réfléchit quelques secondes.

— Honnêtement, non. Parfois je me demande ce qu'aurait été ma vie si j'avais laissé Cassie me convaincre d'aller vivre à Paris, mais…

Il haussa les épaules et choqua son mug de café contre le sien. Il était temps de revenir aux préoccupations ordinaires.

— Je vais aller voir Haley et le bébé, cela te dit de m'accompagner ?

Oups. Ce n'était pas ce qu'il avait prévu de dire.

— Donne-moi dix minutes pour prendre une douche, répondit Izzy sans hésiter.

— Je te présenterai à tout le monde là-bas. Tu pourras aussi faire la connaissance de mes triplés favoris dont je t'ai déjà parlé.

— Ils t'ont touché au cœur, pas vrai ? dit-elle en se dirigeant vers l'escalier.

— Juste un peu.

Il aurait adoré fonder sa propre famille. Rien ne pourrait remplacer le fils qu'il avait perdu, mais n'était-il pas temps d'aller de l'avant ?

Il n'était sûr que d'une chose : il ne supporterait pas de souffrir de nouveau ainsi.

4.

— Bonjour, Haley, dit Izzy en arrivant dans la chambre où la jeune femme avait été transférée après l'accouchement. Comment vous sentez-vous aujourd'hui ?

— Ryan n'est-il pas le plus beau bébé du monde ? répondit Haley, les yeux brillants, en cajolant son fils. Je n'arrive pas à croire que je suis maman.

Elle ne tarderait pas à s'y habituer après quelques nuits sans sommeil et les couches à changer plusieurs fois par jour.

— Croyez-moi, vous l'êtes, assura Izzy. J'ai été témoin.

— Moi aussi, renchérit Raphaël en riant. Est-ce que je peux le tenir ? ajouta-t-il en tendant les bras.

Haley lui confia son bébé avec réticence.

— D'accord, mais juste une minute.

— Après, ce sera à moi, dit Izzy. Comment se passe l'allaitement ?

— Ce n'est pas facile. Je n'y arrive pas encore très bien, mais il paraît que c'est normal.

— Absolument. Vous allez vite vous y habituer. Il ne faut pas que cela vous stresse, cela ne ferait que compliquer les choses.

Raphaël semblait ravi de tenir le bébé contre lui. En le regardant, elle sentit quelque chose remuer au plus profond d'elle, comme si son horloge biologique venait soudain de s'éveiller.

Mais non, elle n'était pas prête. Pas tant que tout le reste ne serait pas réglé. En attendant, elle se contenterait de fondre devant les bébés des autres.

— C'est mon tour, dit-elle en tendant les bras à Ryan, que Rafe lui remit à contrecœur.

La minute passa très vite, et elle aussi eut du mal à le rendre à Haley qui l'attendait impatiemment.

— Viens voir les triplés, lui proposa Rafe quand ils eurent quitté la chambre.

Les trois berceaux étaient alignés l'un à côté de l'autre, et dedans, les trois petits garçons étaient bien réveillés, gesticulant et réagissant au moindre de leurs mouvements quand ils se penchèrent sur eux.

Il y avait de la chaleur dans les yeux de Raphaël, mais elle crut y voir aussi une ombre.

— Bonjour, Raphaël, lui dit la maman. Vous n'aviez pas besoin de venir me voir pendant votre jour de congé. Je sais que vous n'avez pas beaucoup de temps pour vous.

Elle tourna la tête vers Izzy.

— Votre compagne doit en avoir assez que vous soyez tout le temps pris par votre travail, ajouta-t-elle.

Raphaël se gratta la gorge.

— Tout va bien, Melody. De toute façon je devais venir voir une autre patiente. Voici Izzy Nicholson, qui est infirmière et sage-femme et qui va venir travailler à la maternité d'ici quelques jours.

Melody la salua, un peu confuse. Elle avait visiblement compris qu'elle n'était pas la compagne de Rafe, même s'il ne l'avait pas dit explicitement.

Raphaël salua l'homme à côté d'elle, qui regardait les bébés avec adoration.

— Izzy, voici Ollie, l'heureux papa.

— Bonjour, dit-elle. Vos petits garçons sont magnifiques. Regardez-les agiter leurs petits bras et leurs petites jambes. Vous allez avoir une vie très intense, une fois de retour chez vous !

— J'ai hâte, répondit Ollie avec un large sourire. Anthony est un peu plus lent à se développer, mais tous les trois sont en forme, nous avons beaucoup de chance. Plus tôt nous serons chez nous, mieux cela vaudra.

Melody semblait moins enthousiaste, elle jeta un coup d'œil inquiet à Raphaël.

— Je ne tiens pas à précipiter les choses. Et si je ne m'en sortais pas ? ajouta-t-elle. Je n'ai pas beaucoup d'expérience avec les bébés, et en avoir trois d'un seul coup est assez impressionnant. Mais je suis aussi très heureuse de les avoir, assura-t-elle. On a attendu si longtemps…

Ollie déposa un baiser sur le front de sa femme.

— Tout va bien se passer, mon cœur. Avec la famille qui viendra nous aider et les visites quotidiennes de l'infirmière, tu ne tarderas pas à envoyer tout le monde promener pour pouvoir t'occuper seule de tes fils.

Raphaël approuva de la tête.

— Vous serez sûrement fatiguée et trouverez qu'il n'y a pas assez d'heures dans une journée, mais je vous promets que vous y arriverez. Toutes les mères qui ont un bébé pour la première fois, même un seul, ont les mêmes inquiétudes que vous.

— C'est ce que tout le monde me dit, soupira Melody. Mais si malgré tout je n'étais pas à la hauteur en tant que mère ?

— Arrête, dit doucement Ollie. On sera de très bons parents. N'oublie pas que nous sommes deux, nous y arriverons ensemble.

Il se tourna vers eux.

— J'ai transformé une des chambres en bureau pour pouvoir travailler à la maison pendant quelque temps. Les clients qui ont besoin de me voir peuvent aussi bien me retrouver là que dans les bureaux de la compagnie.

Il y avait toujours de l'inquiétude dans les yeux de Melody. Était-elle guettée par une dépression postnatale ? Mais Raphaël y avait sûrement pensé aussi.

— Je vais vous organiser un rendez-vous avec quelqu'un qui vous expliquera comment gérer la situation, promit-il. Essayez de ne pas vous inquiéter pour tout et profitez de votre séjour ici pour vous préparer à être maman chez vous. Appréciez les moments avec vos bébés, ils vont grandir si vite que vous ne verrez pas le temps passer.

Ollie prit un petit garçon — Shaun, d'après l'écriteau sur son berceau — et le tendit à sa mère.

— À toi de jouer, maman.

Melody se détendit immédiatement quand il posa son fils sur sa poitrine, et elle se mit à lui frotter doucement le dos.

— Vous vous débrouillez comme une pro, approuva Izzy. Voyez comme il a l'air heureux, blotti contre vous.

Le papa souleva Anthony et le berça dans ses bras pendant qu'elle se penchait sur le troisième berceau.

— Bonjour, Morgan. Que tu es mignon…

Le bébé cligna des yeux et agita une main.

Il était si innocent, si confiant. À quoi ressemblerait sa vie — toutes leurs vies ? Est-ce qu'ils veilleraient tous les trois les uns sur les autres, ou seraient-ils en compétition ?

Si elle-même avait eu une sœur jumelle, sa vie aurait été différente. Elle n'aurait pas vagabondé d'un pays à l'autre, elle en était certaine. Il y aurait toujours eu quelqu'un pour elle, qui aurait compris ses aspirations, partagé les bons moments comme les mauvais, et l'aurait aimée de façon inconditionnelle.

Pourtant, tous les jumeaux ne s'entendent pas. De toute façon, ça ne servait à rien de revenir sur ce qui ne pouvait pas être changé. À présent, elle était adulte et vivait sa vie sans se plier aux exigences de ses parents. Et puis, elle avait Raphaël depuis qu'elle était adolescente. Il était toujours là, comme un frère.

Comme un frère ? Les sentiments qu'elle éprouvait pour lui depuis son retour n'avaient pas grand-chose à voir avec ceux d'une sœur…

Raphaël était en train de parler à Melody.

— L'infirmière m'a dit que votre cicatrice de césarienne était un peu infectée.

— Comment est-ce possible alors que je prends des antibiotiques ? dit Melody qui semblait au bord des larmes. Ce n'est pas juste !

— J'aimerais y jeter un coup d'œil. Nous allons essayer un autre médicament. Izzy, tu peux m'apporter des compresses ?

demanda-t-il en découvrant l'inflammation. Elles sont sur le chariot dans le couloir.

— Bien sûr.

Elle poussa le chariot dans la chambre et enfila une paire de gants avant de lui tendre les compresses ainsi que la Bétadine.

— Merci.

Il nettoya la zone de la cicatrice et y appliqua le liquide antiseptique.

— Voilà, cela devrait aller mieux. Je vais rédiger une ordonnance pour les infirmières, qu'elles veillent à ce que ce soit fait régulièrement.

Une fois sorti de la chambre, il se tourna vers Izzy.

— Je vais aller voir mes autres patientes. Je peux te laisser un moment ?

En réalité, elle aurait été ravie de faire un petit somme.

— Si tu ne me trouves pas à ton retour, c'est que je me serai endormie dans un coin.

Il lui jeta un regard inquiet.

— Est-ce que ça va ? Cela ne te ressemble pas de souffrir du décalage horaire.

— Je reconnais que c'est nouveau. Mais ça commence à faire longtemps que je manque de sommeil.

C'était surtout depuis qu'elle avait enfin admis qu'elle avait choisi de faire sa vie avec Darren principalement parce qu'il lui avait promis la sécurité. Quand elle avait trouvé son mari au lit avec une autre femme, elle s'était demandé pourquoi elle l'avait épousé, et elle n'avait pas aimé la réponse. À présent, c'était de l'histoire ancienne, mais comment faire de nouveau confiance à un homme, comment lui donner son cœur ?

Avant de la laisser, Raphaël lui présenta Annabel et Mary, deux infirmières occupées à rentrer des données sur leur ordinateur dans l'espace de travail. Celles-ci la couvrirent d'un regard interrogateur. Visiblement, elles s'interrogeaient sur ses rapports avec Rafe.

— J'ai vu votre nom sur le planning de la semaine, bienvenue à vous, lui dit poliment Annabel. Raphaël, il faudrait que vous passiez voir Mme Baxter. Je vous accompagne.

À l'évidence, au moins une des deux infirmières avait un faible pour le plus beau médecin du service.

Izzy resta avec Mary, qui lui proposa un café.

— Avec plaisir.

Cela l'aiderait peut-être à rester éveillée.

Mary lui tendit un mug et posa le pot de café près d'elle. Elle lui expliqua le fonctionnement du service — qui n'était guère différent de ce qu'Izzy connaissait — puis s'appuya contre le plan de travail et parut l'étudier du regard.

— Tu as déjà travaillé à Londres, n'est-ce pas ? Je connais Esther, il paraît que vous vous entendiez bien. Et tu sembles proche de Raphaël… ?

— Nous sommes de vieux amis. Je viens juste d'arriver en Angleterre, nous ne nous étions pas vus depuis longtemps.

Elle n'en dirait pas plus.

— Où as-tu occupé ton dernier poste ? demanda Mary, toujours curieuse.

— En Nouvelle-Zélande, à Wellington. Auparavant, j'avais été bénévole au Cambodge.

D'accord pour entrer dans les détails de sa vie professionnelle, du moment qu'elle évitait les questions sur sa vie privée. L'important, c'était qu'elle soit là.

— Comment se passent les rapports entre collègues, ici ? interrogea-t-elle. Est-ce que vous sortez boire un verre ensemble en fin de semaine ?

— Certains d'entre nous le font. Cela t'intéresse ?

— Tout à fait. C'est le meilleur moyen de connaître les autres.

Elle sentait ses yeux se fermer et avait la tête lourde de sommeil. Se raidissant sur sa chaise, elle fit un effort pour se ressaisir. Où était Raphaël ? Elle trouvait qu'il était bien long.

Un téléphone sonna, et Mary répondit.

— Et voilà, soupira-t-elle, ce moment de calme était trop beau pour durer.

Izzy regarda autour d'elle. Tout semblait fonctionner normalement, elle ne voyait rien qui lui paraisse inhabituel. Cela ne devrait pas être trop dur pour elle de s'adapter et de s'entendre avec tout le monde.

Elle étouffa un bâillement, luttant pour garder les yeux ouverts…

Une main ferme la secoua doucement.

— On se réveille, Belle au bois dormant ! Le café ne devait pas être assez fort. Allons-nous-en d'ici avant que tu donnes une fausse image de toi, ajouta Raphaël avec un clin d'œil.

Il y avait plus de monde dans le service, à présent. Le samedi après-midi était le moment des visites des familles et des amis.

— Est-ce que quelqu'un ici sait que j'habite chez toi ? demanda-t-elle pendant qu'ils attendaient l'ascenseur pour regagner le parking.

— Je n'en ai parlé à personne excepté à Jacki, l'infirmière en chef du service. D'ailleurs, ça ne regarde personne. Ce n'est pas un secret, mais je ne voudrais pas que l'on dise que tu es favorisée. Si on allait faire quelque chose d'intéressant ? proposa-t-il en montant dans l'ascenseur avec elle.

— Comme quoi ?

— En ce qui te concerne, cela veut dire aller dormir.

— Mais si je dors pendant la journée, je ne dormirai pas cette nuit…

— Le problème, c'est que, avec ce raisonnement, tu rates les occasions de récupérer quand elles se présentent. Et de toute façon, tu ne dors pas la nuit.

Elle fit la grimace.

— C'est vrai. Je pourrais peut-être faire un petit somme. Et ensuite, on irait se balader le long du fleuve ? Un peu d'exercice me ferait du bien.

— Veux-tu que l'on discute de la raison de cette fatigue ? proposa-t-il pendant qu'ils roulaient en direction de Richmond.

— Pas vraiment.

Cela ne changerait rien. En même temps, il était la seule personne à qui elle se confiait habituellement.

— C'est à cause de Darren, pas vrai ?

Il suffisait de cracher le morceau, de se libérer de ce poids. Qu'est-ce que Raphaël dirait qu'elle ne se soit pas déjà dit ?

— J'ai été complètement aveugle. Je me suis leurrée

sur moi-même, avoua-t-elle enfin. Notre rupture n'était pas seulement la faute de Darren.

— Dans les cas de ce genre, il y a souvent deux versions contradictoires, observa doucement Rafe.

Exactement. Et elle n'était pas à l'aise pour parler de sa contribution à cet échec.

— Je ne l'aimais pas autant que je l'aurais dû, lâcha-t-elle.

Raphaël fronça les sourcils.

— Dans ce cas, pourquoi l'avoir épousé ?

Elle n'aurait pas dû lui en parler, mais maintenant qu'elle avait commencé, autant aller jusqu'au bout.

— Parce que je croyais que je l'aimais. J'ai *voulu* le croire, jusqu'à ce que tout commence à se dégrader.

En fait, c'était bien avant ça. Elle était restée dans le déni aussi longtemps qu'elle avait pu.

Raphaël eut l'air intrigué.

— Mais alors, la douleur n'a pas dû être si forte que ça ?

— Si, mais pour d'autres raisons : lorsque j'en ai pris conscience, ce qui m'a fait mal, c'est que, quelque part, je l'aie trompé aussi…

Elle prit une profonde inspiration.

— Darren m'avait promis un foyer et une famille, il m'avait assuré que l'on vivrait dans la même ville pour le restant de nos jours. Je désirais cela tellement que c'est tout ce qui a compté pour moi. Je voulais vivre la vie que mes parents m'avaient refusée. Et le pire, c'est que je ne suis même pas certaine d'avoir compris la leçon. Et si je refaisais la même erreur ? Si je manquais encore de discernement et que je retombais amoureuse pour me rendre compte ensuite que j'aurais commis une autre erreur ?

Ils s'étaient arrêtés à un feu rouge. Les doigts de Raphaël pianotèrent sur le volant.

— Nous faisons tous des erreurs, Izzy.

— Je me suis trompée de rêve pendant presque toute ma vie, dit-elle amèrement. C'est pourquoi je voudrais agir seule maintenant et me créer mon propre chez-moi. Je n'ai pas envie de faire souffrir quelqu'un d'autre.

— Je te trouve dure avec toi-même.

— C'est vrai, Darren avait des aventures et passait plus de temps avec ses copains qu'avec moi, mais si je l'avais aimé autant que je le prétendais, il n'aurait pas eu besoin de le faire.

Quoique, d'après ce que lui avait dit la compagne d'un de ses amis, il était plutôt coureur, et elle n'était pas la première femme qu'il avait trompée — juste la première épouse.

— Il aurait pu en discuter avec toi au lieu d'enfouir sa tête dans le sable, objecta Raphaël.

— Comme Cassie et toi ? répliqua-t-elle promptement.

Elle regretta aussitôt ces paroles. Son histoire n'avait rien à voir avec celle de Raphaël.

— Je n'aurais pas dû dire ça…

— Non, tu n'aurais pas dû.

Un silence s'installa dans la voiture.

Elle regarda distraitement le paysage défiler et sentit de nouveau un sentiment de soulagement monter en elle.

Oui, elle avait bien fait de quitter la Nouvelle-Zélande et de tirer un trait sur son mariage. Il ne lui restait plus qu'à espérer que ce problème de confiance se règle de lui-même, afin qu'elle puisse envisager un jour une nouvelle relation.

— Alors, qu'est-ce que tu pensais faire cet après-midi ?

Raphaël prit une profonde inspiration et soupira.

Après ce qu'il avait vécu avec Cassie, il pouvait comprendre la crainte d'Izzy de répéter son erreur. Lui aussi était réticent à recommencer. Il avait tout donné à Cassie : son amour, sa vie, sa confiance. Le seul refus qu'il lui avait opposé, c'était d'aller vivre à Paris parce qu'il avait trouvé à Londres le poste dont il avait besoin pour mener la carrière qu'il souhaitait. Ce refus s'était retourné contre lui et lui avait révélé l'inconstance de Cassie.

Alors, non, il n'était pas prêt à s'engager avec quelqu'un d'autre, et certainement pas avec la femme assise à côté de lui.

— J'ai pensé qu'on pourrait se balader à vélo le long de la rivière.

— Quoi ?

Izzy lui jeta un coup d'œil horrifié.

— Moi ? À vélo ? Tu dois te tromper de personne.

Pour le coup, elle en oublia de mordiller sa lèvre, qui était toute gonflée.

Un baiser pourrait peut-être la soulager ?

Réprimant un juron, il se hâta de penser à autre chose.

— Un des médecins vendait le vélo de sa femme la semaine dernière. Je l'ai acheté pour toi.

— J'espère que tu as les genouillères, le casque et le gilet rembourré qui vont avec ?

— Mais bien sûr. Tu as oublié les bottes cerclées de fer…

Il fut content d'avoir réussi à la faire sourire — tout en n'oubliant pas sa dernière remarque sur Cassie.

Même si c'était la vérité, ce n'était pas l'habitude d'Izzy de l'attaquer sur ses points faibles.

Il ne lui avait jamais raconté toute l'histoire. Il ne lui avait pas parlé du bébé, dont il n'avait appris la brève existence que quand il avait retrouvé Cassie, deux ans plus tôt. Il avait été choqué de constater que la mort de leur enfant n'avait pas beaucoup affecté celle-ci : elle cherchait alors à devenir actrice, et un bébé aurait été un frein pour sa carrière. Il avait appris ensuite qu'elle n'avait joué que quelques rôles insignifiants et qu'elle travaillait dans un bar miteux de la banlieue de Los Angeles, peinant à joindre les deux bouts.

C'était la dernière fois qu'il l'avait vue, et il avait enfin ouvert les yeux : tous deux n'avaient rien en commun. Il s'était demandé comment il avait pu l'aimer autant. On dit que l'amour est aveugle, et il l'avait appris à ses dépens. Il n'avait pas envie de perdre de nouveau sa lucidité en retombant amoureux.

Un jour, il trouverait le courage de raconter à Izzy la fin de cette histoire, mais pas aujourd'hui. Il détesterait voir de la pitié dans ses yeux.

— Franchement, Rafe… Je ne suis pas montée sur une bicyclette depuis l'adolescence.

— Ce qui veut dire que tes jambes et ton dos seront douloureux ensuite…

L'espace d'une seconde, il imagina le bas de son dos

ondulant sur la selle dans un short moulant, et son corps s'enflamma.

— Tu as raison, dit-il à la hâte, je ferais mieux d'y aller seul, et je rentrerai plus tôt. En attendant, on va s'arrêter quelque part pour déjeuner pendant qu'il en est encore temps.

— C'est toi qui m'invites, lança-t-elle avec un sourire de défi. Cela t'apprendra à me faire des frayeurs.

— C'était bien mon intention, mon amie.

Sauf qu'une amie n'était pas censée lui procurer de telles sensations dans le ventre quand elle lui souriait.

La situation était en train de lui échapper. Il avait besoin d'espace, ce qui n'allait pas être facile à trouver alors qu'ils partageaient sa maison et travaillaient dans le même service.

— Et si nous instaurions une semaine française ? proposa-t-il.

Izzy savait exactement ce qu'il voulait dire, car ce n'était pas la première fois qu'ils avaient des conversations dans sa langue natale.

— Partout où nous allons sauf à l'hôpital, précisa-t-il.

Elle s'exécuta aussitôt.

— Je ne veux pas faire de vélo, articula-t-elle avec une adorable pointe d'accent suisse.

Il se mit à rire.

— Tu verras, tu te rappelleras tout de suite comment appuyer sur les pédales.

— Est-ce que tu nous fais à dîner ce soir ? demanda-t-elle, visiblement pour changer de sujet. J'aimerais un coq au vin.

— Demande-le-moi en français, et il se pourrait que tu obtiennes satisfaction.

Il avait l'intention de l'emmener à Avignon rendre visite à sa grand-mère dans les prochaines semaines. Et, bien sûr, cela n'avait rien à voir avec les sentiments qu'il se refusait à admettre.

5.

Izzy venait de passer plusieurs heures à apprendre où se trouvaient les escaliers de secours et les extincteurs et leur fonctionnement, ainsi que les règles de sécurité impliquant le personnel. Il était près de 2 heures de l'après-midi, et elle mourait de faim, quand Raphaël s'assit sur le siège en face d'elle à la cafétéria de l'hôpital, un mug de café dans une main et un sandwich œuf-mayonnaise dans l'autre.

— Qu'est-ce que tu fais ici ?

— Un cours d'initiation.

À 8 heures du matin, elle avait reçu un appel de l'infirmière en chef de la maternité lui demandant de participer à l'exercice auquel devaient se plier tous les nouveaux employés.

— Bon sang ! s'exclama Rafe. Désolé, j'étais censé t'en parler.

Il la regarda avec attention.

— Tu as l'air beaucoup plus éveillé qu'à ton arrivée, constata-t-il. On dirait que tu as récupéré de ta fatigue.

— Comment ça s'est passé en chirurgie ?

Il était parti le matin avant 6 heures, car il avait quatre opérations sur sa liste dont une qui pouvait révéler des complications, et il voulait s'y préparer.

Son regard s'assombrit.

— Comme je le craignais pour la femme dont je t'ai parlé, le cancer a gagné l'utérus, et nous avons trouvé une autre grosseur. Après avoir fait ce que je pouvais, j'ai dû appeler David Stokes, un des chirurgiens généralistes, pour qu'il prenne le relais. Il y a des gens qui ne sont pas gâtés, ajouta-t-il en secouant la tête.

Sa frustration était palpable. Cela n'avait pas l'air bon pour cette patiente.

— Tu as fait ton possible, commenta-t-elle, en lui serrant brièvement la main avant de s'empresser de la relâcher.

Ce n'était pas un geste qu'elle avait normalement envers Raphaël.

— Je sais, dit-il. C'est du domaine de l'oncologie, à présent. Elle n'a que quarante et un ans…

Elle voyait à la tension entre ses épaules combien il était affecté. Elle aurait tant voulu pouvoir alléger son fardeau.

Une des raisons pour lesquelles elle préférait travailler à la maternité plutôt que de soigner les patients de spécialistes comme Raphaël, c'était que, ordinairement, elle n'avait pas à affronter des cas aussi graves.

— Si tu ne finis pas trop tard ce soir, tu serais d'accord pour sortir dîner ? proposa-t-elle.

Elle croisa discrètement les doigts, sachant qu'un médecin avait peu de contrôle sur son emploi du temps.

— Si je termine vers 18 heures, on pourrait aller dans un des bars que tout le monde fréquente, au bord de la Tamise, répondit-il. Ça va te plaire.

Youpi ! La perspective de cette journée devenait très excitante… Sauf qu'elle ne devait pas oublier qu'il était son ami. Il ne s'agissait pas d'un rendez-vous galant, ni pour lui ni pour elle.

Pourtant, quand elle était avec Raphaël, elle se détendait d'une manière qu'elle n'avait pas connue depuis longtemps — deux ans, en réalité. Parce qu'ils étaient des amis proches ? Ou y avait-il une autre raison pour qu'elle éprouve cette profonde sensation d'être à sa place chaque fois qu'elle était avec lui ? Elle avait de plus en plus la sensation d'être rentrée chez elle, d'avoir trouvé sa voie…

Si seulement elle parvenait à démêler ses sentiments !

Elle s'efforça de se calmer en ralentissant sa respiration.

— Super, dit-elle. En t'attendant j'essaierai de revoir Carly. Cette semaine, elle travaille la journée.

— Ah, il faut que je te dise : on va probablement t'appeler pour te demander si ça ne t'ennuie pas de commencer demain au lieu de mercredi, car trois membres du personnel sont absents, et nous avons une grosse charge de travail. Mais ne te sens pas obligée d'accepter. Je sais que tu es encore fatiguée et que tu fais des siestes comme un gros bébé.

Raphaël lui sourit, et elle sentit un frisson la parcourir.

C'était carrément étrange. Il n'aurait pas dû déclencher en elle de telles réactions, mais elle n'y pouvait rien. Depuis quand les sourires de Raphaël la perturbaient-ils ainsi ? Leur relation était en train de changer. Pourvu que ce soit dans le bon sens !

— Pas de problème, affirma-t-elle. Ce serait même bien que j'aie quelque chose à faire. J'aurai le week-end pour rattraper mon retard de sommeil.

— As-tu commencé à chercher un appartement ? demanda Raphaël.

Il ne souriait plus. En fait, il avait probablement hâte de la voir partir.

Elle se raidit, refusant de se laisser gagner par la déception.

— C'est que je n'ai pas eu beaucoup de temps à moi. Je ne pensais pas que tu étais si pressé, répondit-elle d'un ton neutre.

— Ce n'est pas du tout le cas, assura-t-il en la regardant droit dans les yeux. Je me suis dit que tu étais peut-être impatiente de commencer à t'installer.

Une fois de plus, elle avait réagi trop vite et tiré la mauvaise conclusion.

— Je ne vais pas tarder à m'y mettre. Il faut que je trouve un endroit qui ne soit pas trop loin de l'hôpital tout en n'étant pas isolé, si possible proche du centre-ville. J'aime beaucoup ton quartier, mais le prix des loyers doit être exorbitant. Et puis, tu n'apprécierais sans doute pas que je sois trop près et que je risque de guetter tes moindres faits et gestes, ajouta-t-elle sur le ton de la plaisanterie.

— C'est faux, Izzy. Je suis absolument ravi que tu habites dans ma maison, et que tu travailles dans mon service. Cela faisait trop longtemps que nous n'avions pas passé du temps ensemble.

Quelque chose dans son discours sonnait faux, mais elle n'aurait pas su dire quoi.

— Je suis d'accord avec toi. Cela fait du bien de pouvoir de nouveau bavarder tous les deux.

La seule idée de ne plus avoir Rafe près d'elle ne lui semblait pas envisageable. Comme si la dernière pièce du puzzle avait trouvé sa place et qu'ils étaient faits pour être ensemble...

Elle et lui ensemble ? Comme un couple ? Allons donc. C'était ce qu'elle évitait d'admettre depuis son retour à Londres.

Raphaël se leva et ramassa son assiette et son mug.

— Je t'enverrai un texto ce soir dès que j'aurai terminé, lui dit-il en souriant, une lueur de joie dans ses yeux bleus. Tu veux que je débarrasse ton assiette, ou as-tu l'intention de finir cette tarte ?

Elle secoua la tête et poussa l'assiette vers lui.

Elle se sentait déphasée, et il ne l'aidait pas en la regardant comme s'il attendait autre chose. Elle devait essayer de comprendre pourquoi elle se sentait ainsi quand il était dans les parages.

Parce que c'était quelqu'un de fiable et de gentil et qu'elle ne s'attendait pas à de mauvaises surprises avec lui ?

Hum. En tout cas, si elle devait retomber amoureuse, ce serait pour de bonnes raisons. Son histoire avec Darren était bel et bien terminée. D'ailleurs celui-ci n'était ni aussi sexy que Raphaël, ni aussi gentil et désintéressé — ni aussi beau...

Elle se leva et se dirigea vers la sortie. Elle avait soudain besoin de prendre l'air.

Raphaël la rattrapa à la sortie de la cafétéria.

— Où vas-tu ?

— J'ai prévu de me présenter au reste de l'équipe de la maternité, répondit-elle en se rapprochant de l'ascenseur.

— Izzy...

Elle se tourna lentement vers lui.

— Oui ?

— Ça va bien se passer pour toi, dit-il avec un sourire hésitant.

Puis il s'éloigna à grands pas.

Elle s'appuya quelques secondes contre le mur.

Qu'était-il arrivé à leurs échanges si ouverts et naturels ? Auparavant elle ne s'était jamais sentie embarrassée avec lui. Or, elle ignorait à cet instant ce qu'il avait dans la tête ou ce qu'il voulait, et cela s'était produit plusieurs fois ces deux derniers jours.

Son téléphone sonna au moment où elle atteignait le poste des infirmières près de la salle de maternité.

— C'est Jacki Johnson, Isabella. J'appelle pour vous demander un service.

Elle regarda autour d'elle et vit une femme en train de parler au téléphone à environ quatre mètres d'elle.

— Jacki ? appela-t-elle. Je suis Isabella.

L'infirmière en chef pivota sur son siège et lui sourit.

— Oh. C'est ce que l'on appelle de la synchronicité.

— Vous pouvez m'appeler Izzy. J'ai pensé que je pourrais faire un saut pour me présenter.

— J'étais en train de vous appeler pour vous demander si cela vous ennuierait de commencer plus tôt que prévu, c'est-à-dire demain. On est à court de personnel, et ça risque de devenir la pagaille ici.

Grâce à Raphaël, elle avait déjà préparé sa réponse.

— Pas de problème, quelle que soit l'équipe que vous avez besoin de compléter.

Jacki poussa un profond soupir.

— Merci… Raphaël m'avait dit que vous seriez probablement d'accord, mais j'étais quand même inquiète. La situation est un peu tendue en ce moment.

— Voulez-vous que je reste aussi cet après-midi ?

— Merci, mais pour aujourd'hui on va se débrouiller. Je sais que vous n'êtes à Londres que depuis deux jours. Profitez de votre après-midi pour vous détendre, vous serez suffisamment occupée demain.

Sentant que sa tête commençait à s'alourdir, elle acquiesça.

— Jacki ? appela une infirmière d'un ton angoissé. On a besoin de toi pour un prématuré.

— Merci encore, Izzy, dit Jacki en s'éloignant.

Pendant qu'elle attendait l'ascenseur, Izzy envoya un texto à Carly.

D'accord pour un café quand tu auras fini ?

Comme Carly travaillait, elle n'attendait pas de réponse immédiate. Elle se dirigea vers l'entrée principale pour respirer un peu d'air frais.

Bavarder avec Carly et l'entendre parler de son amour pour l'homme qu'elle allait épouser l'aiderait sans doute à remettre les choses à leur place dans sa tête. Elle pourrait de nouveau voir Raphaël comme elle l'avait toujours vu, c'est-à-dire le meilleur ami qu'elle avait jamais eu et qu'elle venait de retrouver. Celui qui lui avait dit autrefois qu'ils pourraient toujours compter l'un sur l'autre pour n'importe quoi.

Ding. Un texto arriva sur son téléphone.

15 h 30 au café à gauche de l'hôpital. Carly.

Bon, il lui restait une petite heure à tuer. Elle allait marcher le long de la Tamise et digérer un peu tout ça.

Elle devait cesser de s'inquiéter à propos de tout. Et si c'était elle qui se faisait des idées et que rien n'ait changé entre elle et Raphaël ?

Mais si ! Elle était différente. Elle avait dû prendre une importante décision pour venir ici, et elle l'avait fait en une seconde, quand Raphaël lui avait proposé cette offre de travail.

Raphaël. Tout la ramenait à lui.

Le soleil n'était pas très fort, mais cela n'avait pas d'importance. L'air était plus frais que dans l'atmosphère surchauffée de l'hôpital. Le ciel d'un bleu pâle était parsemé de nuages cotonneux, et des bateaux de toutes tailles et de toutes formes se croisaient sur la Tamise. De nombreux touristes se pressaient déjà dans les allées et sur les ponts, caméra au poing, et faisaient des selfies en poussant des exclamations excitées.

Elle était à Londres !

Elle se rappela la première fois qu'elle était venue ici : elle avait ressenti exactement la même chose.

Elle sourit toute seule à ce souvenir et se détendit, entraînée par le flot de touristes. Pour la première fois depuis qu'elle avait atterri à Heathrow, elle ne se sentait pas somnolente et n'avait plus de nœuds à l'estomac.

Ayant un peu perdu la notion du temps, elle dut se dépêcher pour ne pas arriver en retard au café.

— Izzy, par ici !

Carly lui faisait signe depuis une table au fond de la salle.

Elles tombèrent dans les bras l'une de l'autre en riant.

— Cela faisait longtemps, dit Carly.

— Vous toutes m'avez tellement manqué…

Carly se rassit sur sa chaise, la main sur son ventre.

— On a plein de choses à se dire, mais commence par te prendre un café.

Elles auraient pu fêter leurs retrouvailles avec une bouteille de vin, mais ça n'aurait pas été recommandé avec le futur bébé.

Lorsque Izzy revint avec un mug plein et une bouteille d'eau, Carly était en train d'envoyer un texto. Celle-ci releva la tête, le visage radieux.

— C'est Adem.

— Regarde-toi, tu rayonnes de bonheur ! Je suis si heureuse pour toi, dit Izzy. Parle-moi d'Adem. Je veux tout savoir sur lui.

— Oh ! Izzy, soupira Carly, il est tout ce que j'ai toujours voulu, et même davantage.

Elles bavardèrent longuement, échangeant des nouvelles ponctuées d'éclats de rire.

Pendant que son amie lui parlait de l'homme de sa vie et du bébé qu'ils avaient conçu, Izzy se sentit envahie d'un mélange de joie pour Carly et de mélancolie pour elle.

De son côté, elle passa rapidement sur son épisode avec Darren. Il y avait des choses que son amie n'avait pas besoin de connaître. Elle avait fini par en parler à Raphaël parce qu'il s'était montré trop perspicace et qu'elle n'avait pas voulu que cela demeure comme une gêne entre eux. Mais Carly n'avait pas besoin de savoir à quel point elle avait été stupide.

— À présent, j'espère que tu es prête à faire de la place à un autre homme dans ta vie ? dit celle-ci. Un médecin sexy, peut-être ?

Izzy lui rendit son sourire.

Raphaël était on ne peut plus sexy. Et médecin… Mais ça, c'était ce que les autres femmes disaient de lui. Pas elle !

— Je suis prête à l'envisager, mais je ne suis pas pressée, répondit-elle posément.

Elle avait envie de tomber vraiment amoureuse, et cette fois de quelqu'un qui ne papillonnerait pas. Raphaël, lui, n'aurait jamais fait ça.

Elle reposa un peu trop brusquement son mug sur la table.

Mais qu'est-ce qui n'allait pas chez elle ? Impossible d'incriminer encore le décalage horaire. C'était *elle* le problème.

— C'est fantastique que tu habites chez Raphaël, dit Carly. Il est célibataire, tu t'entends super bien avec lui… Je me demande si quelque chose ne serait pas en train de se passer ?

— Carly, arrête ! Nous sommes amis. On s'entend bien pour parler, s'amuser et faire des activités ensemble, mais il n'est pas question entre nous de sexe ni même de flirt. Et encore moins de fonder un foyer et d'avoir des enfants.

Qui essayait-elle de convaincre ?

Son amie se mit à rire.

— Vraiment ? Il est très sexy, et vous vous connaissez si bien. Sérieusement, qu'y a-t-il de mauvais dans cette idée ?

Izzy sentit ses doigts trembler, et sa tête se mit à tourner.

Tout !

Rien, en fait.

— Je suppose que tu fais ce que font tous les gens qui viennent de tomber amoureux, en tentant d'inciter leurs amis à vivre la même expérience.

— Exact, dit Carly. Et Raphaël est parfait pour toi. Les conditions aussi sont idéales : tu vis dans sa maison, vous passez beaucoup de temps ensemble… Peux-tu honnêtement prétendre que tu ne vois pas à quel point il est séduisant ?

— Non, je n'ai pas remarqué, marmonna-t-elle.

Hum. Ça, c'était vrai… avant. Tout à l'heure, à la cafétéria, elle avait admiré la façon dont ses épaules remplissaient parfaitement sa veste, elle ne pouvait pas le nier. Elle avait intérêt à contacter rapidement une agence de location.

Mais comment trouverait-elle le temps d'aller prospecter alors qu'elle commençait un nouveau travail demain et qu'elle devait voir une couturière pour faire retoucher sa robe de demoiselle d'honneur ?

— S'il te plaît, concentre-toi sur Adem et laisse-moi me charger de ma vie.

En guise de réponse, son amie se contenta de rire.

Oh non ! Et Raphaël qui venait au mariage ! Après cette conversation, Carly risquait de garder un œil sur eux pour surveiller ce qu'il se passait entre eux.

Décidément, ça devenait trop compliqué. Elle était plus tendue que jamais, et avec des aberrations plein la tête.

Au moment où Izzy s'assit au pub à côté de Raphaël après avoir quitté Carly, toute velléité de déménager s'évanouit. Pourquoi se précipiter dans un vieil appartement quelconque juste pour mettre de l'espace entre eux, alors qu'ils s'entendaient si bien ? Excepté qu'ils n'étaient plus aussi à l'aise l'un avec l'autre en ce moment.

Bon, elle prendrait le temps de contacter des agences. Entre-temps, en vivant comme des colocataires au quotidien, ils finiraient par se disputer à propos de la vaisselle sale restée dans l'évier ou de la bouteille de lait qui n'a pas été remise au frigo, et la situation redeviendrait normale.

À moins que ce ne soit le contraire.

— Tiens, tu as l'air d'avoir besoin de ça, lui dit Raphaël en lui tendant un verre de vin.

Le liquide frais la calma un peu.

— J'ai entendu dire que tu as accepté de commencer demain, ajouta-t-il.

— Jacki m'a parlé brièvement cet après-midi, elle semblait un peu débordée. Elle a dû me laisser pour un prématuré.

Il poussa un soupir.

— Joseph Raphaël Gleeson… Le bébé est maintenant aux soins intensifs pédiatriques, relié à toutes sortes de moniteurs. Il est arrivé précipitamment, douze semaines trop tôt. Il tenait dans le creux de ma main quand je l'ai transféré dans la couveuse. Je ne m'y habituerai jamais, ajouta-t-il en secouant la tête. Si tout se passe bien pour lui, un jour il deviendra adulte, travaillera, jouera et aura peut-être lui-même des enfants.

Elle posa sa main sur la sienne et la serra doucement.

— Ils lui ont donné ton prénom, dit-elle, les yeux humides. Cela a dû te faire tout drôle.

— En effet. Et Joseph, le grand-père, a aussi été ému, répondit-il, glissant ses doigts entre les siens.

Oups.

À contrecœur, elle retira doucement ses doigts.

— Combien de Raphaël y a-t-il dans le coin à cause de toi ? plaisanta-t-elle d'un ton un peu forcé.

Ils s'étaient tenu brièvement la main, ce que n'étaient pas censés faire des amis.

— Pas tant que ça, Dieu merci. Imagine, si on m'avait donné un prénom vraiment horrible. Plus tard, à l'école, on n'arrêterait pas de se moquer d'eux.

Elle rit franchement, de nouveau prise d'une envie de s'amuser de tout.

Le bonheur n'est pas particulièrement drôle, pourtant elle aurait juré qu'elle se sentait très heureuse — plus qu'elle ne l'avait été depuis une éternité. Carly aurait-elle raison ?

Elle y réfléchirait plus tard, une fois au lit. Seule.

Raphaël semblait absorbé dans la contemplation de son verre — ce qui lui arrivait souvent depuis quelque temps.

— Ce week-end, je participe à une conférence à Cardiff, dit-il. Je ne serai pas là pour t'emmener faire du shopping.

— Je n'ai pas besoin de toi pour ça ! Je sais très bien où aller. Et j'espère pouvoir visiter un ou deux appartements samedi matin. La femme que j'avais contactée depuis Wellington m'a appelée pour me dire qu'elle a des logements qui peuvent m'intéresser.

Rafe avait-il l'air déçu, ou se trompait-elle ?

— C'est plutôt rapide, observa-t-il.

— Je n'ai pas envie de t'encombrer trop longtemps,

sinon tu finirais par regretter de m'avoir offert cet emploi, et j'en ai besoin !

— S'il te plaît, ne prends pas une décision trop rapide que tu risquerais de regretter plus tard.

— Je t'en parlerai tout de suite si je trouve quelque chose qui me plaît, promis.

— Bonne idée.

— Jacki m'a envoyé un texto pour me demander de remplacer quelqu'un la nuit de samedi, et j'ai dit oui.

— Il n'y a rien qui t'en empêche, pas vrai ?

Raphaël finit son verre.

— Si on commandait ? Je voudrais réviser des notes en rentrant.

— Pour la conférence ?

Il hocha la tête.

— Dimanche matin, avec l'homme qui est encore mon mentor, je vais parler de deux cas de ménopause précoce que nous avons eus cette année. Je ne vois pas bien pourquoi il a voulu que je sois là, étant donné que tout ce qui va sortir de ma bouche vient de lui.

— Je n'ai pas non plus envie de rentrer tard. Je commence demain matin, n'oublie pas. On partage une pizza ? suggéra-t-elle.

Raphaël retira ses gants en vinyle et les jeta dans la poubelle de la salle d'opération.

Il avait passé la nuit à tourner et virer en pensant à Izzy et à leur relation, et les mêmes pensées revenaient l'assaillir à présent qu'il n'était plus exclusivement concentré sur son travail.

C'était lui qui avait souhaité qu'elle vienne à Londres et qu'elle travaille avec lui. Il avait obtenu ce qu'il voulait, non ?

À 6 h 10, ils avaient pris le même train pour l'hôpital. Izzy s'était levée tôt et avait été prête bien avant lui, semblant même plus concentrée qu'il ne l'était. Mais il avait trouvé dans la cuisine les preuves habituelles qu'elle n'avait pas passé la nuit sans y descendre. Était-elle seulement allée se coucher ?

Jacki l'appela sur son téléphone de travail.

— Pouvez-vous passer voir Milly Frost dès que possible ?

Il n'avait plus l'excuse de la chirurgie pour éviter Izzy.

— Izzy a remarqué que le rythme cardiaque fœtal était perturbé, expliqua l'infirmière en chef avant qu'il entre dans la chambre de Milly. J'ai vérifié, et je suis d'accord.

Jacki avait dû observer attentivement tout ce qu'Izzy avait fait aujourd'hui. C'était toujours une contrainte de prendre un nouvel employé, même chaudement recommandé.

— Je vais écouter aussi, dit-il. Trois personnes valent mieux qu'une.

Accrochant un sourire sur son visage, il s'approcha du lit et salua Milly et Aaron, les parents.

— Le travail se déroule bien, mais on va vérifier que le bébé n'a pas de problème. Je vais écouter son cœur et regarder sur l'écran ce qu'il se passe.

Si Izzy et Jacki ne s'étaient pas trompées — et c'étaient deux personnes compétentes — il n'allait pas tarder à se retrouver au bloc avec Milly, ce qui faisait une opération de plus à ajouter à son planning. Rien d'inhabituel là-dedans, si ce n'est qu'il rentrerait plus tard chez lui. Et, pour la première fois depuis des années, il le regrettait.

Il croyait vouloir prendre un peu de distance par rapport à Izzy, mais la vérité, c'était qu'il n'avait aucune idée de ce qu'il voulait.

— Est-ce qu'Evie va bien ? demanda Milly, l'air angoissé.

— Je vais d'abord vous examiner avant de vous répondre, répondit-il calmement.

De l'autre côté du lit, Izzy souleva le drap et la chemise de Milly. Celle-ci eut une contraction et se balança vers l'avant, le visage crispé de douleur, en s'accrochant à la main de son mari. Izzy lui frotta le dos en attendant que le spasme se dissipe.

Raphaël attendait aussi, les yeux fixés sur le moniteur du rythme cardiaque fœtal.

Heureusement, le cœur du bébé ne ralentit pas davantage pendant la contraction, mais il était trop lent.

Il l'ausculta ensuite avec son stéthoscope.

— Est-ce que le bébé bouge autant que d'habitude ?

— Pas depuis quelques heures, répondit Milly avant de se mettre à pleurer. Je n'ai rien dit, je pensais qu'il se reposait. C'est ma faute…

— Ce n'est la faute de personne, assura-t-il.

Y avait-il eu des signes qu'il aurait dû remarquer plus tôt, avant que le travail commence ? Non. Chercher un responsable n'apporterait rien.

— Je vois qu'Izzy a noté que son rythme cardiaque a ralenti très récemment.

Il se redressa pour annoncer à Milly et Aaron la nouvelle qu'ils n'avaient pas envie d'entendre.

— Je vais devoir pratiquer une césarienne. Le bébé est en souffrance, et il faut le sortir de cet état.

— Est-ce que notre fille est en danger ? demanda Milly d'une voix aiguë.

L'explication n'était jamais facile à donner à une future maman.

— La chirurgie est l'option la plus sûre. Il y a un risque que du méconium se trouve dans le liquide amniotique, et je ne veux pas que le bébé l'avale, il faut donc opérer d'urgence. Izzy va vous préparer pour le bloc opératoire pendant que je vais organiser l'équipe d'urgence et me changer.

Il fit une pause, s'attendant à une foule de questions, mais les parents, sonnés, avaient joint leurs mains et se regardaient fixement en silence.

— Izzy, pouvez-vous rester avec Milly et Aaron jusqu'à ce qu'ils aillent au bloc ? demanda-t-il.

Puis il s'éloigna avec son téléphone, déjà en communication avec l'infirmière responsable du bloc opératoire.

— Ma prochaine procédure a changé, dit-il. Il y a une césarienne urgente pour sauver un bébé à terme.

Il gagna le vestiaire et commença à se préparer, se remémorant chaque étape de la procédure qu'il avait exécutée un nombre incalculable de fois. La fille de Milly et Aaron devait avoir toutes ses chances.

Il mit au monde Evie Frost quelques minutes après l'arrivée de Milly au bloc. Il écouta sa respiration à la recherche d'anomalies, puis il sourit à la mère.

— Tout va bien. Il n'y a pas de méconium dans ses poumons. Le rythme cardiaque d'Evie est normal à présent, annonça-t-il, soulagé.

Lorsqu'une infirmière présenta le bébé à Milly, il sentit une fois de plus sa gorge se nouer.

Devenir parents, surtout pour la première fois, ce devait être quelque chose de merveilleux, de spécial. Il n'y avait pas de mots pour décrire l'étonnement et l'émerveillement que reflètent les visages d'un père et d'une mère quand ils découvrent leur enfant. Aaron en était baba, et son regard plein d'amour restait fixé sur sa femme et sa fille.

Raphaël se retira discrètement.

Il avait une fois de plus contribué à ce que cette scène se passe bien pour le bébé et ses parents, et il n'en serait jamais las, mais la colère le remplit de nouveau quand il pensa à son propre bébé.

De quoi avait-il eu l'air ? À qui avait-il ressemblé ? Était-il blond ou brun, petit ou grand ? Cassie avait refusé de lui en dire quoi que ce soit, arguant qu'il était préférable qu'il ne sache rien.

Préférable pour qui ?

Elle n'avait jamais répondu à cette question.

Il sortit respirer un peu d'air frais, puis il retourna au bloc opératoire et s'absorba dans le travail.

Lorsque Raphaël passa voir Milly après sa dernière opération de la journée, Izzy était présente.

— Evie est si mignonne, soupira-t-elle. Mais il est vrai que je dis ça de tous les bébés.

Elle avait veillé sur la maman et l'enfant tout l'après-midi.

Il sortit avec elle de la petite chambre.

— As-tu déjà pensé à avoir ta propre progéniture ? lui demanda-t-il dans le couloir, surpris par sa propre question.

C'était quelque chose dont Izzy et lui n'avaient jamais parlé. Probablement parce que cela n'avait pas été d'actualité avant son mariage avec Darren, et qu'il n'avait pas voulu l'entendre dire oui ensuite. Quant à lui, il avait toujours voulu avoir des enfants.

Izzy parut hésiter.

— J'ai toujours pensé que j'aurais des enfants un jour, et que cela viendrait une fois que je serais mariée. À présent, je ne pense pas faire de projet dans ce sens de sitôt. Tout le monde pense qu'il est normal de tomber enceinte quand on en a envie, mais pour avoir travaillé dans ce métier je sais à quel point c'est faux.

— À propos, n'étais-tu pas censée finir ton service il y a une heure ?

Il avait terminé la chirurgie. Il avait encore des patientes à voir, mais il se sentait soudain épuisé. Cela lui arrivait souvent après une journée chargée au bloc et dans la salle — surtout après une nuit blanche. La confusion qu'il ressentait par rapport à Izzy n'arrangeait rien.

— Tu pourrais prendre des plats italiens sur le chemin du retour ? demanda-t-il. J'en ai encore pour environ une heure.

— Entendu. On se retrouve à la maison.

« La maison ».

Il réprima un soupir.

Si tu savais, Izzy.

Il porta la main à son portefeuille, mais elle secoua la tête en souriant.

— C'est moi qui invite.

Inutile de discuter, il savait qu'il ne gagnerait pas.

— D'accord. À tout à l'heure, dit-il.

Plus vite il verrait ses patientes, plus tôt il serait « à la maison ». Il n'avait jamais prêté une telle attention à ce mot, et c'était un peu effrayant. Cependant, le besoin de se fixer grandissait chaque fois qu'il passait du temps avec Izzy.

Elle n'était pas la seule à vouloir trouver une place spéciale dans la vie. Ne serait-ce pas merveilleux si lui et elle pouvaient obtenir ce qu'ils voulaient ensemble ?

Stop. Elle avait été blessée une fois. Il ne pouvait pas lui faire courir encore le même risque.

Son rôle en tant qu'ami était de veiller sur elle, et donc de maintenir certaines barrières entre eux.

6.

— Dieu merci, on est vendredi, s'exclama Izzy en claquant derrière elle la porte d'entrée de la maison.

Elle s'immobilisa quelques secondes dans le hall pour décompresser.

— Tu n'as même pas fait une semaine complète, objecta Raphaël depuis la cuisine. J'attendais que tu rentres pour prendre un verre avec toi.

— Bonne idée.

Elle y avait droit, après les journées intenses qu'elle avait passées à la maternité.

— Le dîner est bientôt prêt.

Le verre de vin rouge de Raphaël pour accompagner le dîner était devenu un rituel. Une autre habitude qu'il tenait de sa famille d'Avignon.

Elle s'arrêta sur le seuil de la cuisine et l'observa en train de remuer une sauce dans une casserole.

Il avait l'air détendu, et cela lui allait bien.

— Ça sent divinement bon, comme toujours.

— Bœuf à la bordelaise, annonça-t-il.

— Hum. Mais je croyais que tu devais aller à Cardiff cet après-midi et que c'était pour cette raison que tu avais pris ta demi-journée ?

Il se raidit quelque peu.

— Il n'y a pas d'urgence. La conférence officielle ne commence pas avant 9 heures demain. Je partirai à la première heure. Ce n'est pas grave si je suis un peu en retard.

Une vague de chaleur l'envahit. Elle ne serait pas seule cette nuit, après tout.

— Super. Je vais me changer.

Ce verre de vin lui ferait du bien.

Elle avait passé une heure avec Carly à discuter de mariage et d'amour. En fait, elle avait surtout écouté, s'efforçant d'ignorer la mélancolie qui la gagnait à la pensée que pour elle, un mariage ne serait pas envisageable de sitôt. Ce qui ne l'empêchait pas d'être très heureuse pour son amie.

Elle hésita avant de monter l'escalier.

Il faudrait vraiment que cette couleur disparaisse des murs.

— Izzy, qu'est-ce qu'il t'arrive ? demanda Raphaël qui passait dans le couloir.

— Ce rouge magenta est vraiment trop laid, dit-elle. Il est sombre, inquiétant, et le hall s'en trouve rétréci.

Il haussa les épaules.

— Comme tu le sais, je ne dispose pas de quarante-huit heures par jour.

Elle pourrait lui filer un coup de main jusqu'à ce qu'elle emménage dans son appartement.

— Quand tu auras servi le vin, tu pourras sortir le nuancier de couleurs dont tu m'as parlé ? demanda-t-elle tout en montant.

— *Yes*, madame.

Ils n'avaient pas respecté la semaine française, mais ils passaient souvent d'une langue à l'autre au cours de la conversation.

Elle fit une pause pour regarder Raphaël en bas.

— J'ai plus de temps libre que toi, et j'aimerais bien refaire la déco. Tu vas être épaté par mes talents.

— Oh non… Ne me dis pas que tu vas peindre mon couloir ?

— Pourquoi pas ? Ce ne serait pas la première fois que je manierais le pinceau.

Et puis, se rendre utile l'aiderait peut-être à mieux dormir la nuit. Elle craindrait moins d'être une gêne pour Raphaël.

— Quelque part, tu dois être bien content que je me charge

du problème, non ? ajouta-t-elle avec un petit sourire. Alors trouve-moi le nuancier.

Raphaël secoua la tête d'un air faussement désespéré et regagna la cuisine.

Lorsqu'elle revint après avoir pris sa douche, le nuancier était sur la table. Elle le parcourut aussitôt et trouva plusieurs couleurs intéressantes dont certaines avaient déjà été cochées.

Raphaël resta à côté d'elle, semblant se prendre au jeu, puis il lui tendit son verre de vin.

— Alors, comment te sens-tu au bout de ta première semaine à la maternité ? questionna-t-il. Contente de nous avoir rejoints ?

S'appuyant contre le comptoir, il étendit ses jambes interminables devant lui.

Il avait toujours eu les mêmes jambes. Pourquoi étaient-elles différentes ce soir ? se demanda-t-elle en avalant deux gorgées de vin coup sur coup.

Quelle était la question ? *Ah oui.*

— J'ai adoré. Cette fois, je crois que j'ai vraiment fait le bon choix.

Elle se percha sur la chaise à côté de lui, le nuancier toujours à la main, et nota les couleurs retenues tout en caressant Doggy qui avait sauté sur le comptoir.

Elle s'était attachée à la petite chatte qui le lui rendait bien, l'aidant à se sentir de plus en plus à l'aise. Elle venait partager son lit pendant la nuit et aimait se blottir sur ses genoux quand elle descendait boire un verre d'eau.

Mieux valait se concentrer sur le nuancier plutôt que sur ces longues cuisses moulées dans un jean noir.

— C'est toi qui avais sélectionné ces couleurs ? demanda-t-elle.

— Figure-toi que pendant les premiers mois de mon installation, je suis allé dans un magasin de peinture. La vendeuse m'a donné des conseils, et j'ai fait quelques achats. Elle m'a indiqué des couleurs claires qui plairaient au plus grand nombre d'acheteurs si je voulais revendre un jour.

— Tu pensais déjà à déménager ? s'inquiéta-t-elle.

Elle-même commençait à peine à s'habituer à voir Raphaël

ici, et elle avait espéré qu'ils vivraient dans le même quartier. Certes, elle n'ignorait pas qu'il finirait par retourner à Avignon, ce qui était sans doute le mieux pour lui. Mais si vite ?

Son cœur se serra. Ne voulait-elle pas qu'il soit heureux ? Elle inspira profondément.

Si. Elle le désirait plus que tout. Plus que son propre bonheur. Elle avala une gorgée de vin.

— On ne peut rien garantir pour toujours, mais je resterai ici au moins dans un futur proche, assura-t-il en sirotant son vin.

— Heureuse de l'entendre, dit-elle, soulagée.

— Qu'est-ce que tu recherches comme appartement ?

— Un deux-pièces situé près de la gare, des boutiques et des commerces alimentaires. Même une seule pièce me suffirait.

— Rien que de très ordinaire.

— L'ordinaire me convient très bien, à présent.

— Tant que tu ne t'ennuies pas…

— Je n'ai pas l'intention de repartir encore. Cette fois, je suis déterminée à habiter là en permanence.

Raphaël retourna tourner sa sauce.

— Si tu sens que ça ne fonctionne pas, s'il te plaît, dis-le-moi.

— Pourquoi ? s'étonna-t-elle.

Il prit une petite gorgée de son merlot.

— Cela me plaît que tu sois de retour à Londres.

Et alors ? Elle aussi, elle aimait être ici.

Retenant son souffle, elle attendit la suite.

— Je suis dans cette maison depuis deux ans, et jusqu'à présent je n'ai fait qu'entrer et sortir sans vraiment la remarquer. C'est un abri avec quatre murs, confortable mais pas très agréable. Bref, c'est une maison, pas un foyer.

Qu'est-ce que ça avait à voir avec elle ?

— Depuis que tu es arrivée, je me sens différemment ici. Cela ressemble plus au foyer que j'avais l'intention de créer. Maintenant, j'ai envie de rentrer à la fin de la journée — pas seulement pour me doucher, étudier et dormir après avoir dîné quelque part.

Il se tut.

Que pouvait-elle répondre à cela ? se demanda-t-elle, la bouche sèche.

Rien ne lui venait à l'esprit. Certes, ils s'entendaient bien tous les deux, mais jusqu'à quel point ? Étaient-ils en train de devenir plus que des amis, alors qu'il n'y avait jamais eu d'attirance entre eux dans le passé ? Pouvait-on brusquement désirer quelqu'un physiquement après avoir passé une bonne partie de sa vie sans remarquer cet aspect-là chez l'autre ?

— Je suis contente que tu finisses par apprécier ton chez-toi.

C'était stupide. Mais elle ne pouvait pas lui dire tout ce qui lui passait par la tête. Elle était ici depuis très peu de temps et n'était pas fiable sur le plan relationnel, alors que Raphaël était vulnérable depuis Cassie.

— Je t'ai surprise, on dirait.

— Un peu.

Elle aurait été soulagée de lui dire ce qu'elle ressentait, mais cela n'aurait fait que compliquer les choses. Mieux valait se taire.

Elle se remit à parcourir le nuancier, s'efforçant de ne pas s'imaginer en train d'embrasser Raphaël qui le lui rendrait bien.

Le lendemain à 5 heures du matin, un quart d'heure avant la sonnerie du réveil, Raphaël sortit du lit et passa sous la douche, puis il inspecta son visage dans le miroir tout en se rasant.

Toute la nuit, il s'était imaginé ce que pourrait être la vie dans cette maison si Izzy ne trouvait pas d'appartement et qu'elle s'installait chez lui — dans sa propre chambre à coucher.

Le rasoir dérapa, et il poussa un juron en tamponnant la goutte de sang avec un coton.

Concentre-toi, mec.

Jusqu'à maintenant, seule Cassie l'avait chamboulé à ce point. Mais avec Izzy, c'était différent, ce n'était pas un emballement soudain. Il avançait lentement, avec précaution, en évaluant les nombreux problèmes à résoudre.

Cette étrange sensation qu'Izzy faisait naître en lui se

manifestait chaque fois qu'il n'était pas entièrement absorbé par son travail. Une chose était certaine : il ne pouvait pas continuer à ignorer ses sentiments pour elle.

Mais il ne pouvait rien faire tant qu'il ne serait pas de retour de Cardiff. Il ne se voyait pas lui apporter un mug de café dans sa chambre en lui disant : « Au fait, je crois que j'aimerais bien passer le reste de ma vie avec toi, mais je ne peux pas en parler maintenant. On se voit demain soir ? »

Tout ce qu'il savait, c'est que si Izzy se moquait de lui, il en mourrait intérieurement.

Quand il fut prêt, il descendit dans la cuisine en costume et cravate avec son sac de voyage et trouva Izzy assise à la table ronde, un mug dans une main et Doggy sur les genoux se frottant contre son autre main.

— Salut, dit-elle. Le café est prêt.

— Bonjour…

Cette fois il n'avait rien senti. Trop distrait.

— Cette chatte ferait n'importe quoi pour attirer l'attention, marmonna-t-il.

Il évita de loucher sur le haut sans manches d'Izzy, d'autant plus qu'elle ne portait visiblement pas de soutien-gorge dessous. Un haut de pyjama ?

— J'en déduis que tu n'as encore pas dormi ? dit-il. Tu devrais peut-être arrêter de boire du café.

— Je t'ai devancé sur ce coup-là, répondit-elle en levant son mug. C'est du thé.

Il remarqua alors le nuancier qui était de nouveau étalé devant elle.

— On dirait que tu étais sérieuse en parlant de redécorer.

Elle parut inquiète.

— Cela t'ennuie ?

Il secoua la tête.

— Pas du tout. J'aurais dû me douter que tu te chargerais de mon bazar.

Elle l'avait toujours fait. Sauf que, cette fois, il s'agissait d'un gros boulot.

Izzy se détendit, et Doggy obtint une autre caresse.

Heureuse chatte.

— Rassure-toi, tu reconnaîtras la maison à ton retour demain soir. J'ai beaucoup d'autres choses à faire aujourd'hui.

— Le ciel en soit remercié… Il faut que j'y aille, dit-il après avoir bu son café.

Izzy sirotait son thé et sa langue se glissa entre ses lèvres, éveillant une sensation aiguë dans son ventre.

Finalement, ce n'était pas plus mal qu'il doive partir.

Raphaël se leva avec son collègue Jeremy pour recevoir les applaudissements chaleureux du public à la fin de leur conférence, mais il savait qu'il ne resterait pas pour les ateliers de l'après-midi.

— Je vais m'en aller, annonça-t-il à Jeremy.

— Cela ne me surprend pas, dit celui-ci. De toute façon, à part durant ton exposé, tu as été à des kilomètres d'ici dans ta tête depuis que tu es arrivé.

Il acquiesça.

Izzy lui manquait. Depuis qu'il avait quitté Richmond la veille, il luttait contre l'envie de lui envoyer un texto pour savoir ce qu'elle faisait. Il avait juste envie d'être avec elle.

— À quoi penses-tu, si ce n'est pas indiscret ? lui demanda Jeremy alors qu'ils quittaient la scène.

Il ne parlait jamais d'Izzy à personne, mais il ne voulait pas mentir à son vieil ami.

— Cela n'a rien à voir avec le travail. Mon amie Izzy habite chez moi depuis quelques jours.

— Et tu voudrais passer plus de temps avec elle ? Pourquoi ne me l'as-tu pas dit ? Ooh. Je soupçonne quelque chose, ajouta Jeremy en haussant les sourcils. Cette Izzy, je l'ai vue à la maternité. C'est une sage-femme compétente et une très jolie personne. Tu la connais depuis longtemps ?

— Oui. J'étais encore un ado inexpérimenté.

— Et maintenant, tu n'es plus inexpérimenté. Et tu n'as pas envie que vous restiez juste amis.

Il avait tout compris.

Jeremy le saisit par le bras.

— Tu ne vas rien manquer si tu n'es pas là le reste de

la journée, assura-t-il. Il est temps pour toi de faire passer un peu ta vie privée avant ta carrière. Tu as besoin d'une vie équilibrée, Raphaël. Avec quelqu'un qui est là quand tu rentres chez toi le soir.

— Je sais…

Pourtant, c'était nouveau. L'idée avait commencé à faire son chemin le jour où il était allé chercher Izzy à l'aéroport. Sauf que, en vérité, deux ans plus tôt, il avait déjà compris ce qu'il voulait quand elle s'était mariée. Mais il avait enfoui son désir au fond de lui et s'était focalisé sur son travail.

— Merci, Jeremy. J'y vais.

Il n'allait pas pour autant ouvrir son cœur une fois rentré. Certainement pas. Il avait encore beaucoup de chemin à faire avant même d'admettre son amour.

À son arrivée, la maison était fermée à clé.

Il appela une fois dans le hall, mais le silence lui répondit. L'aspirateur était posé contre le mur, encore branché, comme si Izzy avait été interrompue et prévoyait de revenir terminer ce qu'elle avait commencé.

Elle ne l'attendait certainement pas si tôt. Naturellement elle avait dû sortir faire ce qu'elle avait à faire, au lieu de compter les heures en l'attendant. Pourquoi l'aurait-elle fait ?

L'impatience qui l'avait saisi sur le trajet du retour avait maintenant complètement disparu, et il se sentait comme un idiot.

Et s'il lui envoyait un texto ? Il pourrait la rejoindre pour prendre un verre ou faire du shopping ensemble. Il savait que la veille elle était allée visiter des appartements. Cela voulait dire qu'elle serait peut-être bientôt partie et qu'il pourrait reprendre sa vie tranquille — dont il ne voulait plus.

Poussant un soupir, il se rendit au Queen Victoria pour voir comment se portaient ses patientes.

— Je vais vous apporter un autre gobelet, ce n'est pas un problème, dit Izzy à Brooke.

Sa patiente était stressée pour un rien à mesure que les contractions devenaient plus fortes et plus proches.

— Vous êtes d'un calme, c'en est énervant, grommela Brooke entre ses dents.

Izzy rit doucement.

— Vous n'êtes pas la première à vous en plaindre.

— Attendez d'avoir un bébé, et on verra si vous êtes toujours aussi zen. À moins que vous n'ayez déjà des enfants ?

— Pas encore.

« Pas encore » ? Comme s'il existait une possibilité dans un futur proche ?

Une fois de plus l'image de Raphaël s'imposa à elle — comme pendant tout le week-end. Pas étonnant qu'elle ait accepté tout de suite de venir remplacer cet après-midi une infirmière malade.

Raphaël et elle avec des bébés, tous ensemble…

Même s'ils s'étaient encore rapprochés — et elle se demandait où cela allait les mener —, il y avait toujours un certain flottement dans l'air entre eux. Son rêve de bébés avec Darren avait été brisé, et elle ne voulait pas se retrouver de nouveau vulnérable.

— Il faudrait d'abord que je trouve un homme, répondit-elle à Brooke.

Mais d'abord, il fallait qu'elle trouve ce gobelet.

Elle se dirigea vers le distributeur d'eau et son stock de gobelets en carton et jeta un coup d'œil à sa montre.

Encore un peu moins d'une heure.

Elle venait de vivre quelques heures très intenses, les bébés arrivant de tous les côtés.

Raphaël était resté muet. Pas de texto pour lui demander ce qu'elle faisait ou lui dire comment se passait la conférence. Il avait sûrement fini son exposé depuis des heures, et il était peut-être en route. Qu'est-ce qu'il voudrait pour le dîner ?

Après avoir donné à Brooke son verre d'eau et vérifié que son bébé allait bien, elle alla voir Caitlin Simons qui avait accouché une heure plus tôt. La porte était ouverte, et elle jeta un coup d'œil dans la chambre pour vérifier qu'elle ne dérangeait pas.

Elle s'immobilisa, réprimant une exclamation.

Assis sur une petite chaise, Raphaël tenait tendrement

dans ses bras bébé Simons, enveloppé dans une couverture blanche. Mais dans son regard, il y avait autre chose que de la joie et du soulagement… On aurait dit de la douleur.

Ce n'était pas possible, il n'y avait aucune raison !

Soudain, sa gorge se noua.

Rafe ferait un merveilleux père. Il y avait en lui quelque chose de si tendre qu'elle en était profondément touchée. Darren n'aurait jamais pu être ainsi.

Elle contempla cet homme séduisant tenant un minuscule bébé et sentit son cœur fondre.

Raphaël, cet homme qu'elle connaissait depuis si longtemps, voilà qu'elle en était tombée amoureuse.

Comment avait-elle pu croire qu'elle aimait Darren ? Raphaël était l'exact opposé de son ex. Le sentiment qu'elle s'efforçait de nier depuis son arrivée à Londres était si différent… Elle avait l'impression que son cœur débordait.

Mais elle n'était pas stable, et elle ne voulait pas risquer de le faire souffrir.

Elle ferma les yeux et compta jusqu'à dix avant de les rouvrir, remplis de larmes.

Elle et Raphaël étaient de grands amis. Comment seraient-ils en tant qu'amoureux ? Il méritait une femme qui soit à ses côtés dans toutes les circonstances, et elle ne pouvait pas garantir que c'était elle, quels que soient les efforts qu'elle ferait pour s'installer ici.

Elle s'essuya les joues, le cœur broyé dans sa poitrine.

Comment allait-elle retourner dans la maison de Raphaël ce soir et faire comme si rien n'avait changé ? Il fallait qu'elle parte.

Au moment où elle faisait demi-tour, elle entendit la voix de Raphaël.

— Hé, Izzy, viens dire bonjour à Fleur.

Elle se figea. Lentement, elle entra dans la chambre et, levant les yeux sur lui, elle regarda l'homme avec qui elle voulait passer sa vie lui tendre le précieux petit être.

Elle contempla le visage rose de la petite fille qu'elle avait mise au monde un peu plus tôt et qui avait maintenant les yeux grands ouverts.

— Hello, Fleur.

Elle ne put plus dire un mot, craignant de se laisser submerger par l'émotion.

— Izzy ?

— Izzy, Brooke te demande, appela Claudia depuis la porte. Je crois qu'il n'y en a plus pour longtemps.

— J'arrive.

Elle reposa doucement Fleur dans son berceau et se tourna vers Caitlin.

— Elle est magnifique, félicitations. Désirez-vous quelque chose ?

— Ma maman. Elle est allée prendre un café, et j'ai besoin d'elle.

Caitlin était une mère seule. Le père avait décampé quand il avait su qu'elle était enceinte.

— Pas de problème. Je vais passer à la cafétéria tout de suite.

— C'est moi qui irai voir Mme Johnson, Izzy, intervint Raphaël.

Elle qui voulait en profiter pour mettre un peu d'espace entre eux… Que pouvait-elle dire ? Les médecins passaient avant les sages-femmes.

— Depuis quand es-tu de service ? demanda-t-il en la rejoignant à la porte.

— J'ai commencé à l'heure du déjeuner, et j'aurai bientôt terminé. Tu es revenu tôt de Cardiff… Et je ne m'attendais pas à te retrouver ici avec un nouveau-né dans les bras.

Raphaël lui jeta un regard intense.

— Au cas où tu l'aurais oublié, je veux avoir un jour des enfants avec une femme que j'aime.

Cette conversation n'était probablement pas terminée.

— Je t'attends. Je te ramènerai en voiture quand tu auras fini, ajouta-t-il.

— Ce n'est pas nécessaire.

— Peut-être, mais j'attendrai quand même.

7.

— Raphaël, est-ce que vous pouvez passer voir Janice Crowe ? demanda Jacki au moment où il quittait la chambre de sa patiente. Le bébé se présente par le siège.

Aucune chance de pouvoir avaler un café.

— Quelle chambre ?

— Numéro 3. Janice a dix-huit ans, elle n'a pas assisté aux cours d'accouchement ni vu un médecin depuis trois mois.

Donc elle devait être terrifiée et en vouloir à tout le monde.

Il soupira.

Les naissances étaient toujours plus difficiles pour les jeunes femmes sans soutien familial.

— Que disent les tests sanguins ?

— Il y a une carence en fer. On attend les résultats du groupe sanguin et des fonctions hépatiques.

Il haussa un sourcil.

— De la drogue ?

Jacki hocha la tête.

— Sa peau et ses yeux sont un peu jaunes.

Dans la chambre, il retrouva Izzy qui tentait de calmer la jeune femme désemparée.

— Janice, respirez profondément. C'est bien. Continuez comme ça, cela va aider le bébé.

En le voyant arriver, elle lui jeta un coup d'œil soulagé.

— Voici le Dr Dubois, l'obstétricien. Il vient vous aider.

— Bonjour, Janice. Appelez-moi Raphaël, dit-il pour la mettre à l'aise.

Il avait son dossier à la main, mais il ne l'ouvrit pas,

préférant garder le contact visuel avec sa patiente qui mordait nerveusement sa lèvre inférieure.

— Vous voulez bien que je vous examine ?

Ce serait un problème si elle refusait, car il n'y avait pas de femme médecin de service aujourd'hui.

— Ou bien vous préférez que ce soit Izzy qui le fasse ? Mais j'aimerais bien voir moi-même ce qu'il se passe.

— OK.

— Parfait.

Enfilant des gants, il attendit qu'Izzy ait fait allonger Janice avec les jambes pliées et les pieds écartés.

— Maintenant je vais remonter le drap jusqu'à la taille, dit Izzy. Au moins, la chambre est bien chaude.

Elle savait s'y prendre pour rassurer leur patiente.

— Vous avez une autre contraction ?

Aussitôt elle lui prit la main jusqu'à ce qu'elle passe.

— Respirez toujours profondément. Oui, comme ça.

Les larmes coulèrent sur les joues de Janice.

— Ça fait si mal…

— Le calmant ne va pas tarder à agir. Détendez-vous. Je sais, ce n'est pas facile, ajouta-t-elle en souriant. Mais, croyez-moi, si vous arrivez à vous détendre un peu l'analgésique sera plus efficace. Maintenant, Raphaël va voir où en est le bébé.

Il se positionna au pied du lit.

— Vous savez si vous allez avoir un garçon ou une fille, Janice ?

En la faisant parler, il pourrait l'examiner plus facilement.

— Non. Quand j'ai fait mon échographie, il était encore trop tôt. Mais je voudrais bien avoir un garçon.

— Pourquoi un garçon ? demanda Izzy, tout en restant près de lui pour lui passer ce dont il pourrait avoir besoin.

Janice haussa les épaules.

— Ils semblent plus faciles.

— Vous croyez ? Ma mère ne serait pas d'accord avec vous.

Il se mit à rire tout en palpant le bébé.

Celui-ci était toujours mal positionné. Il ne se retournerait plus, et le cordon ombilical était coincé sous les fesses.

Il n'eut plus envie de rire.

Ils avaient un problème qu'il fallait résoudre d'urgence.

— Janice, votre bébé essaie de sortir par les pieds, et ça ne fonctionne pas. Il y a une complication parce que le cordon est aplati sous lui et il n'y a pas assez de sang qui circule.

— Est-ce que mon bébé va mourir ?

— Non, je vais pratiquer une césarienne d'urgence. C'est le mieux pour le bébé et pour vous. Cela ne prendra pas très longtemps, et vous n'aurez plus à attendre les contractions. Ensuite, ce sera douloureux pendant quelques jours, et on vous aidera avec le bébé. Mais on en parlera plus tard.

La jeune patiente hocha la tête en silence, et Izzy rabattit le drap sur elle.

— Vous êtes très courageuse.

— Est-ce que vous pouvez rester avec moi pendant qu'il sortira le bébé ?

Izzy jeta un coup d'œil interrogateur à Raphaël.

— Si Jacki est d'accord pour se passer de toi un moment, ça me va.

De toute façon il lui fallait une infirmière, alors pourquoi pas Izzy ? Il aimait travailler avec elle.

— Je vais préparer Janice, lui dit-elle avec un sourire qui le réchauffa de la tête aux pieds.

Tout se passa bien avec la césarienne. La petite fille était en pleine santé, et Janice oublia immédiatement qu'elle voulait un garçon quand le bébé fut posé sur elle.

De son côté, il sentit la tension quitter ses épaules en voyant qu'un nouveau bébé était venu au monde et qu'il allait bien. De nombreux obstacles attendaient Janice et sa fille, mais il avait fait sa part.

Lui et Izzy.

Il regarda celle-ci s'occuper de Janice, lui donnant à boire, lui essuyant le visage, gardant constamment un œil sur le bébé, puis montrant à Janice comment le tenir.

Oh oui, elle savait s'y prendre !

Il avait la bouche sèche et sentait son cœur résonner dans sa poitrine.

Qu'allait-il faire ?

Le mercredi, juste après minuit, Izzy appela Raphaël sur le téléphone de la salle.

— On a besoin de toi. Tania Newman montre des signes de septicémie puerpérale.

— Je mets le haut-parleur pour que tu me donnes les détails pendant que je m'habille.

— Le rythme cardiaque et la respiration sont rapides, la tension est basse, et la fièvre monte. Il y a unc heure le nombre de globules blancs était assez élevé mais sans indicateurs d'infection.

— A-t-elle des douleurs abdominales qui n'ont rien à voir avec l'infection ?

— Oui, et elle a commencé à vomir.

— Je pars maintenant. Demande encore une numérotation globulaire complète au labo et marque « urgent » dessus. Ça arrive toujours la nuit, pas vrai ?

Elle n'avait pas répondu qu'il avait déjà raccroché.

Elle retourna en hâte dans la chambre de Tania avec le kit de phlébotomie.

— Le Dr Dubois arrive. Il veut un autre test sanguin.

Katie, l'infirmière de service, était en train de réconforter Tania et son mari, Dominic.

— Tania, lui dit-elle. Je sais que vous n'aimez pas les aiguilles, mais ce test est très important.

— Faites ce que vous avez à faire, mais, je vous en supplie, sauvez mon bébé, geignit la patiente de trente-quatre ans.

— Que puis-je faire pour aider ? demanda Dominic, visiblement désemparé.

— Restez près de Tania pour la calmer.

C'était une lourde tâche, car celle-ci semblait morte d'inquiétude et de peur.

— J'ai regardé sur Internet ce qu'on disait sur la septicémie puerpérale, gémit Tania. Ce n'est pas bon, le bébé peut ne pas s'en sortir…

C'était exact, une infection à ce stade de la grossesse était préoccupante.

— Parfois, je souhaiterais qu'Internet n'ait jamais été inventé, marmonna Izzy tout en effectuant la prise de sang.

Je vais porter tout de suite l'échantillon au labo, en espérant que nous aurons les résultats quand le Dr Dubois arrivera.

— Ah ! cria Tania en s'agrippant aux mains de son mari, qui pâlit mais tint bon.

— Respirez profondément, dit Izzy en lui frottant constamment les reins jusqu'à ce que le spasme disparaisse.

— C'est si douloureux, haleta Tania. Et puis il y a cette infection… J'ai peur.

Elle posa la tête sur l'épaule de son mari, qui prit le relais pour la masser.

— Est-ce que je peux vérifier votre col ? demanda Izzy.

Elle préférait demander, car elle avait remarqué qu'une simple question pouvait donner à la patiente l'impression qu'elle avait un certain contrôle de la situation — alors qu'elle n'en avait aucun dans ce cas. Dès que Raphaël serait là, le rythme allait changer, et Tania n'aurait plus rien à dire. Si le diagnostic était confirmé, l'infection pourrait se répandre rapidement s'ils n'étaient pas vigilants. Des antibiotiques avaient déjà été administrés, mais Rafe pourrait augmenter le dosage.

— Je ne comprends pas d'où vient cette infection, interrogea Tania.

— En arrivant, vous avez dit que vos seins étaient douloureux, répondit Katie. Il est possible que vos mamelons aient été infectés. Le médecin de service vous a donné des antibiotiques, mais l'infection s'était peut-être déjà répandue.

— Que se passera-t-il si le bébé attrape cette infection ? demanda Tania d'un ton angoissé.

C'était tout le problème.

— Le Dr Dubois vous expliquera tout quand il arrivera.

— Bonjour, Tania, Dominic.

L'homme en question venait d'entrer dans la pièce, l'air très calme. Mais Izzy, qui le connaissait, nota son degré de tension à un coin de sa bouche qui se contractait.

— Tania, décrivez-moi la tension que vous ressentez dans le ventre.

À partir de cet instant, tout s'accéléra. Raphaël prit l'appel du labo donnant les résultats attendus et administra un autre antibiotique par intraveineuse. Tania commença à pousser avant même d'y être invitée, et en quelques minutes ce fut terminé.

Bébé Sophie fit brièvement connaissance avec ses parents avant d'être déposée sur un lit spécial et d'être nettoyée avec beaucoup de soin à cause de l'infection de sa maman.

— Je vais aussi donner un antibiotique à Sophie, annonça Raphaël aux parents inquiets. Nous ne savons pas encore si elle a attrapé l'infection, mais je préfère prendre mes précautions.

Il précisa qu'il se devait de les prévenir que la situation pourrait s'aggraver, puis il les rassura en disant que c'était peu probable.

— Elle va aller aux soins intensifs pédiatriques où elle sera sous moniteur en permanence.

Tania était en larmes.

— Je sais que vous faites ce qu'il faut, mais c'est si injuste ! Nous avons attendu notre bébé pendant des années, et je ne peux même pas tenir ma fille dans mes bras.

Dominic étreignit sa femme, pleurant avec elle.

— Chut, ma chérie. Tout va bien se passer.

Raphaël dit encore quelques paroles apaisantes au couple. Quand il eut fini, Izzy le regarda ainsi que Katie, et tous trois hochèrent la tête et quittèrent tranquillement la pièce en poussant le lit de Sophie devant eux.

Izzy soupira.

— Ce n'est jamais facile avec des parents angoissés.

— Le jour où tu trouveras cela facile, c'est qu'il sera temps pour toi de partir d'ici et de devenir décoratrice d'intérieur, lâcha Raphaël avec un petit rire. Et moi, j'apprendrai à jouer du banjo.

— Et moi, je me trouverai un homme riche et je prendrai ma retraite, ajouta Katie. Allez, Sophie, je t'emmène aux soins intensifs.

Elle s'éloigna dans le couloir avec son précieux chargement.

— C'est un bébé si vulnérable, murmura Izzy.

— Ils le sont tous, dit Raphaël. Je me demande toujours comment ils peuvent être à la fois aussi minuscules et fragiles et aussi forts.

Elle hocha la tête.

— C'est vrai. J'espère que tu auras le temps de rentrer avant qu'il soit l'heure pour toi de te lever pour venir travailler.

Elle-même en avait encore pour cinq heures avant de terminer à 7 heures du matin. Quand elle atteindrait la maison, Raphaël serait de retour à l'hôpital.

Ne serait-ce pas l'idéal s'ils se croisaient toujours ainsi ? Elle n'aurait pas besoin de se demander s'il fallait qu'elle lui dise la vérité — qu'elle lui avoue qu'elle voulait que leur relation aille plus loin, et en même temps qu'elle avait peur que cela ne les fasse souffrir tous les deux, surtout lui. Ni de lui expliquer qu'elle craignait de ne pas pouvoir lui apporter ce qu'il lui fallait après ce qu'il avait vécu avec Cassie, et pourtant qu'elle avait envie d'essayer.

Il haussa les épaules.

— Je ferai mon possible. Tu as prévu de faire quelque chose aujourd'hui, une fois que tu auras dormi ?

— Une deuxième visite de l'appartement que je vais louer.

En une seconde, Raphaël se rembrunit.

Elle aurait pensé qu'il serait heureux quand le jour de son départ viendrait. Apparemment, il n'y avait pas qu'elle qui ne savait pas ce qu'elle voulait.

Ce vendredi marquait la fin d'une semaine particulièrement riche en cas difficiles. Raphaël se sentait revivre à la perspective d'avoir un week-end de liberté.

Qu'allait-il en faire ? Passer du temps avec Izzy quand elle ne travaillerait pas ?

Il pourrait aller voir où elle avait l'intention de s'installer ou faire les boutiques. Elle avait commencé à acheter des ustensiles de cuisine, et le palier du deuxième étage était couvert de paquets et de petits cartons.

Chaque fois qu'il gagnait sa chambre, il avait le cœur lourd. Izzy était bel et bien en train d'équiper son propre logement, prête à aller de l'avant dans sa vie. Il n'avait plus qu'à trouver le courage de faire la même chose.

Il ouvrit la porte de sa maison, sentit des odeurs de peinture et s'arrêta en poussant une exclamation.

— Waouh !

Une clarté inhabituelle régnait dans le hall. Quelle différence ! Il aurait dû le faire depuis des lustres ! À l'époque il n'avait pas la motivation pour ça, mais Izzy avait tout changé.

Elle se tenait au pied de l'escalier, vêtue d'une salopette extra-large couverte de taches de peinture, un rouleau à la main, et elle l'accueillait avec un large sourire. Une traînée de peinture claire lui barrait la joue. Elle était plus jolie et sexy que jamais.

— Qu'est-ce que tu en penses ? demanda-t-elle.

J'en pense que j'ai envie de t'embrasser. De goûter à tes lèvres douces.

Il avait le sang en ébullition, c'était un vrai torrent qui coulait dans ses veines. Il avait attendu, il s'était montré patient, lui avait donné du temps. Maintenant, il allait devoir faire quelque chose et lui exposer ses sentiments pour elle.

Détournant les yeux, il contempla autour de lui, le sourire aux lèvres, les murs blancs agrémentés de quelques touches de gris.

— Stupéfiant. Qui aurait cru que se débarrasser de ce magenta pourrait faire une telle différence ! Ce hall paraît deux fois plus grand que quand je suis parti travailler ce matin.

— Je suis soulagée, dit-elle en replaçant le rouleau dans son bac.

— Tu craignais que ça ne me plaise pas ? Il n'y avait pas de raison, puisque c'était moi qui avais acheté la peinture il y a deux ans.

Il posa ses clés et son téléphone sur la première marche de l'escalier et s'approcha d'elle, plongeant dans ses beaux yeux marron.

Izzy leva la tête et accrocha son regard au sien.

— Je craignais d'être allée trop loin en prenant l'initiative de peindre sans t'en avoir parlé.

Elle n'avait jamais eu ce genre d'inquiétude auparavant, faisant toujours ce qui *lui* semblait juste. C'était la marque de leur amitié, l'avait toujours été et c'était une des raisons pour lesquelles il l'adorait. Quelque chose n'était plus centré, et il se sentait frustré de ne pas savoir quoi.

— Détends-toi. Je suis plus que ravi de ce que tu as fait. En réalité, je suis épaté. C'est… C'est renversant. Et cela m'encourage à faire de même avec le reste de la maison.

Elle écarquilla les yeux, et il vit la pointe de sa langue apparaître au coin de sa bouche.

— Eh bien…

N'y tenant plus, il posa les mains sur ses bras et l'attira à lui.

— Merci encore. Tu as commencé à faire de cette maison un foyer. Jusque-là, je ne m'étais pas rendu compte combien il est important, si je continue à habiter à Londres, de ne pas vivre uniquement pour travailler à l'hôpital.

Il la sentit trembler sous ses mains.

— Izzy…

— Rafe…

Ensuite, il ne sut pas très bien comment, sa bouche se posa enfin sur la sienne.

Izzy. À la fois forte et douce. Et elle lui rendait son baiser ! Quand elle glissa la langue dans la bouche de Raphaël, tout se figea autour d'eux tandis qu'il s'enflammait tout entier. Il la serra contre lui, sa poitrine contre son torse, ses cuisses contre son bas-ventre, sa bouche contre sa bouche.

C'était ce qu'il avait toujours attendu sans le savoir.

Izzy. Elle avait toujours été là dans son sang, dans son cœur, mais il avait fallu qu'elle épouse quelqu'un d'autre pour qu'il se réveille enfin.

Elle s'écarta de lui, cherchant son regard. Ses yeux étaient immenses, remplis de désir.

— Oh ! Rafe, murmura-t-elle.

— Izzy ? Est-ce que tu es d'accord avec ça ?

S'il te plaît, dis oui.

Elle hocha lentement la tête.

— J'ai envie qu'on soit plus que des amis, depuis déjà quelque temps, ajouta-t-il.

Elle acquiesça de nouveau, mais cette fois il vit une lueur d'inquiétude dans ses yeux.

Raphaël avait envie d'elle.

Izzy aurait voulu prendre le temps de digérer cette information extraordinaire, mais elle ne pouvait pas se résoudre à le lâcher.

Elle le désirait. Oui, elle l'admettait à présent. Mais il y avait toujours cette peur dans un coin de son cerveau : et si elle le décevait ? Si ça ne marchait pas ? Elle perdrait alors la personne la plus importante de sa vie.

— Tu n'es pas d'accord ? murmura-t-il. Tu préfères qu'on soit juste amis ?

Il attendait patiemment sa réponse, mais elle pouvait sentir ses muscles se contracter sous ses mains, voyait la tension dans sa mâchoire.

Amis ou amants ? Elle ne pouvait pas continuer à être neutre, elle devait cesser de jouer la prudence.

Glissant les bras autour du cou de Raphaël, elle regarda cet homme qu'elle avait toujours connu et qu'elle allait maintenant découvrir sous un autre aspect. D'un seul coup, il n'y eut plus de questions, plus d'hésitations, ni de besoin de devenir quelqu'un. Elle était qui elle était, et elle avait Raphaël.

— Si on montait ? murmura-t-elle.

Il la souleva aussitôt dans ses bras.

— J'ai cru que tu ne me le demanderais jamais !

Fourrageant dans son cou, elle sourit quand il resserra ses bras autour d'elle et la porta jusqu'à sa chambre.

Là, debout en face de lui, elle commença par défaire le premier bouton de sa chemise et se pencha pour embrasser l'endroit qu'elle avait révélé. Sous le bouton suivant, elle lécha sa peau, souriant quand il se mit à grogner. Au troisième bouton, les mains de Raphaël se posèrent sur les fesses d'Izzy, et il l'attira contre son membre dressé.

Elle avait envie de toucher chaque centimètre carré de sa peau. Oubliant les boutons, elle passa la chemise par la tête et la laissa tomber par terre. En quelques secondes, tous deux se retrouvèrent dans le plus simple appareil.

Il caressa doucement le bout de ses mamelons, et elle se mit à gémir, déjà trempée d'attente.

— Rafe, s'il te plaît, pria-t-elle. Je n'en peux plus.

Rapidement, il prit un petit sachet dans le tiroir de la table de nuit et la souleva jusqu'à ce qu'elle enroule les jambes autour de sa taille. Quand il la pénétra avec un grognement de volupté, elle poussa un cri en écho et se balança en cadence avec la sensation que son corps allait exploser de plaisir.

Quelques instants plus tard, ils se retrouvaient allongés sur le lit, haletants, les yeux clos, bras et jambes entremêlés.

Elle poussa un immense soupir de bien-être.

Elle n'aurait jamais cru vivre un tel moment. C'était comme si elle avait trouvé quelque chose de très spécial et de précieux qu'elle devait veiller à ne pas laisser perdre. Il était évident qu'il n'y avait aucune comparaison entre ses sentiments pour Raphaël et ceux qu'elle avait cru éprouver pour Darren.

Il y avait tant de choses qu'elle voulait lui dire ! Combien elle l'aimait et qu'elle voulait être toujours avec lui. Mais elle n'oubliait pas ce qu'il s'était passé la dernière fois qu'elle avait dit à un homme qu'elle l'aimait. À présent, elle avait même peur de prononcer le mot.

Et si Rafe ne voulait que du sexe et n'avait aucune envie d'un avenir avec elle ?

Elle roula sur le dos lorsqu'il se leva pour aller jeter le préservatif dans la salle de bains, et elle fixa le plafond qui avait terriblement besoin d'une nouvelle couche de peinture.

— Pince-moi, dit-elle quand il revint s'allonger près d'elle.

— S'il te plaît, ne me dis pas que tu regrettes déjà ?

Elle lui prit la main et la serra.

— Certainement pas.

Il s'appuya sur un coude pour mieux la regarder, et elle aurait pu jurer qu'il y avait de l'amour dans ses yeux.

Mais ce n'était pas possible, et elle n'était pas prête à en parler, cela risquait de tout gâcher.

La prenant tendrement dans ses bras, il se mit à lui faire l'amour comme s'il n'allait jamais s'arrêter.

Elle voulait profiter de ces moments tant qu'ils lui étaient offerts. La réalité la rattraperait sans doute dans quelque temps, mais au moins elle ne chercherait plus à courir après des rêves qui ne lui correspondaient pas.

Raphaël bâilla une fois de plus.

C'était son tour de ne pas dormir. Comment l'aurait-il pu, avec Izzy lovée tout contre lui, toute douce et chaude ?

Elle était la meilleure chose qui lui soit arrivé depuis longtemps, sinon depuis toujours. Il lui semblait que, en lui faisant l'amour cette nuit, il avait déversé sur elle des années d'émotions enfouies en lui. L'avait-il toujours aimée ?

Mais si c'était le cas, il n'aurait pas dû être aussi dévasté par ce que Cassie lui avait fait…

Il réprima un frisson.

La nuit dernière avait été extraordinaire, mais cela ne changeait rien. Lui et Izzy étaient toujours amis, même s'ils étaient devenus plus intimes. Izzy était vulnérable, pas encore complètement remise de la trahison de Darren. Elle n'avait pas besoin qu'il se rapproche trop vite pour découvrir ensuite qu'il n'était pas prêt à s'engager avec elle. Car il n'arrivait toujours pas à accepter la mort de son enfant et le fait qu'on le lui ait caché. S'il parlait à Izzy de Joshua, cela pourrait libérer certaines tensions en lui, mais il avait du mal à lui montrer sa vulnérabilité.

Il faudrait quand même qu'il le lui dise, décida-t-il. Sinon ce serait une façon de lui mentir. Elle avait le droit de tout savoir, ou bien il ne pourrait pas lui demander de faire partie de sa vie le jour où il serait prêt. Si cela arrivait.

— Rafe ? marmonna Izzy.

— Oui ?

Un léger ronflement lui répondit.

Heureusement, elle n'était pas encore prête à parler. Il savait qu'elle était détendue comme cela ne lui était pas arrivé depuis son retour. Il pouvait continuer à rêver en tenant son corps chaud contre lui et en sentant son souffle sur sa peau.

Mais c'était Izzy. Elle allait se poser des questions, se demander s'ils avaient raison de faire ce qu'ils faisaient et combien de temps cela pourrait durer.

Il ne voulait la blesser en aucune façon. Mieux valait qu'il prenne un peu de distance jusqu'à ce qu'il ait réglé son problème. C'était le seul moyen d'avancer.

Mais comment faire, maintenant qu'elle et lui se connaissaient intimement et qu'elle vivait dans sa maison pour encore quelques semaines ?

Et qu'il allait se rendre au mariage avec elle ?

Bon sang, il n'avait fait que compliquer la situation.

8.

Izzy étira ses doigts de pieds et s'appuya contre le comptoir pour dénouer les dernières tensions musculaires qu'une longue douche chaude n'avait pas fait disparaître.

Quelle nuit. Et quel amant était Rafe. Elle ne se serait jamais doutée que le sexe pouvait être aussi merveilleux.

Elle avait ensuite dormi comme cela ne lui était encore jamais arrivé — jusqu'à 10 heures du matin. Pourquoi ? Normalement, l'excitation aurait dû la maintenir éveillée toute la nuit. Avait-elle trouvé auprès de lui la sécurité qu'elle recherchait ? Mais non. Ça devait être parce qu'il l'avait épuisée en lui faisant l'amour.

Pourtant, elle se sentait différente. Détendue, heureuse.

Pourquoi Raphaël n'était-il pas ici ? Cela l'avait un peu blessée de se retrouver seule au réveil. Elle ne l'avait pas non plus trouvé en bas quand elle était allée dans la cuisine. Il avait laissé un mot disant qu'il allait courir et qu'il irait peut-être travailler ensuite. Comme s'il mettait de la distance entre eux. Regrettait-il déjà la nuit dernière ?

Son cœur se serra.

Ce n'était pas impossible.

Et après ? Elle n'aurait qu'à emménager dans l'appartement qu'elle s'apprêtait à louer. De toute façon, elle devait le faire. Ce n'était pas parce qu'ils étaient devenus amants qu'elle allait changer quoi que ce soit. Elle devait continuer à avancer dans sa vie. De préférence en y incluant Raphaël, mais elle n'allait pas se perdre en voulant le suivre ou faire ce qu'il lui dirait. Avant tout, elle devait être fidèle à elle-même. Elle ne referait pas la même erreur.

Son téléphone sonna.

Rafe.

— Hé, bonjour, dit-elle gaiement. J'ai dormi pendant des heures, et je me sens si bien.

Mieux valait le laisser parler et dire pourquoi il avait appelé.

— Je crois qu'une bombe aurait pu exploser à côté de toi que tu n'aurais pas bougé, répondit-il en riant. Est-ce que ça te tente d'aller au cinéma ce soir et de dîner dehors ensuite ?

Pardon ?

— Comme un rencard ?

Il y eut un silence.

— Oui.

Il aurait pu paraître plus enthousiaste.

— Tu es sûr que c'est ce que tu veux ? Parce que si cette nuit n'était qu'une exception, tu n'as qu'à le dire.

Elle ravalerait sa peine et passerait à autre chose.

— Izzy, j'ai envie de sortir avec toi ce soir. Et…

C'était maintenant qu'il lui brisait le cœur.

— Continue.

— Je ne veux pas que ce soit juste pour une nuit…

Ouf !

— Mais j'avoue que je ne sais pas où cela va nous mener, ajouta-t-il.

Et pourquoi pas à une relation qui s'épanouirait dans l'amour ?

— Inutile de nous précipiter, Rafe, dit-elle, sentant son cœur se serrer de nouveau. J'ai encore des choses à régler.

— Je sais, c'est aussi ce qui me retient. Alors, c'est d'accord pour ce soir ?

— Oui.

Cela allait peut-être mal finir, mais elle devait saisir sa chance.

— On se retrouve à 18 heures, alors.

Et il avait déjà raccroché. Il ne lui avait même pas dit où il se trouvait. C'était le week-end, et il n'était pas d'astreinte, mais elle aurait pu parier qu'il se trouvait à l'hôpital. Elle se rendait compte que c'était son refuge. S'il pouvait y caler son lit dans un coin avec à côté un placard rempli de ses vêtements, il ne rentrerait jamais chez lui. Pas étonnant qu'il n'ait jamais eu le temps de faire la peinture.

Doggy vint se frotter contre sa jambe.

— Salut, toi. Heureusement que tu es là, dit-elle en prenant la chatte dans ses bras pour un câlin. Figure-toi que j'ai un rencard avec ton papa.

Qui disait rencard disait tenue décente. Si elle voulait revivre la nuit précédente, mieux valait oublier le jean et le T-shirt.

Raphaël resta bouche bée devant l'apparition en robe rouge qui l'attendait dans le salon. Il sentit son cœur prêt à exploser tandis que son bas-ventre se réveillait. Était-ce vraiment Izzy ?

— C'est la robe la plus sexy que j'aie jamais vue, marmonna-t-il. J'ai envie de monter dans la chambre et de te l'arracher.

— À ce point ? dit-elle en souriant.

— Oh oui.

Il devait se ressaisir, sinon ils n'arriveraient jamais au restaurant.

Quelle que soit son envie de faire l'amour à Izzy, il tenait à ce qu'ils aient un vrai rendez-vous galant pour se remettre de la nuit précédente et prendre un peu de recul. Pour cela, il devait se montrer fort et détourner les yeux de ces jambes ensorcelantes terminées par des escarpins à talons aiguilles.

La prenant par la main, il l'entraîna vers la porte.

— Partons d'ici pendant que j'en suis encore capable.

Environ deux heures plus tard, ils sortirent du cinéma et se dirigèrent vers le bar. Pendant le film, il avait réussi à oublier un peu Izzy, et son corps s'était apaisé.

Il commanda du vin au comptoir pendant qu'elle allait s'installer à une table au fond de la salle et posait son joli derrière sur un tabouret.

De nouveau, son désir se réveilla pendant que son esprit tentait de se calmer.

Son téléphone personnel vibra dans sa poche, mais il l'ignora. D'ailleurs il n'aurait pas dû l'apporter. Pour la première fois depuis bien longtemps, le téléphone de l'hôpital était resté sur la table chez lui. Après tout, il y avait d'autres spécialistes pour se charger des patientes si c'était nécessaire. Ce soir, personne ne les interromprait.

— Comment va grand-mère ? demanda Izzy. Elle s'est remise à faire du vélo ?

— Pas encore, ou alors en cachette car elle sait que je désapprouverais. Elle a appelé aujourd'hui et aimerait que j'aille la voir bientôt.

Izzy le regarda fixement.

— Pour passer du temps avec elle, ou bien y a-t-il une autre raison ?

Était-ce une façon détournée de lui demander s'il avait toujours l'intention de retourner un jour dans son pays ?

— Elle dit que je lui manque, et elle serait contente si tu venais aussi.

— J'adorerais t'accompagner.

Elle le regardait toujours, comme si elle attendait autre chose.

S'il décidait de repartir en France, comment réagirait-elle ? Elle pourrait se poser des questions sur son désir de revenir à Londres et douter de pouvoir s'installer quelque part un jour et d'y être heureuse.

Mais elle n'avait pas d'inquiétude à avoir. Il ne ferait rien pour gâcher son bonheur tout neuf, même si c'était au détriment du sien.

Il pensa aux moments extraordinaires qu'ils avaient passés en faisant l'amour. Il lui avait semblé qu'il avait trouvé ce qu'il avait cherché toute sa vie, et en même temps il était terrifié. Il n'était pas prêt.

Le serait-il un jour ?

C'était peut-être aussi trop tôt pour Izzy. Sans compter qu'il n'avait pas réglé la question de Joshua. Il n'aurait jamais cru que ce serait si dur d'en parler à Izzy — de révéler la profondeur de sa peine et de sa colère, et du même coup sa vulnérabilité.

— Allô, Rafe, ici la Terre. Où es-tu parti ?

— Euh… Je me demandais quand nous pourrions aller ensemble à Avignon. Ce sera pendant un week-end où nous serons tous les deux en congé.

Les pizzas arrivèrent, dégageant une odeur appétissante, et ils se régalèrent.

— Je sais que grand-mère s'est bien remise de son opération de la hanche, dit Izzy au bout d'un moment. Mais a-t-elle ralenti le rythme, et penses-tu qu'elle commence à envisager l'avenir sous un jour différent ?

— Elle dit qu'elle n'est pas prête à quitter la maison de famille, d'autant plus que papa et maman sont de retour à Avignon. Elle doit s'installer dans les pièces du rez-de-chaussée, si bien qu'elle n'aura plus à utiliser ces horribles escaliers.

Izzy le regardait toujours avec attention.

— C'est une tradition chez vous que, à chaque génération, il y ait un membre de la famille qui vive dans cette maison, n'est-ce pas ?

— Oui.

— Et n'as-tu pas l'intention d'y retourner toi aussi ?

Voilà où elle voulait en venir.

— Izzy, dit-il en lui prenant la main. Je vis ici, à Londres. Je ne suis pas prêt à retourner à Avignon.

Penchant la tête de côté, elle l'étudia un instant avec intensité.

— Si tu en es sûr et que tu es heureux ainsi…

Puis elle prit une part de pizza et mordit dedans comme si de rien n'était.

Si elle était déterminée à s'installer pour de bon à Londres, il en tiendrait compte dans les décisions qu'il prendrait pour son avenir.

Son cœur se serra.

Il avait envie de retourner chez lui un jour. Et il voulait aussi qu'Izzy fasse partie de son futur une fois qu'il aurait réglé tout le reste.

À peine la pizza terminée, Izzy repoussa son assiette et se leva.

— Si on rentrait ? Je suis crevée. Exténuée.

— Moi aussi.

Physiquement et mentalement.

Pendant le trajet du retour, Izzy se plongea dans ses pensées.

Elle ne parvenait pas à voir clair en Raphaël. Il semblait partagé, comme s'il ne voulait pas être avec elle tout en appréciant sa compagnie. Qu'est-ce qui avait changé depuis la veille ? Est-ce qu'il avait peur ? Allait-il la laisser tomber, lui aussi ? Il ne lui avait fait aucune promesse. Pour lui, c'était peut-être juste l'affaire d'une nuit ?

Sauf que cela, elle ne pouvait pas l'accepter. Ils étaient beaucoup trop proches. À moins que le problème ne soit là : ils étaient très proches et il craignait de tout perdre. Ça, elle pouvait le comprendre.

— Merci pour cette soirée, dit Raphaël en garant la voiture dans l'allée de sa maison. J'ai bien aimé.

Et c'était tout ?

— Moi aussi.

Elle ouvrit la porte d'entrée et attendit à l'intérieur qu'il la rejoigne.

— Je crois que je vais encore travailler un peu sur l'ordinateur, marmonna-t-il sans la regarder.

Nouant les bras autour de son cou, elle leva la tête et le regarda droit dans les yeux.

— C'est vraiment ce que tu veux ?

— Je… Je crois que c'est mieux.

Pour qui ?

Elle se dressa sur la pointe des pieds, posa sa bouche sur la sienne et glissa la langue entre ses lèvres.

Il la saisit par les hanches — pour l'attirer vers lui ou pour la repousser ?

— Izzy, grogna-t-il. Stop.

Elle sentait son sexe dur contre son ventre.

Alors, comme ça, il voulait qu'elle s'arrête ? À d'autres, Rafe.

Soudain il se mit à l'embrasser avec passion, donnant autant qu'il recevait. Les pointes des seins dressées pressées contre son torse, elle sentit une vague de désir la submerger, mettant son corps en feu.

— Isabella.

S'il l'appelait par son prénom officiel, c'est qu'il était sérieux.

— Ne t'avise pas de me dire qu'on ne peut pas le faire, gronda-t-elle. Pas maintenant.

— Tu ne comprends pas…

— Non, c'est exact.

— Je ne peux rien te promettre, Izzy.

Elle se détendit en l'entendant l'appeler Izzy.

— Je ne t'ai rien demandé.

Il la tenait toujours.

— Je sais. Mais je ne voudrais pas te faire souffrir.

Elle aussi, elle pourrait lui faire du mal.

— Je suis une grande fille, Rafe. Je suis capable d'encaisser.

— Oui, mais…

— Mais rien du tout, coupa-t-elle en posant un doigt sur sa bouche. Fais-moi l'amour. S'il te plaît.

Il y avait de l'appréhension dans son regard bleu, mais aussi de l'excitation.

— Si tu en es sûre…

La soulevant dans ses bras, il la porta à l'étage.

Elle en était tout à fait sûre : quelles que soient les conséquences, elle les assumerait. Ce serait peut-être douloureux au bout du compte, mais elle ne pouvait pas le laisser partir comme ça. Pas ce soir.

Izzy et les deux autres demoiselles d'honneur, très élégantes dans leurs robes de soie froufroutante, admiraient le merveilleux jardin débordant de roses, de pivoines et d'autres fleurs de nuances variées où aurait lieu dans quelques minutes la cérémonie de mariage de Carly et Adem.

— N'est-ce pas magique ? s'exclama Esther.

Izzy acquiesça avec enthousiasme avec Chloe.

Elle était si heureuse pour son amie ! Et en même temps, elle ne pouvait pas s'empêcher de se demander si elle et Raphaël en arriveraient là un jour.

Celui-ci était un peu plus loin avec les compagnons de ses amies, l'air tout à fait à l'aise. Dès que Carly avait su qu'il l'accompagnait, elle avait insisté pour qu'il l'escorte au moment de l'échange des vœux entre elle et Adem.

Que pouvait-il bien penser ?

Ils avaient passé une semaine extraordinaire, faisant l'amour toutes les nuits, mais elle sentait une hésitation chez lui, comme s'il n'était pas prêt. De son côté elle n'était pas à cent pour cent sûre d'elle non plus, mais elle était décidée à leur donner une chance et à faire taire les démons du doute : le passé était loin derrière, et les inquiétudes générées par Darren devaient disparaître.

Mais aujourd'hui, c'était le jour de Carly.

Celle-ci s'approcha pour les embrasser. Elle était très belle dans sa robe longue, avec ses cheveux tombant librement sur ses épaules et son petit ventre rond qui commençait à se voir.

Izzy sentit l'émotion la gagner.

— Tu es époustouflante. Et tu as l'air si heureuse…

Elles s'étreignirent toutes quatre, les yeux mouillés de larmes.

— Ce n'est pas bon pour le maquillage, dit Chloe en riant.

— Ze veux un câlin, dit la petite Lily en tirant sur la jupe de sa maman.

Elle en eut quatre, puis Izzy, Chloe et Esther se regroupèrent autour de Carly pour l'escorter.

La cérémonie fut brève et émouvante, on parla d'amour et d'engagement. Izzy jetait des regards de côté à Raphaël, et le doute la saisit une fois de plus.

Voilà un homme qu'elle aimait de tout son être, pourtant elle ne pouvait pas se réjouir. Il ne montrait pas qu'il l'aimait en retour. Était-elle condamnée à avoir de nouveau le cœur brisé ? Cette fois, il lui serait beaucoup plus difficile de s'en remettre.

Elle s'efforça de respirer profondément. Ce n'était vraiment pas le jour pour s'inquiéter, alors que son amie fêtait son union avec l'amour de sa vie, et qu'elle-même se tenait près de Raphaël.

— Je savais que j'en aurais besoin, murmura-t-il en lui tendant un mouchoir.

Lui-même semblait ému, comme s'il était sensible à cette atmosphère remplie d'amour. Mais en y regardant bien, c'était le cas de tout le monde dans le jardin.

Elle se tamponna les yeux, s'efforçant de préserver son maquillage. Mais lorsque Carly et Adem échangèrent leurs anneaux, le mouchoir n'était déjà plus qu'un souvenir, et Raphaël lui en tendit un second.

Lorsque les mariés s'embrassèrent, elle applaudit avec enthousiasme, dissimulant une légère pointe d'envie.

— Tu es si sentimentale, lui dit Raphaël sans la regarder.

— Et pas toi, peut-être ?

— Si, un peu.

Seulement un peu ?

Elle savait que sous l'apparence sérieuse du spécialiste, il y avait un homme sensible qui s'y entendait pour masquer ses sentiments de crainte que l'on ne s'en serve contre lui. Était-ce pour cela qu'il semblait hésiter sur l'avenir ? Parce qu'il avait quelque chose à cacher ?

— Le mariage fait souvent cet effet aux gens, rétorqua-t-elle.

— Pas à moi, habituellement. Mais, je ne sais pourquoi, aujourd'hui a l'air d'être un jour très spécial.

Rafe plongea son regard sans le sien et lui décocha le sourire qu'elle aimait tant.

Que voulait-il dire ? se demanda-t-elle en lui rendant son sourire — un sourire qui ne pouvait manquer de refléter tout l'amour qu'elle éprouvait pour lui.

Raphaël lui déposa un baiser sur le front.

— Je te trouve très belle, Izzy. À l'intérieur comme à l'extérieur.

— Combien de mouchoirs as-tu apporté ? demanda-t-elle, la gorge serrée.

— Trois paquets.

Il fit un pas en arrière et parut s'absorber dans la contemplation des roses du jardin.

Super. Il s'était de nouveau déconnecté. Cela lui arrivait de plus en plus souvent. Elle aimait quand il l'embrassait, cela lui faisait sentir qu'elle comptait pour lui. Mais le doute refaisait aussitôt surface. Combien de temps cela durerait-il ? Qu'attendait-il de la vie ? Allait-il s'impliquer ou s'éloigner ?

Elle se remémora Raphaël à la maternité, tenant un bébé dans ses bras.

Il voulait une famille, des bébés. Pourtant, elle sentait que quelque chose bloquait, quelque chose qu'il ne lui avait pas expliqué. Quant à elle, elle devait surmonter sa crainte de le décevoir.

— Je vais féliciter les mariés, dit-elle.

— Je viens avec toi.

— Carly, je te souhaite beaucoup de bonheur, dit-elle en entourant son amie de ses bras.

— C'est toi la prochaine, murmura la mariée.

Il ne fallait pas dire ça, mieux valait ne pas tenter le sort.

— Oh ! on en est loin ! assura-t-elle à son oreille. Pour l'instant, j'apprécie surtout le sexe.

Carly lui jeta un regard étonné.

— Tu ne penses pas que cela vous mènera quelque part ?

La question resta en l'air, car de nombreuses personnes autour d'elles voulaient féliciter la mariée.

Après les félicitations, tout le monde se retrouva autour d'un verre de champagne.

Izzy leva le sien en souriant à ses amies.

— Comme au bon vieux temps !

— Tu veux dire, toutes les quatre ensemble ? demanda Chloe.

Elle sourit en hochant la tête.

— Exactement.

Le soir venu, ils dînèrent et portèrent des toasts tout en rivalisant de discours plus drôles et émouvants les uns que les autres. Ils passèrent un très bon moment. Puis Adem se leva et attira sa femme près de lui.

— Merci du fond du cœur à tous d'être venus partager cette journée très spéciale avec nous, dit-il. À présent, il est temps pour nous de vous quitter.

Après le départ des jeunes mariés, la soirée se termina

assez rapidement. Soudain, Izzy n'avait plus qu'une envie : rentrer à la maison avec Rafe, tout en se demandant si cette nuit il allait lui faire l'amour ou bien s'il allait lui dire qu'il avait du travail à finir, comme c'était arrivé deux fois la semaine précédente.

Le trajet fut bref, et lorsque Raphaël referma la porte sur eux, elle l'entoura de ses bras.

Elle le sentit se contracter.

— Izzy…

— Tu ne travailleras pas cette nuit.

Elle l'embrassa longuement, et il finit par lui répondre avec la même ardeur. Glissant les doigts sous sa chemise, elle toucha sa peau, et il émit un grognement de plaisir.

— Izzy !

C'était mieux qu'Isabella.

— Ne dis plus rien, ordonna-t-elle en le déshabillant.

Il se retrouva en boxer-short, incapable de dissimuler son désir pour elle.

Tout en l'embrassant, elle caressa son membre dressé. Elle le voulait. Maintenant.

Elle enroula les jambes autour de sa taille, et Raphaël la monta dans sa chambre. Il lui retira sa robe et son slip et se pencha sur son sexe, mais elle l'arrêta.

— Non. J'ai trop envie de toi.

Quand il la pénétra, elle cria de bonheur, et ils firent l'amour avec fougue. Ils atteignirent rapidement le summum du plaisir, tant leur désir était à son paroxysme.

Elle retomba sur l'oreiller et haleta encore durant quelques instants. Raphaël s'étendit près d'elle et lui entoura la taille de son bras.

— Rafe…

— Chut.

Il ne voulait pas qu'elle parle, alors qu'elle avait envie de lui dire qu'elle l'aimait ?

Les mots restèrent coincés dans sa gorge, et pourtant elle savait au plus profond d'elle-même que, pour elle, il était le seul homme. Mais comment être sûre qu'elle ne cherchait pas encore à vivre le rêve qu'elle entretenait depuis qu'elle était enfant ?

Raphaël écoutait la respiration d'Izzy se calmer.

Ils avaient fait l'amour sauvagement, passionnément. Il avait tenté de ralentir le rythme, mais elle ne l'avait pas accepté.

Au début il avait voulu éviter d'aller au lit avec elle. Quand il avait vu la tristesse dans ses yeux au moment où Carly et Adem avaient échangé leurs vœux, il s'était dit qu'il ne devait surtout pas la faire marcher. Ce n'était évidemment pas son intention, mais il n'était pas certain de pouvoir lui donner ce qu'elle désirait tant : l'amour-toujours, le mariage, les enfants. S'il avait fait une croix sur Cassie, il ne se remettrait sans doute jamais complètement de la perte de Joshua. Avant d'aller plus loin, il devait en parler à Izzy et à sa famille. Seulement, il ne savait pas comment s'y prendre pour exposer son cœur et sa vulnérabilité. Même si Izzy le connaissait bien, ce n'était pas facile. Il n'avait jamais parlé spontanément des sujets délicats, surtout s'ils étaient importants pour lui.

Il savait qu'elle ne dormait pas. Ne devrait-il pas en parler maintenant ?

Il ouvrit la bouche puis la referma.

Non. Pas encore.

Enfin, Raphaël dormait profondément.

Izzy n'arrêtait pas de penser à leur relation à tous deux, et elle ne trouvait pas de réponses à ses questions. Impossible de s'endormir.

Elle se glissa hors du lit avec précaution, alla prendre une douche rapide, revêtit un pantalon de jogging et un sweat-shirt et descendit au rez-de-chaussée.

Le ciel commençait à s'éclaircir et les oiseaux se réveillaient peu à peu en pépiant joyeusement, mais elle n'était pas à l'unisson. Elle avait le cœur lourd. Souvent elle n'avait pas su quoi faire de sa vie, mais elle s'était rarement sentie aussi mal.

Un téléphone sonna. Celui de Raphaël.

Elle suivit le son qui la mena dans le hall, où sa veste était suspendue. Sortant l'appareil de la poche, elle vit le nom de la mère de Raphaël apparaître sur l'écran.

— Bonjour, c'est Izzy.

— Raphaël est-il là ?

La voix de Céleste était tendue.

— Il est dans sa chambre, je vais l'appeler.

Raphaël apparut en haut de l'escalier.

— Izzy ? Qui est-ce ?

— Ta mère.

Il se précipita en bas et saisit l'appareil.

— Maman, que se passe-t-il ?… Quand est-ce arrivé ? Pendant la nuit ?

Izzy retenait sa respiration.

Raphaël la regarda, les yeux écarquillés, et éloigna une seconde l'appareil de son oreille.

— Grand-mère est à l'hôpital. Elle est retombée dans l'escalier. Maman, est-ce que les blessures sont sérieuses ?

Heureusement qu'elle comprenait le français. Elle attendit stoïquement en croisant les doigts. Pourvu que ce ne soit pas grave.

— Elle s'est cassé l'autre hanche ? Et le fémur ? Et elle est inconsciente ?

Raphaël était visiblement sous le choc. Il voudrait aller voir sa grand-mère dès que possible.

Elle alla chercher son téléphone dans la cuisine et regarda quels étaient les premiers vols Londres-Avignon.

— Être dans le coma est plus sérieux que d'avoir des os cassés, dit Raphaël en passant la main dans ses cheveux. Je viens aussi vite que je peux. Oui, aujourd'hui si possible.

Elle lui tapota l'épaule.

— Il y a un vol à 5 h 45 au départ d'Heathrow.

Il leva le pouce, l'air soulagé.

— Maman, Izzy vient de se renseigner. J'appelle l'hôpital. Je t'enverrai un texto avec mon heure d'arrivée.

Il posa l'appareil sur la banquette et la regarda.

— Tu te rends compte ? Elle est dans le coma après être tombée dans l'escalier qui descendait jusqu'à sa chambre, alors qu'elle n'était pas encore censée s'en servir. Ce qu'elle peut être entêtée !

La vieille dame était résistante, mais quelle serait l'issue cette fois-ci ?

— Il faut que je la voie et que j'interroge les médecins sur place, mais je dois d'abord parler à quelqu'un de la maternité pour m'assurer qu'ils peuvent me remplacer pendant au moins deux jours.

Ce n'était plus le moment de se poser des questions sur leur relation.

— Veux-tu que je vienne avec toi ? demanda-t-elle.

Raphaël hésita, puis il la regarda droit dans les yeux en hochant la tête.

— Oui. Cela me ferait très plaisir. Merci beaucoup, Izzy.

Il se tint debout près de la fenêtre et regarda dehors, le dos raidi par le stress, pendant qu'il parlait avec deux spécialistes de l'hôpital.

— Merci, Jerome. Je te rappellerai demain quand j'en saurai davantage.

— Tu n'aurais pas ton numéro de passeport sur ton appareil, par hasard ? lui demanda-t-elle quand il eut fini ses appels.

Il tapota sur son clavier.

— Tiens. Et voilà ma carte bancaire. Merci, Izzy, tu es un chef.

Elle réserva les billets en un rien de temps.

— Je suis désolé, dit Raphaël en se frottant la nuque.

Elle fit demi-tour sur son tabouret.

— Hé… Tu n'as pas à t'excuser.

D'autant plus que cela pouvait être bon pour eux de se retrouver ensemble au chevet de grand-mère. Connaître la gravité après la gaieté, c'était la vraie vie, non ? Elle pourrait se rendre compte sur place s'il était déterminé à retourner à Avignon dans le futur, car si c'était vraiment ce qu'il voulait, là-bas, il ne pourrait pas le cacher.

Se penchant en avant, il lui embrassa le front.
— Tu es sûre que cela ne te dérange pas de venir ?
— Absolument. Les amis sont là pour ça.
Il la fixa un instant en silence.
— Bien sûr. Je vais faire mes bagages.

9.

— Oh ! grand-mère, dans quel état tu es, murmura Raphaël, des larmes dans la voix.

Sans un mot, Izzy lui prit la main et la serra.

Elle avait beau être infirmière, la vue de la grand-mère de Rafe, le teint livide et les longs cheveux gris emmêlés sur l'oreiller blanc, lui faisait un choc.

— Comment va-t-elle ? demanda-t-il au médecin de garde.

— Elle est toujours dans le coma, malheureusement, répondit le consultant. Il n'y a aucun signe de réveil pour l'instant.

Les deux médecins entamèrent une discussion sur la gravité des blessures et le traitement envisagé.

Izzy détacha sa main et se pencha par-dessus la barre de protection, relevée pour éviter que grand-mère ne tombe du lit si jamais elle bougeait en se réveillant. Elle posa sa main sur celle, froide et ridée, de la vieille dame.

— Bonjour, grand-mère, c'est Izzy, dit-elle, le cœur serré.

Cet accident risquait de changer la vie de grand-mère pour toujours — mais c'était encore trop présumer de l'avenir pour l'instant.

Celle-ci ne bougea pas un cil, ne fit pas le moindre mouvement. Sa main restait inerte dans la sienne.

Du bout de son pouce, Izzy frotta doucement la peau froide.

Rafe agrippa son épaule.

— Je voudrais qu'on reste un moment. Je n'ai pas envie de la laisser seule. C'est idiot, je sais, mais je ne peux pas m'en empêcher.

— Pas de problème, Rafe. Tu ne fais qu'éprouver les mêmes sentiments que la plupart des gens dans cette situation. Tu te sens impuissant, tu es inquiet. Que tu sois médecin n'est pas d'une grande utilité dans ce cas. En fait, c'est peut-être pire parce que tu connais exactement tout ce qui pourrait mal tourner.

La liste devait défiler dans sa tête en permanence.

— Tu as raison, admit-il. Je suis un médecin qui n'a pas de rôle à jouer ici.

— Bien sûr que si. Grand-mère a besoin que tu la stimules et que tu lui dises de se dépêcher de se réveiller. C'est ton rôle. On retournera dormir à la maison plus tard.

Ils s'étaient très peu reposés la nuit dernière avec le voyage. Quant à la nuit précédente, ils n'avaient guère fermé l'œil… Mais pas pour les mêmes raisons.

Au moins, maintenant, quand elle allait se coucher elle dormait pour de bon. Depuis sa première nuit avec Rafe. Cela la confortait dans l'idée qu'elle avait raison de rester avec lui et de croire qu'ils devraient se donner une chance ensemble.

— On ne pourrait pas avoir passé deux nuits consécutives plus différentes, dit-il comme s'il lisait dans ses pensées.

Elle lui jeta un coup d'œil en coin.

— Personnellement, je sais celle que je préfère, dit-elle.

Le regard de Rafe s'éclaira, et il parut se détendre un peu.

— Moi aussi. Merci d'être là, Izzy. Cela signifie beaucoup pour moi. Je ne me sens pas seul.

En fait, Raphaël n'était pas seul, ici. Il avait une grande famille en ville et dans les environs. N'envisagerait-il pas de revenir si sa grand-mère avait besoin de lui ?

Si oui, qu'adviendrait-il d'elle ? Se fixerait-elle à Londres où elle avait annoncé qu'elle avait l'intention de vivre en permanence, ou irait-elle en France dans une nouvelle tentative de se poser quelque part ?

Du calme. Inutile d'anticiper. Pour l'instant, elle n'avait même pas commencé à s'installer dans son propre appartement.

— Je ne l'ai jamais vue avoir l'air aussi frêle, dit Raphaël d'une voix éraillée par l'émotion. On dirait qu'elle a vieilli d'un seul coup.

Ne trouvant rien à répondre, elle se contenta de lui prendre la main et de la serrer.

— Même une fois qu'elle sera sortie du coma, cela prendra du temps et de la patience pour qu'elle puisse remarcher, poursuivit-il. Je me demande comment elle va y arriver. Ses os sont fragiles, et la guérison est plus longue quand on a quatre-vingt-cinq ans.

Elle nota qu'il n'envisageait même pas qu'elle ne reprenne jamais conscience, se voulant résolument positif.

— Elle n'est pas non plus connue pour sa patience, ajouta-t-elle.

— C'est exact. Mais ce qui m'inquiète le plus, c'est qu'elle risque de perdre sérieusement confiance dans ses capacités. J'ai souvent vu le cas chez des personnes âgées qui ne bougeaient pratiquement plus. J'essaie de ne pas l'imaginer dans un fauteuil en train de faire marcher tout le monde à la baguette autour d'elle, tout en prêtant une oreille attentive à ceux qui en ont besoin. Dire qu'il y a à peine quelques semaines elle me disait que, si quelque chose lui arrivait, elle ne voulait pas aller en maison de retraite parce que c'est pour les vieux !

— Je suis surprise qu'elle y ait même seulement pensé. Comme si elle avait eu une prémonition. Grand-mère a toujours su ce qu'elle voulait et tout fait pour l'obtenir.

— Si c'est nécessaire on pourra employer une aide à domicile à plein temps, mais ce ne sera pas drôle pour les infirmières…

Ils restèrent assis près de sa grand-mère pendant encore une heure, puis Raphaël se leva et s'étira.

— Allons faire un tour en ville, un peu d'air frais nous fera du bien.

Izzy tapota le dos de la main de la vieille dame.

— On sera bientôt de retour.

Intra-muros, les rues étaient animées et les touristes remplissaient les terrasses des cafés. Tout en marchant aux côtés de Raphaël, Izzy s'imprégnait d'images et d'odeurs et admirait les murs de vieille pierre.

— C'est toujours aussi merveilleux.

— Café ?

Il désigna une table vacante sur le côté de la rue.

— Volontiers. Après, on pourra faire un tour au marché ? J'ai envie de sentir les épices.

— Ah oui, je me rappelle ! Tu peux y passer des heures. Tu en achètes des tas, et tu ne t'en sers jamais.

Il sourit en avançant sa chaise, puis il alla passer commande, et elle le vit sortir son téléphone avant d'arpenter le trottoir, l'appareil à l'oreille.

Avec qui pouvait-il bien discuter ?

Elle regarda autour d'elle les gens occupés à flâner dans la rue, à parler et à rire, et se rappela son sentiment d'émerveillement la première fois qu'elle avait visité Avignon. Il était toujours présent, elle éprouvait un sentiment de bien-être, alors qu'elle aurait dû s'inquiéter pour grand-mère… Mais comme elle ne pouvait rien faire pour celle-ci, autant profiter un peu de la ville.

Raphaël fut de retour, deux tasses de café à la main.

— J'ai besoin de rester ici plusieurs jours, peut-être plus d'une semaine, annonça-t-il en se grattant la gorge. Je viens de parler à mes collègues, et ils sont d'accord pour me remplacer aussi longtemps que nécessaire.

Il aurait peut-être pu lui en parler avant ?

— Fais ce que tu crois juste pour ta grand-mère, dit-elle simplement. Après tout, elle a toujours été là pour toi.

— Je suis content que tu comprennes. Je sais que tu dois repartir demain, et tu vas me manquer. Tu m'es d'un grand soutien…

En se retrouvant ici ensemble au chevet de grand-mère, ils avaient resserré le lien qui les unissait et approfondi la compréhension qu'ils avaient l'un de l'autre. Rafe avait besoin qu'elle reste forte pour lui.

— Adèle voudrait me voir ce soir pour discuter, ajouta-t-il.

— De quoi ?

— Des affaires de famille.

Là, elle se sentit carrément remise à sa place.

Sans doute n'était-elle pas aussi proche de Rafe qu'elle le pensait ?

Il regardait autour de lui avec aux lèvres un sourire qu'elle n'avait pas l'habitude de voir. Il avait l'air à l'aise, comme chez lui. Ce qui était le cas. Il connaissait ces rues par cœur, ayant passé une partie de son enfance ici avant que ses parents partent pour Genève.

C'était ce qu'elle avait envie de vivre, mais à Londres. Avec lui. Était-ce trop demander ?

Elle avala son café et se leva.

— Je vais au marché chercher des gâteaux et du fromage. Tu m'accompagnes ?

— Bien sûr, répondit-il.

— Pour le repas de ce soir, qu'est-ce que je pourrais apporter à ta mère ?

Adèle n'était pas la seule à venir. Toute la famille Dubois serait présente.

— Maman a déjà tout organisé, tu peux lui faire confiance.

— Alors je prendrai des fleurs, décida-t-elle en entrant dans les halles de la ville.

Aussitôt, elle inspira la bonne odeur d'épices, de café et de pain chaud.

Jetant un coup d'œil à Raphaël, elle sentit son cœur se serrer.

Il semblait ravi de l'accompagner. C'était de la joie qu'elle voyait dans ses yeux, ce qui n'était pas arrivé depuis longtemps. Même leurs nuits torrides n'avaient pas entraîné cette réaction. Il était vraiment chez lui ici.

Le repas animé pris autour de la table familiale ne fit qu'accroître son malaise. Malgré le drame qui avait entraîné leur venue, tout le monde riait et plaisantait, et Raphaël n'était pas le dernier.

— Izzy, reprends un peu de ragoût de bœuf, je sais que c'est ton préféré, lui dit-il en la servant sans même attendre sa réponse.

— Laisse-la souffler un peu, intervint Adèle en riant.

Prenant une profonde inspiration, elle sourit et s'efforça de se détendre.

Après-demain, elle devait déjà repartir. Ce n'était pas facile de voir Raphaël s'amuser autant. Bien sûr elle était heureuse pour lui, mais plus le temps passait, plus elle se demandait s'il aurait envie de revenir à Londres.

Là-bas, il avait un travail qui le passionnait, une maison, un chat. Cependant, ici aussi, c'était chez lui.

Raphaël enlaça Izzy et l'attira contre son corps nu.

Ils venaient de se réveiller dans son ancienne chambre, celle qu'il occupait chaque fois qu'il séjournait à Avignon.

Il y avait eu un moment de gêne la veille quand ils étaient allés se coucher, car sa mère avait préparé une autre chambre pour Izzy. Or, il avait besoin qu'elle soit avec lui. Et puis, elle était venue pour le soutenir, et il lui en était reconnaissant.

— Si on allait marcher un peu en ville et prendre le petit déjeuner près du pont ? proposa-t-il. On pourrait rendre visite à grand-mère sur le chemin ?

Izzy rejeta les couvertures et s'assit sur le lit, les jambes nues.

— Allons-y. Elle est la raison de notre venue, pas vrai ?

Quelque chose clochait chez Izzy depuis qu'ils étaient arrivés à Avignon dans la nuit de dimanche. Il y avait de nouveau dans ses yeux une tristesse qu'il n'aimait pas.

— Parle-moi, dit-il doucement.

— Tes liens avec ta famille sont très forts, très différents de ceux que j'ai avec la mienne. Tu as beaucoup de chance.

Il approuva de la tête.

— Je commence à penser la même chose. Tu peux aussi en faire partie, Izzy. Ils t'adorent tous.

Ils avaient tous cherché à attirer son attention pendant le dîner, ayant tous des choses à lui raconter. Ils n'avaient jamais été comme ça avec Cassie.

— Je sais, dit-elle, le regardant droit dans les yeux.

— Alors, quel est le problème ?

— Je ne sais pas où nous allons. Et toi ?

Quelque chose se dénoua en lui quand elle prononça ces mots. C'était le moment crucial. Il n'avait pas prévu de lui parler maintenant, mais finalement c'était aussi bien. Il ne pouvait pas attendre davantage et continuer à prétendre que tout allait bien. Il se devait d'être honnête avec elle.

Il s'assit à son tour, la gorge serrée.

Izzy lui jeta un coup d'œil inquiet.

— Rafe ? Tu me fais peur d'un seul coup…

— J'ai été père, dit-il sans préambule.

Elle se figea, les yeux écarquillés, mais ne dit rien.

— Il s'appelait Joshua. Il a été frappé par la mort subite du nourrisson à l'âge de huit jours.

Izzy prit dans les siennes ses mains tremblantes.

— Oh ! Rafe ! Je suis navrée.

— Quand Cassie m'avait quitté pour retourner à Los Angeles, elle ne m'avait pas dit qu'elle était enceinte.

— Tu n'étais pas au courant ? s'exclama-t-elle, l'air horrifié.

— Non. Je savais seulement qu'elle était partie pour passer des auditions dans l'industrie du cinéma. Elle voulait devenir actrice. Et moi, j'étais l'entêté qui ne voulait pas s'installer à Paris, la ville la plus géniale du monde, où elle pourrait s'éclater. En fait, je doute qu'elle ait jamais eu un don pour jouer la comédie, excepté quand il s'agissait de mentir. Et le fait d'être enceinte n'a pas dû augmenter ses chances. Moi, je ne me doutais de rien, je l'ai appris il y a seulement deux ans. On n'avait pas eu de contacts depuis qu'elle avait quitté la France, et je suis allé la voir pour mettre officiellement fin à cette histoire.

— Et tu en as découvert un autre chapitre, murmura Izzy.

— Je n'ai jamais vu mon fils. J'ai ignoré son existence jusqu'à ce qu'il soit trop tard. Je n'ai jamais pu le tenir, l'embrasser, le cajoler…

Les larmes coulaient maintenant sur ses joues, mais peu lui importait.

— Comment a-t-elle pu me faire ça ? Est-ce qu'elle me détestait à ce point ?

Izzy l'entoura de ses bras, et il s'abandonna contre elle.

— Cassie a toujours été très égoïste, dit-elle simplement.

— C'est vrai. Mais là, elle est vraiment allée trop loin.

Elle plongea son regard dans le sien.

— Est-ce que tu en as parlé à ta famille ?

— Tu es la seule à être au courant. Cela fait des semaines que je me demande s'il vaut mieux le dire ou bien faire comme si rien ne s'était passé. Mais tu méritais de savoir.

— Merci.

Elle essuya sa joue humide avec le pouce.

— C'est pour cette raison que tu t'es tenu à l'écart de ta famille ?

Il hocha la tête.

— Déjà qu'ils n'aimaient pas beaucoup Cassie… J'ai pensé qu'ils la détesteraient s'ils savaient, et qu'ils m'en voudraient encore plus de l'avoir choisie. J'ai fait une erreur monumentale en tombant amoureux d'elle, mais je n'ai pas envie de lire des reproches dans leurs yeux chaque fois que je les vois.

— Je pense que tu dramatises un peu. Ta famille t'aime, c'est tout ce qui compte. Ils ne vont pas te juger parce que tu as commis une erreur. Qui n'en fait pas dans sa vie ?

Il se sentit soulagé.

— Izzy, tu es étonnante. J'appréhendais de te raconter cette histoire, et toi, tu analyses la question avec un tel bon sens…

Elle se pencha vers lui pour l'embrasser.

— Dis-le à tes parents, ils comprendront. Tu leur dois ça, à eux aussi. Je vais vite prendre une douche, ajouta-t-elle en se levant. Ensuite, on ira voir grand-mère. Tu pourrais t'exercer sur elle, puisqu'elle ne t'entendra pas.

— J'aurais dû t'en parler depuis longtemps.

— Oui, Rafe, tu aurais dû.

Lui prenant les mains, il sentit qu'elles tremblaient aussi. Était-ce de colère, de tristesse ? Connaissant Izzy, c'étaient sans doute plusieurs émotions mélangées.

Izzy marchait au cœur de la vieille ville en direction des halles, Raphaël perdu dans ses pensées à côté d'elle.

Rien d'étonnant, après ce qu'il venait de lui révéler. Elle-même ne s'en était pas encore remise. Elle ne comprenait pas comment Cassie avait pu être assez cruelle pour le laisser ignorer qu'il était père et le priver de la chance de connaître son enfant. Quelque part, il devait se sentir encore père. Il avait évité d'exprimer sa peine, de crainte qu'ensuite elle n'augmente encore. Cela, elle le comprenait très bien.

Ils passaient devant des gens installés aux terrasses des cafés, mais cette fois elle n'eut pas l'eau à la bouche en sentant l'odeur des croissants frais et les arômes de café chaud. Quand ils arrivèrent au marché, elle hésita. Même les innombrables variétés d'épices ne parvenaient pas à la distraire.

Observant Raphaël à la dérobée, elle vit un sourire flotter sur ses lèvres malgré son cœur lourd.

C'était quelque chose qui devait lui manquer à Londres. Il était français. Ici, il était chez lui. Il pourrait y revenir plus facilement s'il parlait de Joshua à ses parents. Il devait le faire, sinon il continuerait à porter le poids de son silence, et cela affecterait toutes ses décisions.

— Allons prendre ce petit déjeuner, dit-il en l'embrassant sur la joue.

Elle acquiesça en silence.

En fait, elle le comprenait mieux qu'il ne pouvait l'imaginer, probablement mieux que lui-même. Et une fois qu'il aurait eu le courage de dire la vérité à sa famille…

Elle n'alla pas au bout de sa pensée, cela faisait trop mal.

La viennoiserie était sèche sur sa langue, le café ordinaire. Repoussant son assiette, elle regarda Raphaël.

Elle l'aimait tant et ne parvenait pas à trouver le courage de le lui dire.

— Viens, dit-il. On va acheter du camembert et du bleu d'Auvergne pour que tu les emportes demain.

— Mes fromages préférés… Allons-y. J'aimerais revoir grand-mère encore une fois aujourd'hui.

Celle-ci était toujours dans le coma, mais quand ils avaient appelé le médecin la dernière fois, il avait dit qu'elle réagissait de manière perceptible au toucher.

— J'espère qu'elle t'a entendue lui parler, dit Raphaël. Tu occupes une place spéciale dans son cœur.

Elle sentit les larmes lui monter aux yeux.

— Elle m'a toujours bien accueillie et a été gentille avec moi, même quand j'étais une ado prétentieuse.

— Je crois que c'est pour ça qu'elle t'aime bien. Tu ne t'en laisses compter par personne.

Raphaël lui passa un bras autour des épaules et l'attira contre lui tout en continuant à marcher en direction de l'étal de fromages. Il ne la lâcha pas pendant tout le temps qu'ils firent leurs courses ni même ensuite sur le chemin de l'hôpital. Elle eut l'impression qu'il avait besoin d'elle autant qu'elle de lui et s'en sentit heureuse.

L'infirmière leur dit qu'il n'y avait pas de changement dans l'état de la vieille dame.

— C'était prévisible, murmura Rafe, avec une pointe de déception dans la voix.

— C'est l'occasion de lui dire ce que tu crains qu'elle entende, suggéra-t-elle.

Raphaël s'arrêta net au milieu du couloir et se tourna vers elle.

— Tu avais raison, il faut que je parle de Joshua à ma famille. Je le ferai cet après-midi.

Elle déposa un baiser léger sur sa joue.

— Je suis fière de toi.

« Et je t'aime ». Mais ça, ce serait pour une autre fois.

Le lendemain matin, Raphaël sauta du lit et se précipita sous la douche à 7 heures.

— Ma parole, tu te prends pour un kangourou, grommela Izzy. Il y en a qui ont encore besoin de dormir.

— Je n'avais pas aussi bien dormi depuis des siècles, dit-il sans répondre directement. J'ai bien fait de parler de Joshua à papa et maman. C'est comme si j'étais soulagé d'un énorme poids. Je vais de ce pas voir grand-mère et tout lui raconter, même si elle est toujours inconsciente.

— Parfait. Je vais rester ici et me reposer encore un peu.

— Alors, à tout à l'heure. Je t'emmène à l'aéroport à 14 heures. Cela te va ?

— Pas du tout… Je n'ai aucune envie de rentrer maintenant.

En fait, elle n'avait surtout pas envie de quitter Raphaël. Elle avait aimé le temps passé ici avec lui et sa famille.

— Dis bonjour à grand-mère pour moi.

Une heure plus tard, elle sortit du lit à son tour, et après une douche rapide, alla s'asseoir sur la terrasse avec un café pour contempler la vue sur le Rhône et sur une partie de la ville.

L'architecture des maisons anciennes était remarquable avec tous ces murs en vieille pierre, mais ce n'était pas chez elle ici. C'était à Londres. Il fallait qu'elle continue à le croire, sinon elle repartirait dans la même spirale qu'avant.

La mère de Raphaël apparut sur la terrasse, une tasse de café à la main.

— Bonjour, Izzy. Quelle merveilleuse matinée. Où est Raphaël ?

— Il est parti à l'hôpital voir grand-mère.

Céleste s'assit à côté d'elle.

— Je ne peux pas croire ce que cette femme lui a fait. Il ne saura jamais à quoi son fils ressemblait.

Elle hocha la tête, pensive. Pourtant Cassie avait aimé Raphaël. Cela n'avait-il compté pour rien ?

— C'est bien qu'il nous l'ait dit, poursuivit Céleste. Nous comprenons à présent pourquoi il avait pris ses distances. Mais il n'aurait pas dû, nous le soutiendrons toujours.

— Je pense qu'il le sait.

Céleste sirota son café, le regard perdu dans le paysage.

— Et toi, Izzy, tu vas t'installer à Londres ?

— Oui. J'ai hâte d'emménager dans mon appartement et de le décorer à mon goût.

— Combien de temps envisages-tu d'y rester ?

Pourquoi cette question ?

— Longtemps. J'ai toujours beaucoup bougé. À présent, j'ai besoin de faire un break, peut-être pour toujours.

— Et Raphaël ?

Elle sentit un nœud se former dans son estomac, et son cœur battit la chamade.

— Comment ça ?

— C'est ici chez lui, Izzy. Avec sa famille. Avignon lui manque, et nous tous aussi, en particulier grand-mère.

Difficile pour elle de dire le contraire.

— C'est vrai…

Céleste lui sourit.

— Merci à toi de le comprendre.

Puis elle se leva et rentra dans la maison, la laissant un peu sonnée.

C'était normal que sa famille veuille le voir rentrer chez lui. Et Raphaël aussi, probablement. C'était à elle, soit de changer d'avis par rapport à l'endroit où elle voulait vivre, soit de renoncer à l'idée d'être avec lui. D'autant plus qu'il ne semblait pas l'y encourager. Elle se raccrochait néanmoins à cette idée parce qu'il continuait à lui faire l'amour. Cela devient bien signifier quelque chose ?

Elle ne pouvait pas rester assise là à attendre qu'il rentre de l'hôpital. Il fallait qu'elle marche.

Mais cette fois la superbe vue sur le Rhône et la ville depuis le rocher des Doms ne suffit pas à la distraire. Elle aimait tellement Raphaël qu'elle ne savait plus quoi faire. Renoncer à son propre but pour le suivre, où qu'il choisisse d'aller, ce serait en fait plus facile que de se battre pour ce qu'elle voulait. Mais en abandonnant son rêve après avoir commencé à le réaliser, elle n'était pas fidèle à elle-même.

De toute façon elle anticipait beaucoup trop, puisque son amour pour lui ne semblait pas réellement réciproque.

Raphaël venait juste de rentrer quand il aperçut son père en compagnie d'un homme d'âge mûr dont le visage lui était familier.

— Raphaël, tu te rappelles le Dr Louis Fournier ?

— Bonjour, docteur. Cela faisait quelque temps que je ne vous avais pas vu.

À en juger par l'expression de son père, quelque chose se tramait.

— J'ai suivi de loin votre carrière grâce à votre père, dit le médecin. Vous avez bien réussi.

— Merci. J'ai travaillé dur pour en arriver là.

— Louis a quelque chose à te dire, mon fils. Allez dans le jardin d'hiver pour être tranquilles.

— J'irai droit au but, dit le médecin dès qu'ils furent installés. Il y a un poste de gynécologue qui va se libérer à l'hôpital général d'Avignon, et je pense à vous. Est-ce que cela vous intéresse ?

Son cœur se mit à battre à grands coups.

— Oui, certainement.

Bien sûr qu'il était intéressé. C'était le rêve de toute sa vie de pratiquer la médecine ici.

Mais Izzy ?

Il inspira profondément.

Il ne pouvait pas la laisser maintenant. C'était elle qui l'avait convaincu de parler de Joshua à sa famille. Elle l'avait accompagné et soutenu quand il était si inquiet pour sa grand-mère. Elle n'était pas Cassie. Il devrait la convaincre de tout recommencer — encore — après avoir passé ces dernières semaines à l'aider à se rendre compte qu'elle était là où elle voulait vraiment être. Non, il ne pouvait pas lui faire ça.

Que faire ? Penser d'abord à Izzy, son véritable amour, ou suivre son propre rêve en espérant qu'elle viendrait avec lui ?

Non, il ne lui demanderait jamais ça. Mais il ne voulait pas non plus renoncer à cette opportunité à Avignon où se trouvait sa famille. Pour la première fois depuis des années, il était prêt à revivre dans sa ville d'origine.

Si seulement il pouvait trouver le moyen de rendre tout le monde heureux, de satisfaire tout le monde !

Son père les rejoignit.

— Alors, qu'est-ce que tu en penses ? Ça ne pouvait pas tomber mieux, non ?

Oh ! si ! Il avait terriblement envie d'accepter. Mais son cœur était partagé. Moitié pour Izzy, moitié pour Avignon. L'accident de grand-mère lui avait fait comprendre que s'il voulait passer du temps avec sa famille, c'était le moment.

— Quand vous faut-il une réponse ?

— Et si nous y allions ? Je vous montrerai les lieux et vous présenterai à notre équipe, comme ça, vous aurez une idée de la façon dont nous fonctionnons.

À l'évidence, Louis n'avait pas l'intention de le laisser hésiter trop longtemps.

Qu'avait-il à perdre ? Bien qu'il ait déjà une idée de sa réponse, il ne s'engagerait pas tout seul alors que son cœur appartenait à Izzy.

— Entendu. Du moment que je suis de retour à temps pour ramener Izzy à l'aéroport.

Izzy regarda Raphaël se changer et revêtir un costume.

— Tu as quelque chose à me dire ?

— Je fais un saut dehors, mais je serai de retour à temps pour t'emmener à l'aéroport. Sinon, maman t'accompagnera.

— En fait, tu vas à l'hôpital pour discuter du poste que l'on t'a offert.

Il la fixa sans rien dire.

— Si tu ne voulais pas que j'entende ta conversation avec le Dr Fournier, il ne fallait pas rester près de la porte, avec la fenêtre de notre chambre ouverte juste à côté.

Il resta muet, l'air déconcerté.

— Alors ? demanda-t-elle, les poings sur les hanches. Est-ce que tu projettes de revenir vivre ici et de prendre ce travail ?

— Non… Oui… Je ne sais pas encore.

Elle sentit la colère la gagner.

— Merci de ne pas m'en avoir parlé ! J'étais censée attendre et accepter ta décision ? Je sais que nous étions d'accord pour prendre le temps de voir où notre relation nous mènerait, mais si tu n'es pas honnête avec moi, ça ne va pas nous aider.

— Izzy, on en parlera sur le chemin de l'aéroport…

— Non, merci. Je me débrouillerai par moi-même. Tu n'as qu'à aller voir ce que l'hôpital a à t'offrir.

— Izzy, je suis désolé, mais j'ai vraiment des décisions à prendre. C'est juste que je ne sais pas lesquelles…

Elle lui tourna le dos, attendant qu'il quitte la pièce.

Moins d'une heure plus tard, elle payait le taxi qui l'avait déposée à l'aéroport, accrochait son sac sur l'épaule et se présentait à l'enregistrement, le cœur lourd.

Raphaël s'était vu offrir un poste à l'hôpital d'Avignon. Elle aurait dû s'y attendre. Il allait l'accepter. Quand le Dr Fournier lui avait demandé s'il était intéressé, n'avait-il pas répondu : « Oui, certainement » ?

Une fois assise dans l'avion, elle ferma les yeux et essaya de dormir.

Pour la première fois depuis qu'elle connaissait Raphaël, elle avait envie de le détester. Il avait menti par omission, et elle le croyait au-dessus de ça. Il aurait dû lui dire la vérité.

Mais au lieu de le haïr, elle l'aimait encore plus. Et cela la faisait terriblement souffrir.

10.

La patiente sur le point d'accoucher qui avait été admise une heure plus tôt était maintenant apaisée, en train de lire un livre en attendant la suite des événements.

Izzy n'avait pas réussi à se concentrer pleinement sur son travail de toute la journée. Celle-ci lui avait semblé interminable. Dès que son service fut terminé, elle quitta l'hôpital.

Elle rentra chez Raphaël en titubant, épuisée par le manque de sommeil, et alla se servir un verre de vin en se frottant le bas du dos. Son verre à la main, elle sortit sur la terrasse et se laissa tomber sur la première chaise venue.

Doggy sauta aussitôt sur ses genoux et s'allongea en ronronnant.

— Bonsoir, ma belle. Tu es seule, toi aussi ?

Ronron, ronron.

La semaine prochaine, elle emménagerait dans son appartement et commencerait à déballer la montagne d'ustensiles de cuisine et autres bricoles qu'elle avait achetés. Ce serait le commencement de tout ce qu'elle avait souhaité — excepté vivre avec Raphaël. Il quitterait probablement cette maison pour Avignon et sa maison de famille qu'il avait commencé à retrouver.

Un vent frais se mit à souffler, soulevant les feuilles, et elle frissonna.

— On ferait mieux de rentrer, Doggy.

Elle monta les marches menant, non pas à la chambre de

Raphaël, mais au troisième étage où elle se glissa sous les couvertures tout habillée. Qui s'en souciait ?

La chatte la suivit et se blottit contre elle avec un plaisir évident.

Jetant un coup d'œil circulaire, elle soupira.

La chambre était froide et impersonnelle, le lit peu accueillant. Sans Raphaël, cet endroit n'était qu'une maison comme une autre.

— Je l'aime, gémit-elle à voix haute.

Tellement fort que c'en était presque insupportable. Voulait-elle vraiment renoncer à lui pour vivre dans un minuscule appartement ? Après avoir vu la joie de Raphaël quand il se promenait dans Avignon, la perspective de vivre à Londres de façon indépendante ne l'emballait plus guère. À quoi bon, si elle n'était pas avec l'amour de sa vie ?

Un proverbe lui revint en mémoire : « Ta maison est là où se trouve ton cœur. »

Ce fut comme une illumination : elle ne pouvait pas quitter Raphaël. Elle le suivrait même au bout de la terre s'il devait s'y rendre. Mais c'était peu probable. S'ils s'installaient à Avignon, ce serait pour longtemps, sans doute pour toujours.

Elle pouvait le faire et être heureuse. Parce qu'elle était amoureuse. Il ne pouvait rien y avoir de mieux que ça.

Après l'hôpital, Raphaël fit un dernier tour au centre-ville.

Il connaissait chaque recoin de cet endroit, qu'il avait souvent arpenté avec grand-mère, ses parents, ses cousins… Peu de choses avaient changé.

Il sentit son cœur se serrer en pensant au regard accusateur d'Izzy quand elle lui avait dit qu'il n'avait pas été honnête avec elle.

Elle était partie peinée et en colère. Il l'avait déçue. Il était grand temps de lui dire ce qu'il éprouvait.

Il sortit son téléphone de sa poche.

— Raphaël ?

Sa voix était atone.

— Izzy, je suis désolé.

— Tu peux.

— Est-ce que tu pourras venir me prendre à l'aéroport d'Heathrow ce soir ?

— Parce que tu rentres à la maison ?

Il devina sa vraie question : « Est-ce que tu reviens pour de bon ? »

— Bien sûr.

Sauf que cela n'avait rien d'évident, étant donné son attitude la dernière fois. Le terme « maison » revêtait maintenant une nouvelle signification pour lui. Ce n'était plus un simple logement avec un lit, mais le lieu où se trouvait son cœur.

— Entendu, répondit-elle brièvement.

Il tenta une autre approche.

— Grand-mère a ouvert les yeux pendant quelques minutes cet après-midi, annonça-t-il. J'étais en train de lui parler de tout et n'importe quoi, quand j'ai vu tout à coup ses yeux fixés sur moi.

Son sang n'avait fait qu'un tour, et en un geste réflexe, il avait aussitôt pris son poignet pour vérifier son pouls.

— Oh ! mais c'est une grande nouvelle ! s'exclama Izzy.

Il aurait dû commencer par là.

— Fais-lui un câlin de ma part.

— C'est déjà fait, répondit-il.

— Tu seras là à quelle heure ? demanda-t-elle d'un ton redevenu neutre.

Il lui donna le numéro de vol et l'heure d'arrivée.

— À tout à l'heure.

Son estomac se noua.

Et si elle lui tournait le dos ? Si elle estimait qu'il n'en valait pas la peine ?

Dans quelques heures, il serait fixé.

Il s'empressa de finir ses bagages. Pas question de rater l'avion.

Un peu plus tard, alors qu'il était sur le point d'embarquer, son téléphone tinta.

Bonne chance, mon garçon.

Grand-mère ! Décidément, son cerveau n'avait pas été touché.

Le vol lui parut interminable avec le changement d'avion. Dans le hall d'arrivée d'Heathrow, il aperçut Izzy de loin et lui trouva l'air triste et fatigué. Cela lui serra le cœur.

— Izzy, murmura-t-il quand il se trouva devant elle.

Il tendit les bras pour la serrer contre lui, mais elle recula d'un pas.

— Tu as pris le poste ?

— Non.

— Pourquoi ne m'as-tu pas dit que tu allais en ville pour ça ? Pourquoi ne pas m'en avoir parlé tout de suite ?

Laissant tomber son bagage sur le sol, il posa les mains sur ses épaules et plongea son regard dans le sien.

— Parce que je ne voulais pas te bouleverser inutilement alors que je n'avais aucune idée de ce que je déciderais. Je voulais être sûr de mon choix avant de t'en parler.

Elle le fixa de ses yeux tristes.

— Vraiment ?

— Vraiment. Sur le coup, je ne savais pas. Mais j'ai refusé l'offre. Je vis à Londres, Izzy…

Elle se mordit la lèvre, silencieuse.

— Je suis revenu te dire que je ne partirai pas. Avignon n'est qu'une partie de moi. Je suis revenu à la raison, et j'ai compris que je ne faisais que rêver à mon retour. Lorsque l'opportunité s'est présentée de vivre et travailler là-bas, j'ai compris que c'était une erreur. Je ne nie pas qu'une partie de mon cœur sera toujours avec ma famille, mais…

C'était le moment de sortir ce qu'il avait au fond de lui. Il prit une profonde inspiration.

— Mais mon cœur t'appartient ; à toi, à Londres, à notre maison. Je t'aime, Izzy.

— C'est vrai, Rafe ?

Une larme coula sur sa joue.

— Oui. Je t'aime de tout mon cœur, Isabella Nicholson.

— Je t'aime aussi, murmura-t-elle. Je t'aime, Rafe, répéta-t-elle plus fort. C'était si dur de penser que tu ne m'aimais pas en retour.

— Oh ! Izzy…

Il la serra tendrement dans ses bras.

— Je n'arrive pas à y croire, dit-elle. On fait une sacrée paire, non ? À la fois grands amis et amants passionnés.

Son regard n'avait plus rien de triste, et il décida de ne pas attendre qu'ils soient rentrés. Plongeant la main dans sa poche, il en retira le petit écrin qui y était niché et posa un genou à terre.

— Izzy Nicholson, veux-tu me faire l'honneur et la joie de m'épouser ?

Elle réprima une exclamation.

— Raphaël ! Ai-je bien entendu ?

— S'il te plaît, Izzy, épouse-moi. Je t'aime tellement, je ne peux même pas supporter l'idée de ne pas être avec toi.

— Je t'aime plus que tout, Rafe, murmura-t-elle. Mais je ne veux pas que tu renonces à tes rêves pour moi.

— Je ne renonce à rien, assura-t-il. C'est vrai, j'adore ma famille, et cela a été merveilleux de retourner à Avignon, mais mon cœur est à Londres avec toi.

— Tu sais, je me suis dit que je pourrais vivre n'importe où si nous sommes ensemble. Oui, je vais t'épouser. Jusqu'à ce que la mort nous sépare… Pas avant une soixantaine d'années, j'espère !

Izzy lui sourit, et il sentit enfin le soulagement le gagner.

— Sommes-nous officiellement fiancés ? demanda-t-elle.

Il glissa la bague de fiançailles de grand-mère à son doigt.

— Maintenant, oui.

La faisant pivoter, il l'embrassa pour sceller leur engagement.

À cet instant, des cris d'approbation et des applaudissements fusèrent autour d'eux, et ils revinrent à la réalité : ils se trouvaient toujours dans l'aéroport.

Prenant Izzy par la main, il se dirigea vers la sortie.

— Hé, monsieur, vous oubliez votre sac, cria quelqu'un derrière lui.

— Merci, dit-il, le sourire aux lèvres, en revenant chercher son bagage.

Il se sentait l'homme le plus heureux du monde.

Izzy, les clés à la main, le conduisit vers la voiture.

— Je sais que c'est toi que je veux dans ma vie, déclara-t-elle. Et cela compte plus que d'avoir un foyer stable quelque part. Si nous devions changer de maison tous les ans, je ne serais pas moins heureuse. Et je ne m'opposerai certainement pas à ce que tu retournes à Avignon retrouver ta famille si tu changes d'avis un jour.

— *Tu* es ma famille, Izzy. J'ai une maison qui est aussi la nôtre et deviendra notre foyer. Nous avons tous les deux des métiers que nous adorons, mais je vais faire en sorte que le mien me prenne moins de temps pour pouvoir être plus souvent avec toi. Nous avons tout ce qui compte pour nous, Izzy.

Elle essuya une larme.

— Tu dis des choses si gentilles, quand tu veux.

— Je t'aime, ma chérie.

Épilogue

Quelques mois plus tard

Harry tapota son verre avec la lame de son couteau.

— Levons tous nos verres pour porter un toast à ce couple scandaleusement heureux, dit-il d'une voix forte.

Izzy prit la main de Rafe, et ils entremêlèrent leurs doigts.

— On y est arrivés !

Il avait fallu du temps pour organiser un dîner dans leur maison de Londres avec leurs amis, tout le monde étant très occupé et un bébé étant né. Ils auraient voulu se marier dès à présent, mais les divorces prenaient du temps, et il leur fallait se montrer patients.

Tout le monde leva son verre et but à leur santé.

Izzy sourit et essuya ses larmes de bonheur.

— Merci à tous de vous être joints à nous pour cette soirée. Plus que neuf mois à attendre avant le mariage.

Raphaël lui jeta un coup d'œil interrogateur, et elle acquiesça d'un signe de tête.

— Les amis, annonça-t-il, dans quelques mois nous allons nous aussi vous rejoindre dans le cercle des parents.

Tout le monde applaudit bruyamment, et Izzy se retrouva dans les bras de Carly.

— C'est fantastique ! se réjouit celle-ci.

— Qui l'aurait cru ?

— Tout le monde à part vous, répondit son amie en souriant.

— Pas étonnant que tu aies ce teint de pêche, lui dit Esther qui l'embrassa pour la féliciter.

Izzy poussa un soupir de bien-être.

— Je suis si contente que Rafe m'ait suggéré de revenir à Londres !

— Ça a marché, non ? dit Chloe en l'embrassant à son tour.

Oh oui, cela avait marché. Elle avait reconnu enfin celui qui la complétait — l'homme avec qui elle allait passer sa vie, élever ses enfants, rire, aimer… Peu importait où, du moment qu'elle était avec Rafe.

Elle avala une gorgée de champagne et reposa son verre.

Désormais, de l'eau suffirait jusqu'au jour de leur mariage, auquel leur bébé assisterait.

La vie n'aurait pas pu être plus belle.

Vous avez aimé ce roman ? Retrouvez vite l'intégrale de votre série « Sages-femmes de Londres » :

1. *Un duc à l'hôpital*, Scarlet Wilson
2. *Le rêve de Carly*, Tina Beckett
3. *Réunis par un secret*, Emily Forbes
4. *Une sage-femme à conquérir*, Sue MacKay

Retrouvez prochainement,
dans votre collection

BLANCHE

La croisière d'une infirmière, d'Alison Roberts - N°1496

SÉRIE : DÉFIS ET SENTIMENTS - 1/2

Prudence : voilà le maître mot de Lisa. Parce qu'elle est responsable d'Abby, sa sœur handicapée, pas question pour elle de faire le moindre écart. Pourtant, quand sa cadette l'incite à se montrer plus audacieuse, Lisa accepte un poste d'infirmière sur un bateau de croisière. Un défi qui la sort aussitôt de sa zone de confort ! Surtout qu'en mer elle fait la rencontre de Hugh Patterson, un médecin aussi intrépide que séduisant…

Le rêve d'Abby, d'Alison Roberts

SÉRIE : DÉFIS ET SENTIMENTS - 2/2

Abby savoure chaque bonheur que la vie lui apporte. Sa merveilleuse relation avec sa sœur, Lisa. Son métier de thérapeute spécialiste de la main, qu'elle exerce à l'hôpital St. John's. Quant à son nouveau confrère, le Dr Noah Baxter, il illumine ses journées ! Sous son regard et pour la première fois de sa vie, elle ne se sent pas réduite à son handicap. Non, au contact de Noah, Abby se révèle une femme vibrante d'émotions et de rêves… Des rêves inaccessibles ?

Une chirurgienne à Sao Paulo, d'Ann McIntosh - N°1497

SÉRIE : UN ÉTÉ À SAO PAULO - 1/3

Réputée pour ses travaux précurseurs, admirée pour ses interventions de pointe, le Dr Krysta Simpson mérite bien son titre de déesse de la chirurgie. Mais il y a un domaine où elle n'excelle pas, elle le sait parfaitement : les relations humaines. Pourtant, quand de passage à Sao Paulo pour un séminaire elle rencontre le Dr Francisco Carvalho, l'envie de se lier à cet homme est intense, bouleversante. Se pourrait-il que la passion ait raison de ses inhibitions ?

Ce confrère inattendu, de Carol Marinelli

Infirmière aux urgences du Primary Hospital, Rachel est habituée à camoufler ses sentiments. Mais, lorsqu'elle voit débarquer sur son lieu de travail le Dr Dominic Hadley, c'est un maelström d'émotions qui déferle en elle. Pourquoi faut-il que son ex-mari, embauché comme nouveau médecin, resurgisse ainsi dans sa vie ? Comment surtout, alors qu'elle n'est pas parvenue à l'oublier, dix ans après leur rupture difficile, va-t-elle pouvoir travailler avec lui ?

Leur mission : sauver des vies.
Leur destin : trouver l'amour.

BLANCHE

HARLEQUIN

Bien plus qu'un médecin, d'Allie Kincheloe - N°1498

Pour sauver son fils malade, Rhiann n'a confiance qu'en un seul homme : le Dr Patrick Scott. Alors tant pis s'il la hait depuis le drame qui a brisé leur belle amitié. Aujourd'hui, il va devoir oublier leurs différends pour opérer son enfant ! Mais, au cours de ces retrouvailles chargées d'émotion, Rhiann comprend qu'auprès de Patrick ce n'est pas seulement un excellent chirurgien qu'elle recherche, mais aussi l'homme attentionné qu'il était, et qui lui manque tant…

Une famille à adopter, de Caroline Anderson

Maman de trois enfants et médecin dévoué, Ellie n'a pas une seconde à elle. Autant dire que trouver l'amour n'est pas à l'ordre du jour ! Pourtant, depuis l'arrivée du Dr Nick Cooper dans le cabinet de Yoxburgh où elle travaille, elle est envahie de sentiments troublants. Se pourrait-il qu'une chance d'être heureuse avec Nick lui soit offerte ? Si elle aimerait le croire, Nick ne semble malheureusement pas prêt à s'engager auprès d'elle…

Retrouvailles à l'Oceancrest Hospital, de Robin Gianna - N°1499

San Diego, ses plages de sable fin, ses hauts palmiers majestueux, ses eaux turquoise… Katy a pris la bonne décision en s'installant ici pour commencer son internat ! Mais, si l'air de l'océan apaise sa nervosité le jour où elle se présente pour la première fois à l'hôpital, son cœur se met à tambouriner de nouveau dès qu'elle découvre qui sera son chef de service : Alec Armstrong. Alec, un brillant chirurgien, et le premier homme à avoir fait chavirer son cœur…

Un bébé pour Callie, de Louisa Heaton

Lorsque son meilleur ami, le Dr Lucas Gold, lui fait une demande particulièrement délicate – être la mère porteuse de l'enfant que sa femme et lui souhaitent avoir –, Callie accepte, heureuse de les aider. Sans se douter que le mariage de Lucas va voler en éclats au cours de sa grossesse… Mais alors que, terrifiée, elle se prépare à donner la vie, Callie doit faire face à un nouvel imprévu : elle est tombée amoureuse de Lucas !

Leur mission : sauver des vies.
Leur destin : trouver l'amour.

HARLEQUIN
www.harlequin.fr

BLANCHE

HARLEQUIN

Le dilemme du Dr Montclair, de Connie Cox - N°1500

Directrice du département pédiatrique, le Dr Stéphanie Montclair a de grosses responsabilités, qu'elle doit faire passer avant ses sentiments. Aussi se résout-elle, pour éviter un procès au Sheffield Memorial, à ne pas accorder son soutien au Dr Jason Drake, accusé d'une faute professionnelle qu'il n'a pas commise. Même si elle devine que Jason ne lui pardonnera jamais cette trahison. Et encore moins quand il apprendra qu'elle attend un bébé de lui…

L'été qui changea sa vie, d'Emily Forbes

Si Emma Matheson s'est engagée pour un été comme infirmière bénévole dans l'Outback australien, c'est avant tout pour oublier un chagrin d'amour et faire le point sur sa vie. Mais, dès son arrivée, elle se trouve confrontée au sourire ravageur de son nouveau coéquipier, le Dr Harry Connor. Un irréductible solitaire, qu'elle a toutes les raisons d'éviter, mais qui, pourtant, l'attire irrésistiblement…

Leur mission : sauver des vies.
Leur destin : trouver l'amour.

HARLEQUIN
www.harlequin.fr

Composé et édité par HarperCollins France.

Achevé d'imprimer en mai 2020.

CPI BLACK PRINT

Barcelone

Dépôt légal : juin 2020.

MIXTE
Papier issu de sources responsables
FSC® C108412
www.fsc.org

Pour limiter l'empreinte environnementale de ses livres, HarperCollins France s'engage à n'utiliser que du papier fabriqué à partir de bois provenant de forêts gérées durablement et de manière responsable.

Imprimé en Espagne.